Ronso Kaigai
MYSTERY
267

ベッドフォード・ロウの怪事件

J. S. Fletcher
The Bedford Row Mystery

J・S・フレッチャー
友田葉子［訳］

論創社

The Bedford Row Mystery

1925

by J.S. Fletcher

目次

ベッドフォード・ロウの怪事件　5
訳者あとがき　257
解説　横井　司　260

主要登場人物

リチャード（ディック）・マーチモント……クリケット選手
スカーフ……リチャードの使用人。元軍人
ヘンリー・マーチモント……事務弁護士。リチャードの叔父
ヘミングウェイ・シンプソン……事務弁護士。ヘンリーの秘書
アンジェリータ・ランズデイル……リチャードの恋人
ジョン・ランズデイル（ジェイムズ・ランド）……アンジェリータの父親
リヴァーズエッジ……ロンドン警視庁《スコットランドヤード》の部長刑事
ダニエル（ダン）・クレンチ……事務弁護士
ジョージ・ガーナー……クレンチの友人
ルイス・ヴァンデリアス……資本家
ライオネル（ライニー）・サンダースウェイト……下宿屋の主人
ベシー・マンシター……ライオネルの妹
コーラ・サンダースウェイト……ライオネルの妹

ベッドフォード・ロウの怪事件

第一章　回想

グレイ法曹院《グレイズ・イン》の西端に位置するベッドフォード・ロウは、法に関するオフィスのある通りとしてロンドン市民のあいだでは有名な場所だ。年代を重ねた趣ある赤レンガのジョージ王朝風の建物が立ち並ぶ、厳然とした空気に包まれた閑静な通りは、どこか薄暗く、昔から変わらぬ独特な雰囲気をたたえている。入り口の高いドアの奥にいる人間は、ほぼ全員が法律関係者で、建物内部には羊皮紙と封蠟《ふうろう》の匂いが漂い、出入りする人たちは一様に書類鞄や、赤いテープで括《くく》られた法律書類の束を抱えている。歩道ですれ違う十人中九人は、訴訟手続きに関係があると見てまず間違いない——要するに、ベッドフォード・ロウは法を生業《なりわい》とする地区であり、原告、被告、代理人、証人といった人々以外はほとんど足を踏み入れない場所なのだった。

とはいえ、法律に関係なくこの通りを訪れる人間がまったくいないわけではなく、十月のとある日の午後、角を曲がって通りにやってきた一人の若者は、どう見ても誰かに令状を送付したり送りつけられたりするような人物には思えなかった。二十五歳くらいの、体格のいいスポーツマンタイプのその若者は、陽焼けした褐色の頬と澄んだ瞳を持ち、きびきびした表情からは、アウトドアをこよなく愛し親しんでいるのが見て取れる。周囲に彼を知る人がいたなら、実はイギリスでも有数のクリケット選手で、アマチュアチームの〈ミドルセックス・カウンティ・イレヴン〉に所属するオールラウンド・プレーヤーであると同時に、ラグビー選手としても有能な人物だと教えてくれただろう。手袋やコートは嫌いな質《たち》らしく、十月の朝の空気はひんやりとしているにもかかわらず、グレーのツイードのスーツに同じくグレーのソフト帽という軽装で、傍らを行き交う法律関係者たちの黒いコート姿とは対照的だった。リチャード・マーチモントは、さほど頻繁にベッドフォード・ロウに来るわけではなかった。広々とした緑の競技場に慣れ親しんでいる彼には、この通りの雰囲気はどうも馴染めないのだった。だが、リチャードはこの場所に特別な縁があった。通りの先にある、界隈で最も古くて大きな建物に、〈フォスダイク・クレストン・アンド・マーチモント弁護士事務所〉の共同経営者の一人である叔父のヘンリー・マーチモントが住んでいるのだ。ヘンリー・マーチモントは、昔気質《かたぎ》の古風な事務弁護士だった。いまだ独身の彼は、オフィスの上階に自分の趣味に合った家具を配置し、長年、自宅として使用していた。リチャードは、スポーツ選手が集う〈オリンピック〉というお気に入りのクラブに程近いジャーミン街《ストリート》の洒落たフラットで暮らしていて、時々、叔父の部屋を訪れた。自らも裕福なリチャードは、ウェストエンドにそれなりの邸宅を構えていてもおかしくないくらいの資産を持つ叔父が、なぜ陰気なベッドフォード・ロウから離れずにいるのか不思議に思っていた。その点を尋ねると、いつもヘンリーは冗談交じりに、ここはメイフェアやベルグレイヴィアの高級住宅街に勝るとも劣らないうえに、名だたるクラブが集まるペルメル街が目と鼻の先にあり、住み慣れた場所なのだと言って動こうとしなかった。

リチャードが叔父の住まいに差しかかると、ヘンリーは玄関ドアの前の磨き上げられた階段の上に立っていた。長身でがっしりした体格の紳士で、血色のいい顔、青い目、白髪のどれを取っても、印象的な二枚目と言っていい。洒落た黒のモーニングコートを着て右目にモノクルをかけた気品ある風采で階段に立ち、歩道にいる二人の女性に話しかけている。きっと依頼人なのだろうと、リチャードは思った。叔父をよく知る彼は、そんなふうに叔父が訪問者と相対しているのは珍しいと感じ、二人を注視した。どうやら、昔はいい暮らしをしていたご婦人方のようだ。ここぞというときのために大切にしまっておいた一張羅を着ているように見える。週刊誌をたまにしか読まないリチャードにも、彼女たちの身に着けている服が少なくとも二十年前のスタイルだということくらいはわかった。ヘンリーがリチャードに気づいて手招きし、笑みを浮かべて女性たちに紹介した。

「この若者が誰か、わからないでしょうね！」と、おどけたように言った。「でも、父親にそっくりなんですよ！　こいつは、ジョンの息子――リチャードです」

　年上の女性が手を差し出した。手袋が丁寧に繕ってあるのに、リチャードは気づいた。

「そうなんですの！」と、彼女は声を上げた。「まあ！――そうね、言われてみれば、お父様に似てらっしゃるわ。リチャード・マーチモントさんですか。お会いできてうれしいわ！　私たち姉妹は、昔、お父様と懇意にさせていただいていたんですよ」

「ディック、こちらはミセス・マンシター。そして、こちらはミス・サンダースウェイトだ。マンシターさんのおっしゃるとおり、お二人はお前の父親と親しかったのだよ。お前が生まれるずっと前の話だがね」

　当たり障りのない反応を示したものの、リチャードはその頃のことをまったく知らなかった。ヘンリーの兄に当たる父の記憶はほとんどない。盛りをとうに過ぎ、過去を引きずるこの女性たちと父のジョン・マーチモントは、いつどこで知り合いだったのだろうか。興味を惹かれ、リチャードは二人をじっくり観察した。姉妹といっても、受ける印象は異なっていた。ミセス・マンシターは、どことなくのんびりとした穏やかなタイプで、何でも簡単に信じる女性に見えた。その態度や口調には、物事をあるがまま甘受する姿勢が感じられる。だが、瘦せて引き締まった体つきの妹のほうは、目つきといい動きといい、心の内に秘めた炎があるように感じられた。くぼんだ黒い目には、いまだ消えていない生気が宿り、リチャードを振り向いてじろじろ見つめる瞳は鋭い光を放っている。きっと、昔は顔立ちの整った美人だったのだろう。一世紀も前に難破した船を彷彿《ほうふつ》させる、古風な服と風変わりな帽子を身に着けた二人の女性の過去に、いったい、どんな悲劇が隠れているのだろう……。

「ええ、そのとおり。この方が生まれるより遥か昔ですわ」ミセス・マンシターが言った。「本当に、時が経つのは早いものですね、ヘンリーさん！　さて、そろそろ、私たちはお暇《いとま》します――」

　にっこりしながら時代がかったお辞儀をして去っていく姉妹の後ろ姿をヘンリーは目で追い、首を振った。

「あの二人とはな、ディック、お前の父さんも私も子供のときから知り合いなんだ。当時はひとかどの人たちだった――彼女たちの家族は、あの辺では名家でな。それが今では、ブルームズベリーで下宿屋を営んでいるとは！　いやはや！――妹のコーラ・サンダースウェイトは若い頃、よくキツネ狩りに参加していたものだ――乗馬が上手くて、いい馬に乗っとった。まったく、あの頃とは大違いだ――ところで、調子はどうだ？」

「いいですよ。叔父さんには訊く必要なさそうですね」と、リチャードは答えた。「叔父さんは、いつでも元気いっぱいだ。ランチでも一緒にどうかな、と思って寄ってみたんですけど」

「ああ、もちろんだ――といっても、ウェストエンドまでは行かんぞ。遠すぎるからな――今日の午後は、いろいろと忙しいのだよ。ホルボーンならいいだろう。だが、ちょっと待ってくれ――シンプソンと話がある」

叔父に連れられて入った部屋の中は、リチャードには隅々まで馴染み深いものだった。百五十年前は家族向けのアパートで、金持ちの商人が住んでいた室内には、アンティーク好きなヘンリーのお眼鏡に適《かな》った品々が常に整然と並んでいた。一階には、少々色は暗いが美しい羽目板張りの玄関広間の両側に上品な部屋があり、階段には珍しい木材が使われ、天井の繰り形《モールディング》と各部屋の暖炉の細工は実に見事だった。ヘンリーが住居にしている上階も羽目板張りで、同様に美しく装飾されている。叔父が、口には出さないものの、ここの内装をとても自慢に思っていることをリチャードは知っていた。玄関を抜けて階段を上る際に、必ず叔父はよく磨かれた彫り細工をあちこち愛《いと》おしそうに眺め、自分にはこの古い家が本当にぴったりだ、と言うのだった。

ヘンリーはリチャードを伴って自分のオフィスに入ると、机の上のベルを鳴らした。リチャードも面識があり、なぜかどうしても好きになれない秘書のヘミングウェイ・シンプソンが顔を覗かせた。尖った鼻とイタチのような目をしたシンプソンは、鼻眼鏡のせいもあってか、横柄な雰囲気が際立って見えた。リチャードには、どうも気障《きざ》で、陰でこそこそする人間に思えて仕方ないのだった。だが、事務弁護士としてのシンプソンの能力に叔父が絶大な信頼を寄せ、彼の助言を頼りにしていることは承知していた。

「ああ、シンプソン！」黙って見つめるシンプソンに、ヘンリーが声をかけた。「今朝話した件について考えてみたんだが、あの男には私一人で会うのがいいのではないかと思う——ほかの人間がいないほうが、向こうも話しやすいだろう。どう思う？」

「確かに、それが賢明かもしれませんね」と、シンプソンは答えた。「故意に私を同席させたと思われては――」

「そう、そのとおりだ！」ヘンリーが勢い込んで言葉を挟んだ。「そう取られてもおかしくない！よし、わかった、シンプソン――では、私だけで会うことにしよう――やつから、より詳しい話を聞き出してみせる。だから、君は先に帰っていいぞ。さてと、ディック」シンプソンが頭を引っ込めると、ヘンリーは続けた。「用事は済んだ。これでお前の相手ができる――といっても一時間半だけだがな。三時にここで約束があるんだが、もう一時だ。さあ、急ごう！」

たわいのない会話をしながら〈ホルボーン・レストラン〉に入り、昼食のテーブルでもこれといって特別な話はしなかった。だが、食後の葉巻とコーヒーのために隅の静かな席に移ったあとで、ヘンリーは急に打ち明け話をする表情になった。

「実はな、ディック。昨夜、私はこれまで経験したことのないような奇妙な出来事に遭遇したのだよ！　弁護士ではないお前にも、この話がいかにドラマチックかはわかるはずだ。二十五年前、私も含め大勢の人間が会いたいと願ったのに会うことが叶《かな》わなかった男に、偶然出くわしたんだからな――実際、再会するとは思ってもいなかった。それが昨夜、なんと目の前に現れたのだ！」

「すぐにわかったんですか」

「そうなんだよ！――ひと目でわかった。お前にも、ひととおり話しておこうか」ヘンリーは、ゆったりと椅子に座り直して続けた。「不思議な話なのだ。私が、一族の故郷である中部地方のクレイミンスターで弁護士の仕事を始めたのは知っているな。そこで何年かキャリアを積んだのち、ロンドンに出てきてフォスダイク・アンド・クレストン事務所のパートナーシップを買い取り、フォスダイク・クレストン・アンド・マーチモント弁護士事務所となった。奇妙な出来事が起きたのは、確かクレイミンスターでの最後の年だった――知ってのとおり、クレイミンスターは小さな町だ。そこに、ランドという名の男がいた。昔は教師だったのだが――小学校のな――だが数学というか、数字がなにしろ得意で、教師を辞めて会計士に転職し、やがて株式投資の仲買人になった。ランドは賢かったし、一見信頼できそうな男だったから、町や近隣の金持ちをうまく言いくるめて顧客にした。ランドを通して、クレイミンスターでは多額の株式のギャンブルが行われていた――それも大変な額だ！　もちろん、投資をしなかった者には関係ないが、実際に関わった人間は相当いたのだよ。ところが、その真っ最中にランドが突然姿を消してしまった！　ある晩、行きつけの場所で――確か、クラブか、エンジェルという店だったと思う――その姿が目撃されたんだが、翌朝には消えていた。雲隠れしたのだ！　まるで神隠しにでも遭ったかのように、いきなりだった」

「跡形もなく？」

「ああ、まったく跡形もなくだ！　きっと巧妙に準備したに違いない。あらかじめ周到な計画を練ってあったのだろう。彼がいなくなった直後、事実が明るみになった。それがな――不法行為があったのだ。ランドが姿を消したため、任された金について彼が越権行為をはたらいたのかどうか判断するのは難しかった。だが、手痛い打撃を被った町民がいたのは確かだった。それもひどい損失で、少なくとも二、三家族は極貧状態に追い込まれた。投機や投資のために渡した金を着服したと思われるケースも一、二件あった。警察が介入し、手を尽くして捜査したが無駄だった。ランドは見つからなかったのだ。今でも、クレイミンスターの住民の中には、周辺の採掘抗にランドが身を投げたと思っている者もいる。しかし、私はそうは思わん。やつはずる賢い男だったのだ！　もし失敗して逃げたのだとしたら、どこかでまた同じことをするに違いない」

「ゆうべ出会ったのは、その男なんですか」

「ああ、そうだ！　やつと出くわした経緯はこうだ。昨夜、私はシティの資本家たちとキャノン・ストリート・ホテルに夕食に出かけた。もちろん、個室でのプライベートな夕食会だったんだが、食事の前に立ち話をしているとき、知人が一人の男を指し示したのだ。男は私に背を向けて、冗舌に話をしていた。『あの男は、シティで頭角を現している興味深い人物なんだ』と、知人は言った。『どこか遠方から来た人でね――植民地じゃないかと思うんだが――重要な商用でロンドンに出向いてきたようで、どうやら、かなり裕福らしい』とな。すると、男が振り向いた――その瞬間、私にはランドだとわかったのだ！」

「こんなに年月が経っているのに？」リチャードは驚いた声を上げた。

「二十五年ぶりだ。だが、ひと目でわかった。大柄な男で、私と体格が似ているんだ。背が高くがっしりしていて、血色がいい。だが、瞼《まぶた》が垂れ下がっているのだよ！　左目がな――あれは間違えようがない！　ああ、確かにランド本人だ。すぐにわかったさ」

「それで、どうしたんです？」

「ランドは息をのんだよ。顔色が変わって青ざめたかと思うと真っ白になり、私に背を向けた。だが、すぐに振り返ったんで、私は意味ありげに頷いてみせた。すると、ランドは一人でこちらに歩み寄って、『驚いたな、マーチモントじゃないか』と、小声で話しかけてきた。『二人だけで話せないか。君のオフィスに行くよ。ぜひ、そうさせてくれ！　釈明したいんだ。名刺をくれないか』と言うんだ。だから名刺を渡して、今夜、ベッドフォード・ロウに来るよう言ったのだ。ランドは大いに感謝したよ。『ありがとう――恩に着るよ！』と言ってな。『だが、頼む、マーチモント――そのときまで待ってくれ！　ここでは何も言うな。ここにいる人たちに私の本名を言わないでほしい』とも言った」

「今は何と名乗っているんです？」

「今か？　ランズデイルだ。ジョン・ランズデイル。だが、本名はランド――ジェイムズ・ランドだ。まったく！　なんという男だ！　警察に通報すべきだったかもしれんが、とりあえず、やつの釈明を聞いてみようと思ってな。奇妙な話だろう？　そろそろ行かないと――もう時間だ！」

ヘンリーは急いで出ていったが、リチャードは考え深げにその場に残った。彼の思考は混沌としていた。暗闇の中に取り残されたと言ってもいい。先頃出会って恋に落ちた女性――その名前が、ランズデイルだったのだ！

第二章　ジレンマ

そのときまで、リチャードは苦境というものに直面したことがなかった。裕福な両親のもとで一人息子として恵まれた環境に育ち、幼いときに両親が亡くなってからは叔父のヘンリーに育てられた。二十一歳になった彼は、両親の多額の遺産を相続することになった。ヘンリーの庇護《ひご》と、おおらかな性格のおかげで、両親がいないことを卑屈に感じたことは一度もない。嗜好はシンプルで、アウトドアが主体だった。夏はクリケット、冬はラグビー、それ以外のシーズンは旅行といった具合だ――これまで、それしか頭になかったのだが、最近になって変化が訪れた。恋に落ちたのだ。しかも、相思相愛だということがわかった。もし、彼女の父親が叔父の話に出てきた男と同一人物なら――それはもう、大変な事態だ！

この数週間、リチャードは舞い上がっていた。九月初旬にクリケットのシーズンが終わり、そのあとは地方の大会に参加していて、サリーにあるシティの資本家の古い邸宅で開かれたピクニックパーティーで紹介された美しい女性が、アンジェリータ・ランズデイルだった。その後、彼女と別の地主の邸宅で再会し、それを機にケンジントン公園でデートをして以来、毎日のように会う関係になっていた。そして、リチャードは恋人のことを少しずつ知ることになった。彼女は、自分の意志で行動する自由な女性のようだった。本人の話によると、リチャード同様、一人っ子だそうだ。母親は、何年も前に亡くなったという。生まれは南米――アルゼンチン。アンジェリータという名前と黒い瞳、黒髪、小麦色の肌は、母親がスペイン人の血筋だったためだ。アルゼンチンで二十年暮らし、最近、父親の仕事の都合でイギリスに来たのだった。イギリス人の父親についてアンジェリータが知っているのは、金融関係の仕事で足繁くシティに通い、バーミンガム、マンチェスター、シェフィールドといった場所に何日も出かけることくらいだった。その間《かん》、彼女は、イギリスに来てからずっと滞在している高級ホテルのスイートルームに一人で残されることが多かった。

父親とごく親しい関係にある経済界の数人を除いて、アンジェリータに知り合いはいなかった――リチャードに関心を抱いて以降はなおさら、交友関係を広げる努力はしていないのだった。イギリス人らしく実務的かつ冷静でいながら温厚で頼りがいのあるリチャードが、彼女には魅力的に映ったようだ。リチャードにとって、この父娘との関わりは初めから避けては通れない運命的なものであり、どうしても一度、父親に挨拶しなければならないと感じていたところだったのだが、なにぶん彼は神出鬼没で、つかまえるのは至難の業《わざ》だった。娘のアンジェリータでさえ、父が今どこにいて、次にいつ会えるかわからないくらいだ。彼女が知っているのは、とにかくビジネスで忙しいということだけで、おかげで何不自由ない暮らしをさせてもらい、充分な金銭を与えられて一人で留守を預かっているのだった。それでも、なんとか彼と会う必要がある。リチャードは焦りを感じていた。

実を言うと、今朝ベッドフォード・ロウへ出向いたのは、この件を叔父に話して、アンジェリータの父親との面会に同行してもらいたかったからなのだが、ランチのあいだはなかなか切りだすことができなかった。彼自身のイギリス人らしい慎み深さに加え、あの年まで独身を貫いている叔父の皮肉屋の一面も知っているだけに、恋に落ちたと打ち明けるのがなんとなく気恥ずかしかったのだ。ところが、リチャードが口を開く前に叔父のほうが話しだした——そして、その話は、リチャードの背中にいきなり冷水を浴びせるような仰天の内容で締めくくられた。ランズデイルという名前は比較的珍しいし、それ以外の特徴——経済界の人々との夕食会で遭遇した点、外国から来た人物だという点、重要な金融業務に関わっている点——を考え合わせると、叔父が話していた男がアンジェリータの謎めいた父親と同一人物であるという結論を、避けては通れないように思える。

両手をポケットに突っ込んで顎を襟に沈め、葉巻の火が消えたのもそのままに、リチャードは腰を上げることなく考え込んでいた。もし、叔父の話がすべて事実だとしたら——彼の口ぶりでは、その確率が高いが——ランズデイルはランドであり、二十五年前、たとえ本物の悪党ではないにしても、疑わしい人間だったのは間違いない。いや、叔父がほのめかしたことが本当なら、おそらくランズデイルは罰せられなければならない立場なのだろう。弁護士が口にするには、あまりに重大な言葉を使ったではないか——「警察に通報すべきだったかもしれん」と、彼は言ったのだ。それはつまり、叔父がランズデイルを、法の裁きを逃れた犯罪者と見ていることを意味する。

法律に詳しくなくても、刑事訴追に時効はなく、何年前に犯した罪であろうと昨日犯したのと同様に犯人が逮捕されることは、イギリス国民なら誰でも知っている。どれを取っても厄介な状況ばかりで大変な事態だったが、そんななかにも唯一、救われる要素があった。リチャードは、すがるように何度もその点について考えた——常識ある人間が、刑事責任を問われると知って長年離れていた国に戻ってきて、人目に立つ行動を執るなどという愚かなことを、はたしてするだろうか。そうは到底思えない。もし、資本家のランズデイルが本当に昔クレイミンスターで株式仲買人をしていたランドだとしたら、小さな田舎町での彼の行為は、胡散《うさん》臭いものではあっても合法だったに違いない。そうでなければ、わざわざイギリスに帰国するはずがないではないか。

リチャードは、健全な精神を持つ世間一般の若者と同じように、ルールに則っていないものや正々堂々としていないこと――彼の言葉で言うなら、フェアプレーでないものが大嫌いだった。だが、おそらくランズデイルことランドは、二十五年前の突然の失踪に対する納得のいく釈明はもちろん、法に触れる行為ではなかったという証明もできるのだろう。それ以外に、彼があえて帰国した理由があるとは思えない。とはいえ、疑わしい状況下で姿を消したのも、大金を失った人たちがいるのも事実だ。それに、叔父のヘンリーがいる。ランドがいくら正当に聞こえる根拠を挙げて自身が執った行動を説明しようが、叔父は彼に対する意見を変えないだろう。元来、保守的で頑固な人なのだ。彼にとって、ランドのような振る舞いをする人間は、軽蔑の対象にほかならないはずだった。大勢の住民を破産に追い込んでクレイミンスターから逃亡した男の娘と結婚したい、と告げたときのことを想像し、リチャードは内心、身震いした。きっと叔父はねじ込むようにモノクルをはめ、こちらをじっと見つめるだろう……。

「なんてひどい事態だ！」やがてリチャードは呟いた。「こんな状況を、どうやって乗り切れっていうんだ。だが、アンジェリータと父親とは別だ！」

とりあえず満足のいく結論に行き着いたリチャードは、立ち上がって時計に目をやった。近頃はアンジェリータと会うのが日課のようになっていて、約束の時間が近づいていた。恋の行く手に立ちふさがるジレンマについてあれこれ思い悩みながら自宅のある地区へ向かい、国立美術館《ナショナル・ギャラリー》の中へ急いで入っていくと、ギャラリー内の静かな一角で、アンジェリータが待っていた。

リチャードは単刀直入な性格で、クリケットでは速攻で打つ打者として有名だったが、実生活では、何か気になることがあっても言葉にするまでに時間がかかった。アンジェリータの隣に座って五分も経ってからようやく、訊きたくて仕方がなかったことを口にした。

「あのさ」と、リチャードは切りだした。「お父さんには、いつ会えるのかな」

アンジェリータは首を振り、唇をすぼめた。

「それがね——つかまらないの！　ここ数日、父はこれまで以上に忙しくしているのよ。行き先は忘れたけれど二日間留守にしていて、ようやく戻ったと思ったら、すぐにまた出かけていったわ——ビジネスがらみの夕食会みたい。今朝も早くからシティに行ってしまったし、顔を合わせる暇もないの。でも、それもそんなに長くは続かないはず。だって」——アンジェリータは意味ありげにリチャードを見つめた——「だって今朝、重要なビジネスは今夜には完了するから、そうしたらイギリスを出ていくぞ、って言ったんですもの」

「出ていく？」思わずリチャードが声を上げた。「いったい——どこへ？」

「故郷だと思うわ」と、アンジェリータは答えた。「ええ、きっとそうだわ」

「それなら決まりだ」リチャードは、きっぱりと言った。「お父さんに、すぐに会わなきゃ。なんとか段取りをつけてくれ！」

アンジェリータは靴の先に目を落とした。

「それが——まだ何も伝えていないの」と、小声で言う。「その、あなたのこと。あなたと私のことを」

「だったら、話さなきゃ！」男っぽい口調で、すかさずリチャードが言い返した。「そんなに時間をかけてはいられない。そうしたら——君が話したあとに、僕が入っていって話をする——イギリスを出たら故郷に向かうっていうのは、確かなのかい？」

「ええ、そのはずよ。いくつか――ビジネス関係のことなんだけど――持って帰りたいものがあるみたい。当初の父の予定より、滞在が長くなってしまったの」

「よし！　だったら――僕も君たちに同行するよ。それしかない！　そうだ――僕も一緒に行く」

彼女にというより、自分自身に向かって話していた。アンジェリータ父娘とともに南米へ行ってしまえば、叔父とのあいだに生じるであろう問題から逃れられる。そうすれば、すべてがうまくいくはずだ。大西洋を渡って冬を過ごし、来年のクリケットのシーズンに、花嫁を連れて帰ってくればいい。素晴らしいアイデアじゃないか！――理論上は、考え抜かれた作戦のように思える。だが突如、ある考えが浮かんで背筋が凍りついた。

「まさか、お父さんは僕を拒絶したりしないよね？」不意に、強い口調でアンジェリータに訊いた。

見つめ返す彼女のまなざしに、リチャードは頭の中がふわふわした。

「それはないわ！」と、アンジェリータは落ち着き払って答えた。「そんなこと、するわけないじゃない。父はいつだって、私の思うとおりにさせてくれるのよ」

「ほかの男を婿候補に考えているってことはないのかい？」リチャードは訝《いぶか》しげに訊いた。「経済界の大物に目星をつけているかもしれないよ。ああいう業界の人たちは駆け引きに長けているからね」

「関係ないわ。決めるのは私よ。それに、私は父をよく知ってる。きっと、こうなるわ。私が事情を話す――父は、ビジネスの取引条件を聞くときのように耳を傾ける――ええ、そうよ、いつもするように。まるで聞いていないのかと思うほど、ぼんやりとまばたきしながらね。それから、急に目を覚ましたように言うの。『そうか、そういうことか。なるほど――わかった！　お前は、その若者と結婚したいんだな？　それが間違いのない選択だと心から思っているんだな？　いいだろう――だったら、思うようにしなさい』って。きっと、そうなるわ。私にはわかる。そうしたら――晴れて私たちは結婚できるのよ」

「確かに、それが正攻法みたいだな」と、リチャードは言った。「それなら、すぐにでもお父さんをつかまえてくれ。夜中になってもかまうもんか！　僕のことを何もかも彼に話すんだ。そして、明日の朝食のときにホテルを訪ねると伝えてくれ」

そう約束をして気が晴れたリチャードだったが、アンジェリータと別れると、今夜、ランズデイルが叔父のヘンリーをベッドフォード・ロウに訪ねる予定になっていることを思い出して再び不安になった。そこで何が起きるだろう？　ランズデイルは叔父に何を話すのだろう？　それに対して、叔父はどう応えるだろうか。アンジェリータの父親との明朝の会見を台無しにするようなことが起きやしないか？　ベッドフォード・ロウに戻って、叔父にすべてを打ち明け、ランズデイルとランドの過去がどんなものであろうとアンジェリータと結婚する意志は揺るがないので、過去を掘り返しても無駄だと告げようかとも考えた。だが、あれこれ迷った末に、静観するのが最善の道だと思い直した。アンジェリータが何気なく口にした話から察すると、ランズデイルが本当に叔父の話していたクレイミンスターのランドなら、二十五年前の自らの行動を釈明できるに違いないという気がする。

夕飯を食べに行きつけのクラブへ向かったリチャードは、食後に運よく、毎冬アルゼンチンで過ごしている往年の名クリケット選手に遭遇し、いつになく言葉巧みに相手を誘って、二、三カ月向こうに行くつもりだというのを口実にアルゼンチンの話を聞き出すことに成功した。経験豊かな選手の話に耳を傾けたのち、ついにリチャードは本題を切りだした。

「向こうで、ランズデイルという人について耳にしたことがありますか」と、尋ねたのだ。

相手は、すぐにわかったようだった。

「ランズデイルかい？　ああ、知ってるとも――アルゼンチンでは著名人だよ。ロンドンかニューヨークからずいぶん昔に移住して、国の開発に乗り出した人物だ。今じゃ、かなりの金持ちになってるはずさ。選択売買権や独占販売権といったものを扱っているんだ」

「知り合いなんですか」

「いや、面識はない。だが、噂はいろいろ聞くよ。開発に関しては、しょっちゅう挙がる名前だからね」

それを聞いて、リチャードの心は軽くなった。ランズデイルがランドなら、叔父を訪ねるのが危険な行為だとわかっていながら、自分からリスクを冒すとは考えにくい。失うものがあまりに大きいからだ。アンジェリータの父親に会ったときのセリフを練習しながらジャーミン街《ストリート》の自宅へ帰る道々、リチャードは人生で初めて、充分な財産を所有していると示せることのありがたみを感じていた。

しかし、翌朝、リチャードがランズデイルのホテルへ行くことはなかった。出かける前に急いで朝食を摂っているところへ、使用人が電話を取り次いだのだ。電話の相手の声をひと言聞いたとたん、リチャードの胸に奇妙な恐怖が湧き上がった。

「リチャードさんですか。シンプソンです。今すぐ、ベッドフォード・ロウへ来ていただけませんか」

「いいですよ」と、リチャードは答えた。「でも、何事です？　教えてください！」

「叔父上なんですが、その――事故に遭われまして――」

「はっきり言ってください！　さあ、早く！」

「マーチモントさんが亡くなられたのです！」

第三章　殺人！

シンプソンの言ったことをのみ込めないまま、リチャードは通りへ飛び出して最寄りのタクシー乗り場へ走った。死んだ？――叔父さんが死んだ？――そんなの、信じられるわけがない！　昨日会ったときの叔父の姿を思い描いた――きびきびとして精力的で、人生を謳歌《おうか》していた。誰が見ても、あと二十年は元気でいると思っただろう。「人生は予測不能」とか「いつ何が起きるかわからない」といった陳腐な言葉をあらためて思い返さざるを得ない。百人中九十九人は叔父が長生きすることに賭けたはずなのに、その彼が死んだというのだ。その事実は間違いないらしい――問題は、死因だ。

リチャードの脳裏には、ある仮説が浮かんでいた。昨日、ベッドフォード・ロウにランズデイルが訪ねてくると言った叔父の言葉が、鮮明によみがえる。彼の訪問は、実現したのだろうか。そのせいで、何かが起きたということはないか？　叔父の急死と関係があるのだろうか。口論に発展してもみ合いになったとか？　ひょっとして……言葉にするのが恐ろしくて、体がかっと熱くなったかと思うと、急に背筋が寒くなり、直後にまた血が上った。

飛び乗ったタクシーが、ランズデイルが宿泊している〈ホテル・セシル〉の前に差しかかった。いくつも並ぶ窓を見上げる。あの窓のどれかにアンジェリータがいる。リチャードの頭の中を占めていたのは、アンジェリータと彼女の将来、そして自分たち二人の未来だった。もしも……もちろん、ただの仮定にすぎないが……だが、もし……万が一……。

「なんてこった！　なんで、こんなことに……」と、うめくリチャードを乗せて、タクシーは混んだストランド街《ストリート》を離れ、オールドウィッチ劇場《シアター》前に出た。「いや、ばかな！――そんなはずがない！きっと、急な発作だったんだ――運動不足をいつも僕が指摘していたじゃないか。たぶん脳卒中だ――叔父さんは、どっちかというと興奮しやすい質《たち》だったからな。ただ、さっきのシンプソンの声には、何か含みがあった気もする――」

タクシーが正面に停車すると、シンプソンが戸口に迎え出た。いつになく深刻な面持ちだ。隣に立つ、シンプソンよりやや若い見知らぬ男も同様だった。周囲に集まった物見高い野次馬を制服警官が脇に押しやるなか、リチャードはタクシーを降り、二人のもとへ急いだ。

「それで?」シンプソンの前に歩み寄ったリチャードは、勢い込んで訊いた。「その――本当なんですか」

シンプソンはリチャードをドアの中に招き入れ、一緒にいた見知らぬ男にもついてくるよう合図した。

「残念ながら事実です」三人が中に入るとドアを閉め、シンプソンが答えた。「いきなりお伝えするつもりではなかったのですが、こうなったら、ありのままにお話ししましょう。叔父上は亡くなりました――遺体で発見されたのです」そう言うと、隣にいる男に目をやった。「こちらはリヴァーズエッジさん。ロンドン警視庁《スコットランドヤード》の部長刑事さんです」

「警察！」と、リチャードは驚いて声を上げた。「ということは――」

シンプソンたちは視線を交わし、刑事のほうが切りだした。

「まず、間違いないでしょう。マーチモントさんは殺害されました」

普段は肚《はら》の座っているリチャードだったが、さすがにこの知らせには眩暈《めまい》を覚え、崩れ落ちるように椅子に沈み込んで、なかなか次の言葉が出てこなかった。ようやく口を開いたときには、奇妙なくらい平坦で静かな声になっていた。

「確かなんですか」

「疑いの余地はありません。今、二階に医師が二人来ています。彼らが詳しく説明してくれるはずです。マーチモントさんは、撃たれて亡くなったのです。背後から心臓を撃ち抜かれていました——卑怯者の仕業と言わざるを得ません。監察医によると、死亡時刻は昨夜の八時前後と思われます。つまり、遺体が発見される約十二時間前ということになります」

リチャードはシンプソンを見た。

「誰が見つけたんですか」

「パルドーさんです」と、シンプソンは答えた。「掃除に来てくれている女性で、長年働いてもらっています。このシステムを説明すべきですね」と言って、刑事をちらりと見やった。「リチャードさんもご存じではないかもしれませんから。マーチモントさんは、オフィスの上階を借りていました。そこを住まいにしていたのです。でも、住み込みの使用人は雇っていませんでした。毎朝九時に、近くのレストランから朝食が宅配され、昼と夜はいつも外食でした。毎日同じ時間にやってくる雑用係の男がいて、掃除とベッドメイキングはパルドーさんの担当です。八時に来て、まずオフィスの掃除をし、それから上階のマーチモントさんの部屋の清掃をするのです。当然、玄関の鍵を所持しています」

「ラッチ・キーですよね」と、リヴァーズエッジ刑事が確認した。

「ええ、そうです。彼女の話では、今朝、鍵は掛かっていなかったそうです。つまり、内側から開錠してあったということです。昼間はいつもそうしていましてね――少なくとも、仕事をしている時間帯は。建物に足を踏み入れたとたん、パルドーさんは遺体を発見し、それがマーチモントさんだと気づきました。腕と手を階段に投げ出すようにして踊り場に横たわっていたのです。彼女は気丈なほうではないようで、慌てて通りに飛び出して、たまたま近くにいた警官を呼んできました。そして、踊り場に駆け上がった警官が、遺体がマーチモントさんであることを確認したんです。この辺りの人なら、誰でも彼を知っていますからね。警官が最寄りの警察署に通報し、医師たちが駆けつけたわけです。今のところ、わかっているのはそれだけです。私はいつものように九時に来て、直ちにあなたにお電話したのです」話し終えると、シンプソンは遠慮がちにリチャードを見た。「ええと、二階に上がられたいですよね？　医師たちはマーチモントさんのオフィスにいます。その――われわれで、ご遺体をそこへ運んだものですから」

リチャードは、わずか二十時間ちょっと前に叔父と座っていた部屋へ上がった。あのときの叔父は、生き生きとしていた。ところが今は、遺体となって横たわっている――存命中よりハンサムだ、と思った。遺体の顔は、意外なほど穏やかだった。輪郭の整った唇に笑みをたたえているようにも見える。遺体を見て立ち尽くすリチャードの頭に、気になる考えが浮かんだ――叔父は、犯人と顔見知りだったのだろうか。しかし、すぐにそうした想像を脇へ押しやって、二人の医師と向き合った。

「正確な死亡時刻はわかりますか」

「われわれが到着する十二時間から十三時間前です」と、年上の医師が答えた。「われわれが来たのは、今朝の八時半前後です」

「ということは、昨夜の同じくらいの時間ということですね？」

「ええ――八時半前後でしょう」

リチャードは、もう一度遺体の顔を見た。彼は叔父が好きだった。父親のように慕っていたと言っていい。実際、子供の頃は父親代わりだったし、成長してからは、よき友人と呼べる存在になっていた。すると、またもや気になる疑問が浮かんできた。自分には、叔父の復讐をする義務があるのだろうか。自分は唯一の肉親だ。だが……報復相手である犯人は誰なのだろう。頭の奥では、ぞっとする不快な考えが繰り返し渦を巻いていた。もしも……万が一……。くるりと踵《きびす》を返し、それ以上、医師と言葉を交わすことなく部屋を出た。叔父が倒れていた踊り場で小声で話していたシンプソンと刑事が、階段を下りてきたリチャードを見上げた。その直前に刑事が口にした言葉を、リチャードは聞き取っていた。

「ぜひ、その件についてすべて聞かせてください」と、リヴァーズエッジはシンプソンに言ったのだった。「大変重要なことかもしれません」

リチャードの姿を見て、シンプソンは傍らのドアを開けた。

「リチャードさん、こちらへお願いできますか。リヴァーズエッジ刑事が、私の知っていることを話したほうがいいとおっしゃるので、あなたにも聞いていただきたいのです。実は――」部屋の中に入ってドアを閉めると、シンプソンは続けた。「確かに、ある事実を知ってはいるのですが、残念ながら今回の事件に関係があるとは思えません。ただ――」

「知っていることがあるなら、全部話していただかなければなりません」と、リヴァーズエッジが言葉を挟んだ。「今も言いましたが、きわめて重大なことかもしれませんからね。これは殺人事件なんですよ！」

「私が知っているのは、こういうことです」と、シンプソンはたまにリヴァーズエッジに目をやるだけで、ほとんどリチャードに向かって話を続けた。「昨日の朝、マーチモントさんにオフィスに呼ばれ、前の晩に生じた奇妙な出来事に関して内密に話したいと言われたのです。シティでの夕食会の席で、二十五年前、彼が弁護士として開業したクレイミンスターの警察が血眼になって捜していた人物に、思いがけず遭遇したとのことでした。そのあとで聞かされた、当時の状況をお話しします」

リチャードは、昨日の昼食時に叔父から聞いた話を再び聞くことになった。どうやら叔父は、二十五年前の経緯を包み隠さずシンプソンに伝えていたらしい。あらためて聞いてみると、いかにもランズデイルに不利な内容に思え、事の深刻さがひしひしと感じられた。話し終えたシンプソンはリチャードの反応をうかがったが、リチャードのほうは刑事の表情に注目していた。リヴァーズエッジの顔はどんどん曇り、明らかに疑いを抱いたようだった。

「ちょっといいですか」リヴァーズエッジは、シンプソンに質問した。「マーチモントさんは、ランズデイルと会う約束をしたと、はっきり言ったのですか」

「はい、そのとおりです！　昨夜の八時に、ここに来ることになっていました」

「自分からマーチモントさんに面会を申し出たんですね？——二十五年前、クレイミンスターの町から姿を消した件について釈明したいと？」

「ええ、マーチモントさんは、そうおっしゃっていました」

「マーチモントさんは間違いなく、そのランドという男——おそらくそれが本名だと思いますが——その男が失踪したとき、クレイミンスター警察が指名手配したと言ったんですか」

「私にはそのように聞こえました。『警察が血眼になって捜した』と言いましたから。それに当時の話をするなかで、『もちろん、こういう事件に時効はないからな。本当にここに現れる度胸が、やつにあるかどうかはわからん』とも言いました。ですから、クレイミンスターから姿を消したランドを警察が追ったけれども、行方がつかめなかったのだと理解したのです」

「昨夜、実際にランズデイルが来たかどうかは、ご存じないんでしょうね」

「ええ、わかりません。マーチモントさんの説明によると、来る予定ではありました」

「ここには、マーチモントさんお一人だったのでしょうか」

「いつも、夜は一人でした。私やほかの助手が残業をする必要がないかぎりは、ということですが。通常、われわれは五時半に帰り、遅くまで残るのはごく稀です。そのあとは、建物内にいるのはマーチモントさんだけでした」

リヴァーズエッジは首を横に振った。何を考えているのか、リチャードには測りかねた。リヴァーズエッジの次の質問は、二人に向けたものだった。

「夕方以降のマーチモント弁護士の習慣についてご存じありませんか」

「僕より、シンプソンさんのほうが詳しいでしょう」と、リチャードは答えた。

「ええ、よく知っています」と、シンプソンは頷いた。「いつも六時頃、夕食に出かけていました。一人のときは、レストランや行きつけのクラブ、ホテルなどを二軒ほど梯子《はしご》して、八時には帰ってきました。たまに友人を連れて戻ることもありましたが、たいていは一人で過ごされていました。とても熱心な読書家でしたから。でも夕食会の類いにも、ちょくちょく顔を出していましたね——週に二、三度はあったでしょうか。そういうときは、帰宅はもっと遅かったようです」

「ランズデイルと遭遇した日の夕食会の場所はわかりますか」

「はい。キャノン・ストリート・ホテルです。財界の方々との内々の集まりでした。マーチモントさんは、シティに知り合いが大勢いまして」

「内々の集まりということは、参加者の名前はご存じない？」

「いえ、少なくとも一人は知っています。うちの顧客のウォーターハウスさんです」

「それはありがたい！　その人からランズデイルの居場所を聞き出せる」

「それなら知っています」と、シンプソンが言った。「マーチモントさんがご存じでした。おそらく、ウォーターハウスさんから聞いたのでしょう。ランズデイルは、ホテル・セシルのスイートルームに滞在しているそうです」

「金持ちなんですね」

「そのようです」

リヴァーズエッジは、シンプソンとリチャードの顔を交互に見た。

「わかりました」と、静かに言う。「ホテル・セシルへ行って、ランズデイルに話を聞いてみます。しかし――」意味ありげな笑みを浮かべて付け加えた。「もし、昨夜ここに来たとすれば、ホテルにはいないでしょうね。ですが、とりあえず行ってみましょう」

刑事とシンプソンの会話を黙って聞いていたリチャードが、沈黙を破った。

「差し支えなければ、同行させてもらってもいいですか」

「かまいませんよ。あなたにも、この男に会って問いただす権利がありますからね。ですが――」オフィスを出てタクシーに乗ると、リヴァーズエッジはようやく続きを切りだした。「さっきも言ったとおり、ランズデイルが昨夜、ヘンリーさんのオフィスに行ったのだとしたら、今朝ホテルにいるはずがありません。絶対にね！」

「結論を急ぎすぎてるんじゃありませんか？」

「そんなことはない。それに、ランズデイルが犯人かどうか、現段階で予断は持っていないつもりです。ただ、偶然がすぎるようには思いますね。あまりにも重なっている。あらゆる事実を鑑みれば、ランズデイルは昨夜ベッドフォード・ロウに現れたのだと思います。そして何度も言いますが、もしそうなら、彼はホテルにはいないでしょう。だが——居場所がわかるかもしれない」

リチャードはしばらく無言だったが、ストランド街に入ると、急にリヴァーズエッジに向き直った。

「実は、お話ししておきたいことがあります。僕はランズデイル氏を知りませんし、一度も会ったことはありません。ですが——お嬢さんのことは知っています。彼女は父親と一緒にホテル・セシルに滞在しているんです。父親が不在のところへ、いきなり二人で訪ねたらショックが大きいでしょうから、ぜひ、僕を先に行かせてください！」

リヴァーズエッジは微笑んで頷いた。

「いいでしょう、かまいません。ただ、すぐ近くで待機させてもらいますよ。いずれにしろ、まだ捜査は始まったばかりですからね」

五分後、リチャードはアンジェリータの前に立っていた。

「お父さんは？　彼は今——」

だが、そう切りだすと同時に、その質問が無意味なことを悟っていた。案の定、ランズデイルは不在だったのだ。

第四章　失踪！

アンジェリータは、いきなりリチャードに駆け寄って腕を取った。

「何かあったのね！」と、不安げな声で言う。「真っ青だわ！――具合が悪いの？――いったい、何が――」

リチャードは平静を保とうと努力した。リヴァーズエッジが正しかったと頭ではわかっていても、ランズデイルが不意にどこかから姿を現しはしないかと室内を見まわしていた。すると、マントルピースの上に置かれた、見るからに最近、写真館で撮ったと思われる写真が目に留まり、そこに写っている男が自分の会いたい相手なのだと直感した。叔父のヘンリーと同じような大柄な体格で、全体の雰囲気もよく似ている――ただ特徴的なのは、叔父が言っていたとおりの垂れ下がった瞼《まぶた》だ……。

「ねえ、どうしたっていうの？」と、アンジェリータが繰り返した。「お願い、教えて！」

リチャードは彼女を見つめた。これから数分のちに、二人は互いにどういう言葉を交わすことになるのだろうか。

「わかった」と、彼は呟いた。「実はね、叔父が死んだんだ。ゆうべ――突然に」

アンジェリータは小さな声でお悔やみを口にし、再びリチャードの腕に手を置いた。

「できるだけ驚かないで聞いてくれ」と、彼は続けた。「遅かれ早かれ言わなくちゃいけないことだ。

叔父は、殺されたんだ！」

　同情の声が恐怖に変わり、アンジェリータは瞬間的に体を引いて、信じられないといった表情でリチャードを凝視した。リチャードは彼女に向かって頷き、もう一度辺りに視線を巡らした。

「お父さんは？　留守なのかい？　この件で、お父さんに会いたいんだ。その——説明が難しいんだけど、どうやら一昨日の晩、君のお父さんと叔父がシティの夕食会で遭遇して、ゆうべ叔父のオフィスで会う約束をしたらしいんだよ。それで——実際に彼が叔父を訪ねたかどうか知りたくて——何か見たり聞いたりしなかったかと——」

　話の途中でドアを軽くノックする音がしたかと思うと、リヴァーズエッジが入ってきて、苛立ちを浮かべたリチャードの視線に、なだめるように頷いてみせた。

「まあまあ、マーチモントさん。ランズデイルさんは不在でも、娘さんはいると確認できたので、話が聞けるのではないかと思いまして——」

「今、彼女に尋ねていたところです」リチャードが彼の言葉を遮った。「もう少し待っていてくれればよかったのに」

「外で訊き込んだ内容から、悠長に待っていられなくなったんですよ。いろいろと考えて推理するのが私の仕事ですからね。ランズデイルさんは昨夜遅くホテルに戻り、しばらくして紳士が訪ねてきた数分後、再び外出したきり戻っていないんだそうです。お嬢さんなら、ランズデイルさんの居場所をご存じなのではないですか」

　アンジェリータは唖然として二人を見比べた。

「わかりません！　私は何も知らないんです。知っているのは、ゆうべ父がここで食事をしなかったことだけで、そんなの、よくあることですもの。かなり遅くに帰宅したようですけど、それだって決して珍しくはありません。すでに寝床に就いていた私は、父が帰ってきた物音に気づきました。父は、寝室の戸口に来て私に声をかけました。その少しあとで、この部屋から話し声が聞こえたんです。父と、誰か知らない人の声でした。しばらくすると寝室にやってきて、仕事でどうしてもまた外出しなくてはならず、おそらく今夜は戻れないだろうと言いました。そうして出ていったんです。私が知っているのは、それだけです。本当です！」

「訪ねてきた男が誰か、知らないんですか」と、リヴァーズエッジが訊いた。「お父さんは、男の名前を言わなかったのですか」

「いいえ、まったく——その人のことにはひと言も触れませんでした。どなただったのかは、わかりません」

リチャードは、リヴァーズエッジに出ていってほしいそぶりをあからさまに示したが、相手は無反応だった。

「お父さんがいつもシティのどこにいらっしゃるか、ご存じなのでは？」と、相変わらずアンジェリータに視線を注ぎながら尋ねた。「私が思うに——」

「彼女はシティの場所も、どんなところかさえも知りませんよ！」リチャードは言い放った。「彼女を問い詰めたって無駄です。ランズデイルさんの居場所は知らないんだから——」

「お嬢さんの口から直接お聞きしたいんですがね、マーチモントさん。ランズデイルさんは、ほとんどの時間をシティで過ごしていたわけですから、時には娘さんに話すんじゃないですかね——」

「いいえ！」アンジェリータが口を挟んだ。「仕事の話は一切しません。どこへ行くのか言わないいんですから、居場所なんて知りません。だいたい、一日中外出しているうえに――」

再びノックの音がして、ボーイが電報を持って入ってきた。すぐに開封したアンジェリータは電報をリヴァーズエッジのほうに差し出し、リチャードが横から手を伸ばすより早く、リヴァーズエッジがそれを受け取った。

「父からです」と、アンジェリータが言った。「何て書いてあるかおわかりでしょう？――大事な仕事で二、三日留守にする、とあります。ですから――私にわかるのは、それだけです」

リヴァーズエッジは、電報を一瞥《いちべつ》してからテーブルに置いた。

「中央郵便局で出されていますね」と言うと、丁寧に頭を下げてドアへ向かった。「ありがとうございました、ミス・ランズデイル。マーチモントさん、外でお待ちしています。手が空いたら、少しお話ししたいことがありますので」

リヴァーズエッジが出ていくと、アンジェリータはリチャードに向き直った。

「あの人は誰なの？　どうして、ここに入ってきて、あんなに質問をするわけ？」

「それも、隠したって仕方ないな。彼は刑事だ。君のお父さんが、ゆうべ実際に叔父のオフィスを訪ねたかどうか知りたいんだ。もしそうなら、何か情報が聞けるかもしれないからね。でも、今はそんなの気にしなくて大丈夫だよ。その電報は、君に何日か一人でここにいるように、っていう意味なのかな」

「厳密には一人じゃないわ。メイドがいるから。それに、なんなら友人に来てもらってもいいし――前にも泊まったことのある女友達がいるの。でも、一人でも怖くはないわ。それより、私が心配なのは、あなたのトラブルのほうよ！」

「本当に、ひどいことになった」と、リチャードは言った。「何がなんだかわからない。でも、とにかく——あの刑事の手助けをして、なんとしても見つけ出さなきゃ——叔父を殺した犯人をね！　今出ていったあの刑事——君にもわかったと思うけど、彼は粘り強くて頼りになりそうな男だ。そろそろ彼のところへ行かなくちゃ」

数分後、リチャードは廊下で待っていたリヴァーズエッジと合流した。彼は意味ありげな視線をリチャードに注いだ。

「マーチモントさん、率直に言わせてもらいますよ——それが、あなたのためだと思いますからね。あなたとあのお嬢さんがどういう関係かは、察しがつきます。彼女の父親の疑いを晴らしたいなら、本人を出頭させるしかありません。逃げ隠れしていては不利なだけだ」

「ゆうべ、彼がベッドフォード・ロウへ行ったかどうかは、わからないんですよ」と、リチャードは言った。

「おっしゃるとおり——まだわかりません」と、リヴァーズエッジも同意した。「だが、その可能性は高い。私は、行ったと思っています。そののちにここで起きたことは、彼がベッドフォード・ロウを訪ねた件と深く関わっていると考えられます。あなたが部屋へ上がったあと、下でランズデイルさんについて訊き込みをしましてね。彼は昨夜の十時半にホテルの部屋へ戻りました。それからほどなく、一人の紳士が立派な箱型自動車でやってきて、すぐにランズデイルさんに会いたいと言うので、部屋へ案内したそうです。十分ほどすると、ランズデイルさんと連れだって下りてきて車に乗り込み、出かけていきました。それ以来、ご存じのように、ランズデイルさんは帰っていません。いろいろと入手した情報の中で私が注目したのは、彼を訪ねて連れ出した男の人相です。ポーターによれば、背が低く、ややずんぐりした浅黒い男で、流暢な英語を話したものの、外国人だと思ったそうです」

「ランズデイルさんは、外国人を大勢知っているはずですよ。それに、幅広い金融取引に従事しているらしいですから、その男が訪ねてきて連れ出したことが、叔父の死と関係しているとはかぎらないでしょう」

「まあ、今のところはそうですね」リヴァーズエッジは、わざと冗談めかした口調で言った。「ですが、娘さんの話では、父親は帰ってきたとき、寝室のドアへやってきて話しかけたんですよね。そのときは明らかに部屋で夜を過ごすつもりだった――少なくとも彼女にはそう思えたわけですが、それからすぐにまた、外出すると言いに行っている。なぜか？ 緊急事態が発生したからに違いない。私が知りたいのは――それがヘンリーさんの殺害と関連しているのかどうかということです」

「それを、どうやって確かめるつもりですか」と、リチャードは詰め寄った。

リヴァーズエッジは笑みを浮かべた。

「その質問には答えられませんが、ランズデイルを見つけることが最優先でしょう。娘さんのためにも、彼を見つけ出すのがいちばんですよ。シティでの訊き込みに同行してください。彼は、あそこでは知られた人物のはずです。ヘンリーさんの秘書が、シティの人間の名を口にしていましたよね」

「顧客のウォーターハウスさんですね」

「そう、それです――ウォーターハウス」と、リヴァーズエッジが続けた。「オフィスへ行ってウォーターハウスの住所を聞いたら、シティに向かいましょう。しつこいようですが、ランズデイルさんは、できるだけ早く姿を現すべきです。今朝のシンプソンさんの話は看過できませんから、どうしたって、その件について訊き込みをせざるを得ません。考えれば考えるほど不利なんですよ。ランズデイルさんにとっては、実に不利だ！」

「つまり——昔の件に関してということですか」

「要するに、こういうことです。奇妙な状況下で姿を消した男がいた——あまりに不可解な失踪だったため、警察が捜索に乗りだした。ところが、消息がつかめないまま二十五年間も行方不明だったその男が、別名の金持ちとなってロンドンに現れた。そして、彼の過去を知る人に遭遇してしまい、釈明のため密《ひそ》かに面会したいと申し出る。マーチモントさん、人間の心理ってやつは、たいがい同じですよ。おそらく、たいていの陪審員は状況証拠から、偶然見つかってしまった男が、釈明すると見せかけて口封じのために相手を撃ち殺したと判断するでしょう。その男が、面会の件を知る人間がほかにいないと考えていたなら、なおさらです。そうでしょう？」

「実際に二人が会ったという証拠はありません」と、リチャードは反論した。「ランズデイルは、ベッドフォード・ロウへ行かなかったかもしれない」

そう信じたいところではあったが、現段階では自信を持って断言する材料が何もなかった。リチャードはただ、突きつけられた事実から必死に目を逸らそうとしているのだった。しかし、リヴァーズエッジとともにベッドフォード・ロウに戻ると、徐々にだが確実にランズデイルを取り囲む輪を狭める事実が待ち構えていた。

入り口を入ったところで、身なりのいい女性とシンプソンが話をしていた。ショールも帽子も身に着けていないところを見ると、近所に住む女性のようだ。シンプソンはリヴァーズエッジに女性を紹介した。

「こちらは、キャップスティックさんです。お隣のビルで住み込みの管理人をしていらっしゃいます。

マーチモントさんが亡くなったのを聞いて、昨夜目撃したことを伝えに来てくださいました。警察に話したほうがいいのではないかとおっしゃって。キャップスティックさん、今の話をもう一度お願いできますか」

「ええ、もちろんです」キャップスティックは即答した。「シンプソンさんにも申し上げたんですが、私は根拠もなしに噂話を言いふらすような人間ではありません。ゆうべ、いつものように、夕食のときに主人と飲むビールを買いに行きました。オールドエールとマイルドエールを一パイント半買うのが日課なんです。隣に越してきてからずっと、角を曲がったところにあるパブに通っているんです。長いこと住んでいますけど、ほかの店で買ったことはないんですよ。そしてジョッキを片手に、もう一方の手にお釣りを握って帰ってきたら、マーチモントさんの建物の玄関から男の人が慌てた様子で出てきて、後ろ手にドアを閉めて通りへ歩いていきました。最初はマーチモントさんかと思ったんですが、ガス燈の下に差しかかったら、よく似ているけれど別人だったんです。背の高いがっしりした体格の、血色のいい人でした。わかっているのは、その人が速足でこの先のセオボールルズ・ロードのほうへ行ったことだけです。通りに出れば、バスも路面電車《トラム》も走ってますから」

「それは何時のことでした？」と、リヴァーズエッジが尋ねた。

「八時半前後だと思います。少し過ぎていたかもしれません。いつも八時半に夕食のビールを買いに行くんですが、一、二分は遅れることもあるので。私は几帳面なほうで、決まった時間に食事を摂ることにしているんです」

「パブで誰かと話し込んだりはしなかったんですか」

「そんなことは、したためしがありません。ブルーム・オブ・フェザーズの入り口に立っている若い店員に訊いてもらえれば、私が無駄口を叩かずに店内に入ってすぐ出たことを証言してくれるはずです。八時半前後というのは間違いありません」

「あなたが見た長身で体格のいい男性は、マーチモントさんに似ていたんですね」

「ええ、体つきがそっくりでした。その人は、とても急いで歩いていました——何やら独り言を言いながら、興奮した様子でした」

「興奮していた？　独り言を呟いていたんですね。わかりました、キャップスティックさん。大変参考になりました。私がまたお会いするまで、このことは他言なさらないよう、ご主人にもお伝えいただけますか。マーチモントさん、その男はランズデイルですよ！」キャップスティックがいなくなると、リヴァーズエッジはリチャードを振り向いて言った。「きっとランズデイルだ。ウォーターハウスの住所を手に入れて、シティに向かいましょう」

しかし、シティのウォーターハウスの証言は期待外れだった。少なくとも、彼らの役に立つ情報はもたらしてくれなかった。ヘンリーがランズデイルと遭遇した、例の夕食会に同席していた数人に連絡してくれたが、その朝も前日も、ランズデイルを目撃した人間は皆無だったのだ。ランズデイルに関する情報やロンドンでの動向について知る者はいなかった。

夕刻になって捜査に疲れたリチャードは、仕事を続けるリヴァーズエッジと別れて西へ向かった。ベッドフォード・ロウでしなければならないことが山ほどあり、アンジェリータに会いたい気持ちも募っていた。シンプソンと事後の相談をする前に、彼女の無事を確認したくて、まずホテルへ車を走らせた。だが、ホテルに着くと、新たな衝撃が待っていた。

「ミス・ランズデイルはご不在です」と、フロント係が言ったのだった。「今朝あなたがいらっしゃった直後、ミス・ランズデイル宛てに速達が届いたのです。そのあと、メイドの方と一緒に出かけたきり、お戻りになっていません」

第五章　後手に回る

リチャードがフロント係の言葉に返答をする前に、今朝ホテルを訪ねた際に見かけた、支配人と思われる男性が怪訝そうな面持ちで近づいてきた。

「ランズデイル様のご友人でいらっしゃいますか」支配人は静かな口調で尋ねた。

「お嬢さんの友人です」と、リチャードは答えた。「彼女を訪ねてきたのですが、外出しているそうですね」

支配人は頷いて、何かを言いかけそうになった。話したいことがあるのだが自信がない、といった様子に見えた。

「いつ戻るかは、わからないんでしょうね」と、リチャードは訊いた。

「はい、存じません」支配人は、きっぱりと答えた。「その——実を言うと、奇妙なことがありまして。ですから、ランズデイル様とお知り合いかどうかお尋ねしたのです。今朝ご一緒にいらした方を存じています。ロンドン警視庁《スコットランドヤード》のリヴァーズエッジ刑事ですよね。以前、ちょっとした件でお目にかかったことがあるんです。彼は、ランズデイルさんの動向に大変関心がおありのようでした」

「ランズデイルさんは、シティの行きつけの場所に現れていないんですよ」

「そのようですね。昨夜、ここからお急ぎの様子で出ていかれたんですが、お嬢様も行方不明とは。

あの――ご家族とどのようなご関係か存じ上げないので申し上げにくいのですが、ランズデイル様はどこか謎めいた方のようにお見受けします」

いかにも慎重な口ぶりで、探るようにリチャードを見つめている。だが、リチャードはもっと詳しい情報を引き出したかった。

「というと？」

「ランズデイル様は、こちらに数週間滞在していらっしゃいます。かれこれ一カ月半になりますでしょうか。何と申し上げたらいいか――うまく言えないのですが――とても裕福でお忙しい方のようにお見受けするのに、滞在中、一度も手紙や電報が届いたことがないのです。ですから、おそらくシティかどこかにオフィスをお持ちなのだと思います」

「何か疑わしい点でもあるのですか」

「お客様のことは、いろいろ知りたいと思うものです。今朝ご一緒にいらした刑事さんは、明らかに疑っているようですけれど。それに――」言いかけて、急に傍らの入り口に目をやり、「噂をすれば影ですね！」と、笑みを浮かべた。「今夜、またいらっしゃるような気がしていたんですよ」

振り向くと、リヴァーズエッジが入ってくるのが見えた。リチャードと支配人の姿に気づいて歩み寄ってきた。リチャードがいることに、特段、驚いた様子はない。

「そこに立っているところを見ると、娘さんは不在なんですね」と、淡々とした口調で言った。「彼女がいるなら、部屋に行ってるはずですものね。ランズデイルさんから連絡は？」支配人のほうを見て訊いた。「ない？　やっぱりな！　マーチモントさん、ちょっといいですか――あちらへお願いします」

ロビーの静かな隅へリチャードを誘導し、くたびれた表情で椅子に腰を下ろした。「こう行ったり来たりじゃ、さすがにこたえますよ。それはそうと、ランズデイルに関して少し情報を手に入れましてね。あなたと別れたあと、彼が時々キャノン・ストリート・ホテルで見かけられていたのがわかったんです。そのホテルで夕食を摂ることもあったようです。それで訊き込みをしてみたら、収穫がありました。昨夜、ランズデイルは六時半にホテルへ夕食に行って、八時近くまでいたんです。男と一緒でした。その男は、ホテルの喫煙室で長いことランズデイルを待っていたそうです。夜更けにここへランズデイルを訪ねてきて、連れだって出ていった男に間違いないでしょう」

「男の人相はわかったんですか」

「それなんですがね、今朝ここで訊き込んだ、昨夜遅くにランズデイルを訪ねた男の人相とそっくりなんですよ。なんとしても、そいつの正体を突き止めなければ。ところで、そっちは何かつかめましたか」

「娘さんが——何て言ったらいいのか」リチャードは、フロント係から聞いた話を伝えた。「もちろん、どこかに出かけただけかもしれませんし——」

「いや、そうじゃない!」リヴァーズエッジが首を横に振って遮った。「それも事件と関係しているに違いありません! 彼女は父親と合流したんだ。今朝届いた電報はブラフだったんですよ。ランズデイルは、まず自分が姿を消し、それから娘を呼び寄せたんでしょう。今夜また来ようと、明日来ようと、あの父娘には会えませんよ。二人とも逃げたんだ!」

「彼女が今朝、僕を騙したって言うんですか」リヴァーズエッジの嫌味な口調に、リチャードは怒りと疑念の入り混じった思いで言い返した。「そんなこと——」

「まあ、まあ、マーチモントさん、そう、かっかしないで」リヴァーズエッジは、ものわかりのよさそうな笑みを浮かべた。「もし、あなたが私と同じ刑事だったら――といっても、そうじゃないんだから、仮定の話をしても仕方ありませんね。私は別に、彼女がわれわれを騙したとは言っていません。でも、たとえそうだとしても責めはしませんがね。窮地に陥った父親を助けようとするのは、娘として当然の権利です。ただ、電報はブラフの可能性が高いと言ってるんです。たぶんランズデイルではなく、誰かほかの人間によるものでしょう。ランズデイルも娘さんも、このホテルには二度と戻ってこないと思います」

「単刀直入に訊きますけど」物事をはっきりさせたい性格のリチャードが尋ねた。「叔父を撃ち殺した犯人は、本当にランズデイルだと考えているんですか」

「この段階で意見を固めるほど、ばかじゃありません。ただし、ランズデイルが突然姿を消し、直後に娘さんもいなくなったのは、一昨日の晩、あなたの叔父さんが彼に気づいたこと、そして、その後殺害されたことと関係があるのは確かだと思っています。ですから、現段階では、事件関係者のリストからランズデイルの名前を除外するわけにはいかないのです。死因審問は明日の午後二時からで、最初はどちらかというと形式的なものなんですが、検死官と陪審員の前で充分な証言がなされるでしょうから、ランズデイルの名と彼が行方をくらました件は、夕方には全国に知れ渡りますよ！　いずれにしても、夕刊には載るはずです――それも大々的にね」

「でも――誰が証言するんですか」と、リチャードは問いかけた。「どんな内容を話すっていうんです？」

リヴァーズエッジは、半ば哀れむようなまなざしをリチャードに向けた。

「シンプソンですよ」と、にこりともせずに答える。「証人はシンプソンです」

「つまりシンプソンは、あなたに話したことをすべて死因審問で証言するということですか。叔父が彼に打ち明けたランズデイルの話も？」リチャードの声が大きくなった。「何もかも、すべて？」

「そのとおりです。ひと言残らず話してもらいます。最も重要な証言ですからね。そして私は、ランズデイルについて、ひとつとおりの訊き込みをしたことを話さなければなりません――もちろん、行方がつかめないこともです。ひょっとしたら、管理人のキャップスティックさんも召喚されるかもしれません」

「それから、どうなるんですか」

「検死官が一、二週間の休廷を宣言し、その間《かん》にわれわれ警察が事件の捜査に当たります」リヴァーズエッジは、事もなげに答えた。「通常の決まりきった手順ですよ。当然のことながら、われわれ――いや、私がまずやるべき仕事は、ランズデイルを見つけることです。さっきも言ったとおり、明日の夕刊も翌日の朝刊も彼のニュースで持ちきりでしょうから、もしそれでも出頭してこないとしたら――とにかく、しらみつぶしに捜すしかありません」

「どこかにいるはずです」リチャードは、ぼんやりと呟いた。

「そう思いたいでしょうね」途方に暮れたリチャードの顔をちらりと横目で見やり、リヴァーズエッジが言った。「あなたを悩ませている問題は想像がつきますよ。あのお嬢さんの父親が、あなたの叔父さんを殺したと疑われていることですよね。さぞ不愉快な事態でしょう。よくわかります――ええ、わかりますとも！　あなたにできる最善の策は、真犯人を見つけて彼への疑いを晴らすか、本人を出頭させて無実を証明するかです。だが目下のところ、あなたにも私にも、誰にもランズデイルの居場所を捜し出す手立てがない。彼の依頼を受けて、豊富な資金を持つ人物が、あらゆる手を使って匿《かくま》っている可能性が高いですからね。それに、仮に出てきたとしても、実際に昨夜ベッドフォードへ行っていたなら――私は、行ったと思っていますが――自らの潔白を証明するのは至難の業《わざ》だ。しかし」と言いながら、リヴァーズエッジは立ち上がった。「今はっきりしているのは、ランズデイルと娘さんがホテルから姿を消したということです。そして――二人は、きっと戻ってはきませんよ！」

リヴァーズエッジが正しいと感じながらも、リチャードは真夜中に再びホテルを訪ね、翌朝早くもう一度行ってみた。アンジェリータと父親からは連絡がなく、ヘンリーの遺体が発見された日の午後に捜査が開始されて以来、ホテルの人間のもとにも警察にも、二人はおろか、情報提供者さえ現れなかった。その後の経緯は、まさにリヴァーズエッジの言ったとおりで、夜七時を待たずに夕刊最終版は、ロンドンの著名な弁護士の殺害と、一見したところ容疑者と思われる男の不可解な失踪のニュースであふれた。どの新聞も事件を大きく扱っている――育ちのいい若きイギリス人らしく、プライベートに踏み込まれることに強い嫌悪感を覚えるリチャードは、ランズデイルの失踪に伴って、同じホテルから数時間後にいなくなったアンジェリータの名を紙面に見つけるたびに怒りに震え、全身が火照ったり冷たくなったりした。翌朝、打ち合わせのためベッドフォード・ロウで顔を合わせたシンプソンとリヴァーズエッジに、リチャードは募らせていた怒りをぶちまけた。しかし、リヴァーズエッジ刑事はうっすらと笑みを浮かべて首を振っただけだった。

「マーチモントさん、世間はいろいろ言うものです。だが、こんな事件が起きてしまっては、それも仕方がありません。叔父さんを殺害した犯人を知りたいんですよね。それがランズデイルだったら、実に不幸で悲しい現実です――しかし、現実とは得てしてそういうものです。それに世間の目というのは、きわめて有能ですよ。報道の力を使わない手はない。ともあれ、今や国民全員が事件のことを知っていますから、何か出てくることを祈りましょう。お気持ちはわかりますが、人の口に戸は立てられません。ランズデイルには、疑われるだけの理由がありますからね。シンプソンさんなら、おわかりでしょう」

「動機ですね！」シンプソンは即座に答えた。

「そのとおり。動機です。殺人事件に遭遇するたびに——これが七回目なんですが——私が最初に解明しようとするのは、犯人の動機は何かということです。今回は、強い動機が存在します。口封じです！　考えてみてください。ランズデイルはヘンリーさんと遭遇した。自分の秘密を握る相手です。心底、慌てたに違いない。ヘンリーさんがシンプソンさんに話した内容からも、それは明らかです。彼の話を覚えていますか。『驚いたな、マーチモントじゃないか。二人だけで話せないか。君のオフィスに行くよ——ぜひ、そうさせてくれ！　釈明したいんだ』と、ランズデイルは、彼にそう言ったんです。この言葉がいかに重大な意味を持つかわかりますか、マーチモントさん。これはまさに、怯えた男の言葉ですよ。過去の暗い秘密を知る相手に思いがけず再会して驚愕した男——その秘密が暴露されると破滅しかねない男のね。どう思います？」

「僕より、あなたの考えを聞かせてください」たった今リヴァーズエッジが口にした叔父の言葉を、リチャードははっきりと思い出していた。ヘンリーはシンプソンにも、昼食後のレストランで自分にしたのとまったく同じ話をしていたようだ。「あなたのほうが、事件について詳しく知っているはずです」

「私の考えというわけじゃありません。動機が存在する可能性を指摘しているだけです。ヘンリーさんはランズデイルの申し出を受け入れ、翌晩、自分のオフィスで会うことにしました。ランズデイルは丸一日そのことを考え続けたでしょう。おそらく彼は、ヘンリーさんが誰にも言わないと信じたのだと思います。二人が共有している秘密を漏らすことはないと――つまり、ヘンリーさんさえいなくなれば、秘密は守られるということです。私は、もっと乏しい根拠で死刑になった容疑者を何人も知っています。こうは考えられませんか。年配の男性がたった一人で自宅にいる――日が短くなった季節だ――面会の約束はすっかり日が落ちたあとです――大通りではない小道で、仕事も終わったあとの時間帯ですから、せいぜい管理人が一人二人いるくらいでしょう。どうです、申し分ない動機じゃありませんか」

「僕が知りたいのは――捜査の進展です」リチャードは苛立ちを隠せなかった。「つまり、あなたがた警察がどこまでつかんでいて、これからどう動くつもりかってことですよ」

「私の個人的な意見ですが、これまでにわかっていることはさておき、この事件には数々の謎が隠れている気がします。どうやら、過去を掘り下げる必要がありそうだ。相当前まで遡ってね。キツネ狩りで臭いの跡を見失ったときと同じやり方です。二十五年前にクレイミンスターで起きた事件について、もっと詳しく知りたい。あくまで私の意見で、上司が何と言うかはわかりませんが。もちろん、ランズデイルの捜索は続けます。シンプソンさんは、どう思います?」リヴァーズエッジは、シンプソンのほうを向いた。「何か考えていることがあるんじゃないですか」

「ええ、一つ思いついた案があります。報奨金を出すのがいいんじゃないでしょうか。多額の報奨金を与えるんです」

「ランズデイルを見つけた人間に?」と、リヴァーズエッジが訊いた。

「それは、あなたがた警察の仕事だ。そうだ、それもやってみたらどうです?――指名手配中とか、行方不明とか、あるいは失踪者だと、ビラに書いて宣伝するんです。いえね、私が考えているのはそうではなくて、情報提供者に対する報奨金です。つまり――」

「犯人の逮捕や有罪判決につながる情報をくれた人に、ですね」リヴァーズエッジがあとを引き取って言った。「確かに、報奨金が功を奏すこともないではありません。かなりの金をもらえるとわかるまで、情報を提供しようとしない人間もいますから。しかし、そいつはマーチモントさんが決めることですね」

「それが効果的な方法だと言うのなら、喜んで報奨金を用意します」と、リチャードは迷わず言った。「本気です！」

「ランズデイルの潔白が証明される情報ならなおのこと、でしょう？」リヴァーズエッジがこっそりささやいた。「まあ、やってみる価値はあるかもしれません。そうなったら、私が近隣に報奨金の件を流しますよ。実際、身近なところに新たな話が転がっていないともかぎりませんからね――ものは試し、ってこともあります」

「文面はどうしたらいいでしょう。それと、金額は？」リチャードはシンプソンに尋ねた。「たたき台を作ってもらえれば――」

シンプソンが答える前にドアが開き、事務員が有力夕刊紙の正午版を手に入ってきて、シンプソンに手渡すと同時に、黒い太字で書かれた二行の目立つ見出しを指さした。

ベッドフォード・ロウ殺人事件
報奨金一万ポンド！

第六章　依頼人は誰だ？

　傍らに座っていたリヴァーズエッジ刑事は、シンプソンが机の上に新聞を広げたとたん、大きな見出しを見つけ、驚きの声を上げた。

「なんと！　どういうことだ？　すでに報奨金が出されている！　出し抜かれましたね、マーチモントさん。しかも、一万ポンドとは！　相当な額だ」

　情けなさと困惑とが交錯して両手をポケットに突っ込んで部屋を歩きまわっていたリチャードだったが、やがて机に近づき、三人で頭を寄せるようにして紙面の上に屈み込んだ。ほかの二人より明らかに興味を惹かれた様子で興奮ぎみのリヴァーズエッジが、記事を読み上げた。

「**ヘンリー・マーチモント死亡**――ベッドフォード・ロウ九三番地Aの弁護士ヘンリー・マーチモント氏の遺体が水曜の朝、オフィスの階段で発見された事件は殺人の疑いが濃厚であり、一九二三年十月十六日火曜日の夜八時から八時半のあいだに銃撃されたものと思われる。犯人はいまだ野放しとなっており、犯人逮捕と有罪判決につながる情報をもたらした者には一万ポンドの報奨金を与えることを、ここに約束する。

WC2　チャンセリー・レーン九八五番地
　　弁護士　ダニエル・クレンチ」

　リヴァーズエッジが読み終えて最初に声を発したのはシンプソンで、小ばかにしたような冷ややかな笑い声をたてて、こう言った。

「クレンチ！　クレンチだと！　ダニエル・クレンチは一万ポンドどころか、一万ペンスだって持っちゃいない！」

「知ってるんですか」と、リチャードは尋ねた。

「よく知ってますとも！　昔で言う三百代言ってやつですよ。チャンセリー・レーンのゴルダイク・アンド・ノーゲイト弁護士事務所で秘書をやっていたんです――といっても、正式な実務修習生じゃありませんでしたがね。それでも、最後にはやっと修習生にしてもらえて、それからしばらくして独立しました。われわれも何度か仕事で一緒になったことがあります。決して几帳面ではないんですが、抜け目のないずる賢い男です。それにしても――ダン・クレンチと一万ポンドなんて、どうにも――」シンプソンは言葉を切って嘲《あざ》笑い、いかにも関心なさそうに新聞を脇へ無造作に押しやった。

しかし、リヴァーズエッジは首を振って、その新聞を手に取った。

「あなたの言うとおりなんでしょう。でも、この男はただの代理人ですよ！　間違いない。一介の弁護士や弁護士事務所が、わざわざ自分のポケットから報奨金を出す理由がありませんからね。クレンチに依頼した人物がいるんです。だが、誰のために動いているんだろう」怪訝な顔でリチャードを見る。「マーチモントさん、こんなことをしそうな身内の方に心当たりはありませんか」

「ありません。叔父には僕以外、親しい身内はいませんでしたから」

「やはり、そうですか――このあいだのお話から、そうだろうとは思っていました。となると、なんとも奇妙ですね」

「その広告が本物ならね！」シンプソンが、せせら笑った。

「本物だと思いますよ」と、リヴァーズエッジが言った。「いかにずる賢いか知りませんが、このクレンチという男は、最初はどうあれ、今はきちんと資格を持った弁護士です。まさか、嘘の広告を掲載するとは思えません。こういうことではないでしょうか――何らかの理由でどうしてもヘンリーさんを殺害した犯人を捜したい人間がいて、逮捕や有罪判決に貢献した情報提供者に一万ポンドを与えて、なんとか見つけ出そうとしている。一万ポンドをたやすく出せるくらい裕福な人物なのでしょう。その人物がクレンチを雇い、広告を掲載させた。簡単な話ですよ」

「でも、いったい誰が――つまり第三者が――それほどまでして犯人を見つけたがるって言うんです？」と、リチャードは訊いた。「叔父の死と、どんな関係が――」

「ヘンリーさんの死――もっと言うなら彼の殺害と、誰がどう関係しているのかはわかりません。私にもシンプソンさんにもわからない。今のところ見当もつきません。初めから、この事件には一見したところより深い何かが隠れていると思っていましたが、この広告がそれを裏づけてくれました。しかし、このまま放っておくわけにはいきませんね。もちろん、本庁の仲間が気づいて調べ始めるはずですが、クレンチには警察に話す義務はありません。クレンチにかぎらず、こういった広告を掲載するのは、法律上、自由ですからね」そう言って少し考え事をしているようだったが、やがて心得顔にリチャードを見た。「マーチモントさん、やってほしいことがあります。叔父さんの近親者として、チャンセリー・レーンへ行ってクレンチに会い、広告の真意を確かめてくれませんか」

「それは名案だ」と、シンプソンも頷いた。「いいじゃないですか！」

「なかなか口を割ってはくれないでしょうがね」リヴァーズエッジは冷ややかな笑みを浮かべた。

「何も聞き出せない可能性が高い。それでも、まずは行ってみてください」

「何も聞けなくて、意味なんかあるんですか」

「ありますとも！　あなたにならシンプソンや私が行くより気を許すでしょう。目と耳をしっかり開いて観察するんです。ただ――」と、言いかけてやめた。「とにかく行ってください。あなたにお任せします」

実は、リチャードも同じようなことを考えていた。といっても、彼の頭にあったのは、おそらくリヴァーズエッジが抱いているのとは違う思いだった。この破格の報奨金の申し出は、ランズデイルの件と何か関連があるのだろうか――ランズデイルとアンジェリータが失踪したことと関係しているのだろうか――。

「わかりました！」と、勢いよく言った。「行きます。何かアドバイスはありますか。こういうことは初めてなので」

「特別なアドバイスはありません」と、リヴァーズエッジは答えた。「私なら、亡きヘンリー・マーチモントの甥だと名乗って、クレンチの広告を見たので詳しい話を聞きたい、と言いますね。そうして、あとは耳に意識を集中させるんです――必要とあれば目にもね」

リチャードは、すぐにチャンセリー・レーンに向かった。叔父のオフィスしか知らない彼は、ダニエル・クレンチが、広々として立派な内装のベッドフォード・ロウとは対照的な場所で弁護士稼業を営んでいることに驚いた。クレンチは、サイズも種類もさまざまなオフィスがいくつも入った、大きな建物の最上階に位置する二つの部屋を使っていた。古びた入り口のドアの上部にすりガラスがはまっていて、そこにクレンチの名が大文字で、職業がイタリック体で書かれている。中に入ると、売り物件のビラや広告、法律関係の古本が並んだ書棚、書類の束などが雑然と置かれた、設備が悪くむさ苦しい待合室に、袖もズボンの丈も短くて手足の突き出た、インクの染みをつけた少年がいて、来訪したリチャードにきわめて愛想よく応対し、クレンチは今、手が離せないのだが、急用なら名刺を渡してみてもいいと言ってくれた。

何の仕事中だったのか知らないが、クレンチはリチャードが重要な用向きで来たと判断したようで、奥の部屋に入った少年はすぐさま出てきて、クレンチさんがお会いになるそうです、と告げた。開けたドアを手で押さえている少年に促されるように、リチャードは待合室と大差ない、古ぼけて設備の整っていない部屋へ足を踏み入れた。だが、中の様子を見まわす間もなく、彼の目は室内の人間に吸い寄せられた。そこには二人の男がいた。中央に置かれた机の前に座り、リチャードが入っても立ち上がる気配を見せない男がクレンチだと、すぐにわかった。好きになれない容貌だ。中背よりはやや低く、中年に差しかかっていて、狡猾そうな目つきと油断のない態度が、貧弱な顎鬚と不揃いな口髭によってかえって強調されている。体に合わないフロックコートを気取って着ているのだが、少しも似合っておらず、机脇のフックに掛かっている山高帽が、さらに趣味の悪さを感じさせる。成り上がり者を絵に描いたような人物だった。見れば見るほど、リチャードの胸に嫌悪感が募った。

クレンチの容貌が気に入らないから、もう一人の男のほうがいいかというと、それも疑わしかった。背が高くがっしりしていて、流行《はや》りのスタイルのツイードスーツをスマートに着こなし、両手をズボンのポケットに入れ、口の端に煙草をくわえてマントルピースに寄りかかっている。浅黒い顔に黒い瞳で、全体から受ける印象は俳優のようだが、念入りに切り揃えた濃い口髭からすると、そうではないだろう。油断のない雰囲気は同じだが、クレンチの目が狡猾そうなのに対し、こちらは明らかに邪悪な光を宿していた。部屋に入ったときから、その目が執拗に自分から離れないのを感じていたリチャードは、居心地の悪さを覚えた。

二人に礼儀正しく迎えられていないのは明らかで、予想していたどの応対とも違っていた。クレンチは訳知り顔に、薄い口髭の下の唇を曲げてにやりとし、リチャードと友人ではないものの旧知の仲だとでも言うように、親しげに頷いてみせた。

「おはよう、マーチモント君」腹立たしいほどぞんざいな言い方でクレンチが話しかけてきた。「来ると思っていたよ――君か、あるいは代理の誰かがね。夕刊の正午版を見たんだろう？ あれは、ほんの手始めさ。明日の朝には、大手新聞社すべてと、主な地方紙の朝刊に掲載される。物事は徹底してやるにかぎるからね。亡くなったヘンリー・マーチモントさんの甥としては、当然、あの広告が気になるよな？」

リチャードがマントルピースにもたれかかっている男にちらりと目をやると、クレンチは笑い声をたてた。

「ああ、ガーナーさんなら、聞かれてもかまわんよ！ 彼と私はパートナーなんだ。法律に関してではなく、ほかのことでね。われわれのあいだに隠し事はない。それに、この件についてはそもそも秘密など存在しない――公明正大そのものさ。私が出した広告どおりの情報を提供してくれた人には、警察が犯人を逮捕し、陪審員の判決が下された時点で一万ポンドを現金で支払う。死刑が執行されるのを待つまでもない」と、意地悪げな目つきで言った。「陪審員は有罪判決を下し、正義はなされるはずだからね。ところで、君がここへ来たのは――」

「報奨金の広告が、誰の依頼で出されたのか訊きたかったからです」

「なるほど！」クレンチは狡猾そうな笑みを浮かべた。「ところが、その点については私の口からは言えないんだ。私の依頼人――ある人に依頼されたことは認めよう――その依頼人が、君の気の毒な叔父さんの事件に多大な関心を寄せていてね。広告に掲載したとおりの情報を得られたら、喜んで一万ポンドを払うと言っているんだよ」

「情報を得られたらな！」ガーナーが、ざらついた笑い声とともに言った。「そういう情報が手に入ったらの話だ」

「そのとおり」と、クレンチが大きく頷いた。

「なぜ関心を寄せるんです？」リチャードは尋ねた。「血縁ではないはずですよね」

「血縁より重要なつながりというのもあるんだよ」と、クレンチはウインクをした。「確かに血は水よりも濃いが、ビジネスは血以上に重要な意味を持つものだ」

「遥かにな」マントルピースのそばに立つ男が呟いた。

「君の叔父さんの死はね」と、クレンチが続けた。「タイミングから言って大惨事なんだ。惨事には修復が必要だ。そして今回の件は、私が出した広告によって修復できる可能性がある――もちろん絶対かどうかはわからない。だが、望みはある！　報奨金の額は、依頼人の懸念の大きさを示しているにすぎないのさ」

リチャードは、クレンチの説明を頭の中で整理した。その結果、リヴァーズエッジのアドバイスは忘れて、こちらから質問をぶつけてみることにした。

「事件について報じられた記事には、目を通されましたよね」

クレンチは椅子の背もたれに体を預けて微笑み、指で机の端を軽く叩いて即答した。

「一言一句、漏らさずにな」

「じゃあ、ランズデイルさんの名前が挙がっているのはご存じですね」

「もちろんだとも！　警察と報道機関は、愚かにも、事件の内容を公にしすぎだ。ランズデイルがホテル・セシルからいなくなったことや、娘も姿を消したことなど、言わなくていいことまで公表している——おかげで、事件のことなら詳しく知っているよ」

「依頼人はランズデイルさんですか」と、リチャードは単刀直入に訊いた。

クレンチが笑いだした。

「マーチモント君、君はクリケット選手だったね。ローズとオーヴァルの競技場で試合を観戦したことがある。君は決断が早く、審判にも即断を求めていた。だが私からは、はっきりした答えを引き出すことはできないよ。私は肯定も否定もしない。言えるのは、さっきも話したとおり、依頼人が君の叔父さんの気の毒な死に大きな関心を寄せ、一万ポンドを喜んで出すということだけだ——あとは想像にお任せしよう」

リチャードはクレンチをちらっと見て、もう一方の男も会話に引き込もうと試みた。

「あなたの依頼人は、ランズデイルさんの無実を証明することに関心があると考えていいですか」と、尋ねた。「そうなんですか、クレンチさん」

だが、クレンチは再び笑って首を振っただけで、ガーナーも無表情だった。

「好きなように考えればいいさ」と、クレンチは答えた。「私には関係ない。言うべきことは伝えた――間もなくやってくるはずの警察にも、同じ話をするつもりだ。君と同じように、警察は広告の真意を知りたがるだろう。だがね、マーチモント君、わかっていると思うが、君にも警察にも関わりのない案件なんだ。気を悪くしないでくれたまえ――つまり、私の依頼人がそういうふうに金を使いたいと望むなら、誰にも反対することはできないんだよ。彼の金なんだからね」

「しかも大金持ちだ」ガーナーが呟いた。「それが彼のやり方なのさ」

「そう、ガーナーの言うとおり――それが、彼のやり方なんだ」と言ってから、クレンチは冷やかすような視線をリチャードに向けた。「まさか、哀れな叔父さんのために、君も同じことをしようと考えていたんじゃないだろうね。ひょっとして、われわれに先を越されてしまったとか――」

リチャードは、むさ苦しいオフィスを出てベッドフォード・ロウへ戻った。面会時のいきさつを聞いたシンプソンは鼻で笑い、実にクレンチらしい、と感想を漏らした。ガーナーのことは知らないし、名前を聞いた覚えもないという。シンプソンが仕事のため出ていくと、リヴァーズエッジがリチャードに向き直った。

「マーチモントさん、こうなると、できることはただ一つです。われわれ二人で、どうしてもやらなければ！」

第七章　元警視

リヴァーズエッジは、脳裏に浮かんだアイデアに悦に入っている様子で、机の上に身を乗り出して、要点を強調するように机を叩く手に力を込めた。

「要するに、こういうことです。事件当初から、そしてランズデイルにまつわる叔父さんの話をシンプソンから聞いて以来なおさら、私は過去に遡って捜査する必要性を強く感じていました。事件解決のためには、二十五年前の出来事に立ち戻ることが不可欠です。マーチモントさん、あなたは娘さんのために父親の容疑を晴らしたいんでしょう？」

「もちろんです！」リチャードは頷いた。「それに僕は、ランズデイルが叔父を殺したとは思っていません」

「まあ、いずれにしろ、あなたはお嬢さんのためにランズデイルの無実を証明したいわけだ。だったら真っ先にすべきは、直接、証拠を手に入れて、二十五年前ランズデイルがクレイミンスターから姿を消したとき、町で本当は何が起きていたのかを突き止めることです。ただし、言っときますが、結果はどちらに転ぶかわかりません。二十五年前のクレイミンスターでの事件が実はひどいもので、ランズデイルの正体が失踪した株式仲買人のランドだということを叔父さんがシティの連中か警察に話したら、ランズデイルは破滅に追い込まれた可能性もあります。しかし、そうではなかったと判明する可能性もあるんです。あなたの話からすると、娘さんとは知り合いでも、ランズデイル本人と会ったことはないんですよね？　やはり、そうですか――ふむ、明らかに叔父さんは、ランズデイルに対してかなり悪い評価を下していたようだ。だが――叔父さんの勘違いということもあります。実際は、彼が思うほど深刻な事態ではなかったかもしれません。二十五年も経っているんです。いつの間にか記憶が変化してしまってもおかしくはありません。とにかく、私は職務として、今はランズデイルと名乗っているランドがクレイミンスターからいなくなった際の事情を正確につかみたいんですよ！」

「クレイミンスターに行くつもりなんですか」

「ええ、行きますとも！――今日の午後、さっそく向かいます。ほんの二時間ほどの道のりですからね。マーチモントさん、あなたも一緒に来てください。私は、わりあい観察眼の鋭いほうでしてね。このあいだの朝、あなたが心から関心を抱いているのに気づきました――つまり――あのお嬢さんにです。彼女の父親の過去についてはっきりすれば、あなたも安心でしょう。たとえクロ、だったとしても、何も知らないでいるよりずっとましだ。キングズクロス駅から二時十五分に出る列車があるんです。さあ、どうします？」

アンジェリータの話を持ち出され、リチャードは黙って従うことにした。リヴァーズエッジの言うとおり、父親の容疑を晴らすのはもちろんのこと、彼の過去に関する真実を知りたいと思っているのは確かだった。ロンドンにいても、今のところ、これ以上できることはない。すでに警察がランズデイルとアンジェリータの居場所を必死に捜索し、ランズデイルと一緒にホテルから出ていった男を追っているのだ。そこでリチャードはフラットに戻って急いで支度をし、シンプソンにひと言告げてから、キングズクロスでリヴァーズエッジと落ち合った。クレイミンスターに着くまでのあいだ、向こうで何か発見できるのだろうか、そしてそれは、捜査に新展開をもたらすことになるのだろうか、といったさまざまな考えが頭の中を渦巻いていた。

紛れもない現在に光を当てるために遥かな過去に戻るとは、奇妙な感じだ。

「この町では、そう苦労しないはずですよ」クレイミンスター駅を出て大きめのホテルを探しながら、リヴァーズエッジが言った。「三十分もあれば町を一周できます。住民の数も少ないし、情報をもらえる人間はその中のほんの一握りですから、たいして時間はかからないでしょう」

「おそらく、二十五年前のことを覚えている人がいるはずです」と、リチャードは言った。彼の一族はクレイミンスターに所縁（ゆかり）があり、祖先の多くがこの町の教会墓地に埋葬されている。なのに一度もこの地を訪れたことのないリチャードは、好奇心を掻き立てられて周囲を熱心に見まわした。思ったより小さな町だった。木々の中に大きな教会の高い塔がそびえる、絵のように美しい古くからの市場町だ。人口のまばらな田舎の町はどこまでものどかで、世間を騒がす出来事とは無縁に思える、砂漠の中のオアシスのような場所だった。「この町には、きっと長寿の人が多いんだろうな。なんか、そんな雰囲気ですよね」

「それに、田舎の人ほど記憶力がいいもんです」と、リヴァーズエッジは訳知り顔で言った。「過去の記憶を大切に覚えておくくらいしか、することがありませんからね。ええ、きっと欲しい情報が手に入りますよ。大丈夫！」と言っているうちに、中央広場に面する古風なホテルの入り口に到着した。

「夕食まで一時間あります。ゆっくり休むなり、近所を見てまわるなりしてください。私はちょっと仕事をしに行ってきます。何もない町でも、警察署はあるでしょう」と、リヴァーズエッジは笑った。

「それだけは、どこでも必ず見つかりますからね」

やがてリヴァーズエッジは出ていき、リチャードが再び彼に会ったのは、夕食を知らせるベルが鳴ったときだった。リヴァーズエッジは笑みを浮かべ、満足げに両手をこすりながら戻ってきた。

「さっそく収穫がありましたよ、マーチモントさん！」喫茶室に入るなり、うれしそうに報告した。「実に幸運でした！　二十五年前に警視だった人物が――ダヴェリルというんですが――事件からほどなく退職して、今でも町に住んでいるんです。古い教会のそばに小さな家を構えていましてね。地元の警察署から連絡を入れてみたら、夕食後に話をしに来てくれることになりました。元気のいい老人ですよ。しかもありがたいことに、彼は今回の事件のことを知っていました。つまり、新聞記事の内容も捜査状況もすでに把握していたんです。もちろん、この町で弁護士をしていた当時のヘンリーさんを覚えていました。あなたの一族の大部分もです――みなさん、この町の住民だったんですもんね。いやあ、どうやら大当たりを引いたようだ！　老人に好きな酒とうまい葉巻を楽しんでもらって、話を引き出しましょう。彼が話してくれればくれるほど、われわれの目的に近づくってもんです」

泊まり客はほとんどおらず、元警視がやってくると、三人は喫煙室の暖炉脇にある快適な席を確保できた。リチャードは事件の話を聞きたくてうずうずしていたのだが、初めのうち、ダヴェリルはマーチモント一族の話ばかりした。リチャードの祖父のチャールズ・マーチモント、父のジョン、独身で亡くなった叔母のソフィアとシャーロット、そして叔父のヘンリー。リチャードは、しだいに苛立ちを募らせた。家族の話と元警視の思い出話などどうでもよかった。だが夕食を元気よく食べたリヴァーズエッジは、夕方からずっと一緒にいる元警視の無頓着さを気にすることなく、いずれ現在の事件に話が及ぶことを確信しているかのように自由に喋らせていた。そしてついに、ダヴェリルはため息をついて本題に入った。

「それにしても、君の家族がこんな事件に巻き込まれるとは思いもしなかった」と、ダヴェリルはリチャードのほうを向いて言った。「ヘンリーさんは本当にお気の毒だったね。若くて意欲的だった彼を、つい昨日のことのように覚えているよ。なんという事件だ――まったく、ひどい！」

「まさに、その事件についてお力を借りたいんです」チャンスを逃さず、リヴァーズエッジはすかさず切りだした。「ヘンリー・マーチモントさんの捜査に関する新聞記事にはすべて目を通されているとおっしゃってましたね――もちろん、今は捜査のためにそれ以上の情報は差し止めていますが……。ランズデイルと名乗っている、昔クレイミンスターにいたランドという男について、マーチモント弁護士が秘書のシンプソンに話した内容はご覧になりましたよね。全部お読みになったんでしょう？」

「ああ、全部読んだよ」と、元警視は答えた。「新聞に書いてあることにはすべて目を通した――地元民としての興味というやつだ」

「でしたら、ランドに関するシンプソンの証言をご存じですね。ランドが町からいなくなったとき、マーチモント弁護士は、彼が警察に指名手配されたのだと感じたと言っていたそうです。ダヴェリルさんは当時、警視だったんですよね？」

リチャードは、じりじりする思いで老人の答えを待った。だが、ダヴェリルはなかなか答えなかった。葉巻をゆっくりとくゆらせ、ウイスキーをすすった。しばらくして、ようやくリチャードたちに視線を向けた。いよいよ事件のことを話し始めるというサインだ。

「まあ、そうなんだが……。ヘンリーさんが秘書に語ったという話は読んだ。彼が話したことが本当なら、ヘンリーさんは誤解していたようだ――自分では正しいと信じていたらしいがな。ちょうど、彼が新たなパートナーシップを結んでロンドンに出ていった頃のことだったから、忙しくしていて勘違いしたのかもしれん」

「じゃあ、ランドは警察に追われてはいなかったんですか」と、リヴァーズエッジが尋ねた。

「いや、そんなことはない！　われわれは彼の捜索に当たっていて、それはしばらく続いた。ただし、捜索の理由は、ヘンリーさんが考えていたものとは違う」

「だったら、どういう理由だったんですか」リヴァーズエッジが食いついた。

老人は思いついたことでもあるのか笑みを浮かべ、リチャードとリヴァーズエッジを交互に見た。

「捜索理由は、外部には一切明かされなかったはずだ。そのせいで、おそらくヘンリーさんは、警察がランドを逮捕するために指名手配したと勘違いしたのだろう。だが、そうではないんだ。実はな、われわれは、ランドが殺害されたと考えていたんだよ！」

この言葉がリヴァーズエッジに与えた衝撃は大きかった。強い電流に撃たれたかのように椅子の上で跳び上がり、座り直すと、さも驚いたようにヒューと口笛を吹いた――あるいは、何かひらめいたのかもしれなかった。

「そうか！」と、大きな声を出して両手をこすり合わせた。「なるほど、そうだったんですか！　彼が殺されたと考えていたんですね。生きているランドを捕まえるのではなく、死体を見つけようとしていたわけか。そりゃあ大違いだ！」

「警察は、ランドが殺されたと確信していた」と、ダヴェリルは続けた。「正直、私は今でもそう思っている。ヘンリーさんが、ランズデイルと名乗る彼とロンドンで遭遇したと秘書に話したという記事を読んだときは、本当に驚いた。二十五年間、私はランドが殺害され、この町の近辺で遺体が発見されるものと信じていたんだからね」

リヴァーズエッジは両手で膝を打ち、リチャードを見た。

「こいつは驚いた！　聞きましたか、マーチモントさん。これは新情報ですね。殺された、か。確かに、殺されたのだとしたら姿が見えなくなって当然だ。しかし――」

「ランドが殺されたと考えた根拠は何だったんです？」リヴァーズエッジの独り言を遮って、リチャードは尋ねた。「それを公表はしなかったんですか」

ダヴェリルは、うっすら笑って首を横に振った。

「われわれ――いや、私が伏せた。あのときは、そうする理由があったんだ。世間は、警察が徹底的にランドを捜索していることしか知らなかった。ヘンリーさんがそうだったように、町民はみな、われわれがランドを逮捕したがっていると思っていた。だが、それは違う――彼を逮捕する容疑はなかったんだ。私の知るかぎり、ランドは何の罪も犯してはいない」

リチャードは思わず安堵のため息を漏らした。何はともあれ、アンジェリータの父親が犯罪者ではないとわかったのは大きな収穫だ。だが、リヴァーズエッジが現実的な質問を始めた。

「ちょっと待ってください。わからないことがあります。ランドが殺されたと考えていたと言いましたよね。容疑者は誰だと思っていたんですか」

「誰でもない」と、元警視は答えた。

「ますますわからない！」リヴァーズエッジは食い下がった。「人が殺害されたと考えておきながら――」

「それがだな」ダヴェリルは含みのある目つきをした。「当時、クレイミンスター近隣には、ジェイムズ・ランドを殺したいと思っていた人々が大勢いたんだ。喜んで殺してやりたいと願う人間がな。

そこへきてランドが忽然と消え失せ、一向に行方がつかめないとなれば、その中の誰かが彼に復讐したと考えても当然だった。本当に、私はそう信じていたのだ！」

「復讐ですか」と、リヴァーズエッジが言った。「ランドが狙われる理由があったんですか」

「ああ、あったさ――事件というのは、何の理由もなく起きはしないものだ。二十五、六年前、この町の周辺に住む一定の階級の人たちのあいだで無分別なギャンブルが流行した。もちろん、株式というギャンブルだ。今となっては、どのように始まったのか知る由もないが、とにかく一大流行だった。歴史的な南海泡沫事件（一七二〇年、南海会社の倒産によって多数の破産者が出た事件）によく似ていた。特に上流階級の住民たちが熱中したんだ。大邸宅に住む郷士、知的職業人、裕福な商人といった人たちだ。主に外国証券だったと思うが、定かではない。そしてランドは、そこに関わっていた。当時はまだ若く、教師をしたのち、会計士になった。熱狂的なギャンブルが始まる前に株式仲買人になっていたのか、流行が起こったから転向したのかは覚えていない。だが、とにかく、あの大流行のさなか、ランドはこの町で株式仲買を行って、莫大な金を動かしていた。その頃、株式に夢中になった人たちに大人気の株があった――一時的な熱狂で、数年後には下火になったんだが――ランドはその株を大々的に扱っていたんだ。するとある日突然、株価が急落した。大暴落だ。大勢の住民が破産したり、そこまでいかなくても、かなりの貧困に陥ったりした。そういう人たちの多くは、自らの欲望が招いた結果にもかかわらず、責任をランドになすりつけた。はっきり言って、警視だった私には、ランドの命が危険にさらされているのが手に取るようにわかった。そんなとき、彼の姿がいきなり消えた。それを私がどう推理し、なぜ警察が懸命に捜索に当たったかは、さっきも言ったとおりだ。君らには想像もつかんだろう」ダヴェリルは語気を強めた。「この人たちが、仲買人にすぎなかったランドにどんなに執念深い怒りを向けたことか！　ランドはただの仲介人だったというのに」

「もしかしたら、顧客に悪いアドバイスをしたんじゃないですか」と、リヴァーズエッジが口を挟んだ。

「その点についてランドと話す機会があったんだが、彼は顧客たちに、破産を招いた例の株を買うよう執拗に頼まれたと言っていた。彼らはギャンブルに狂っていた――まさに熱病だったんだよ！　株に手を出す前は裕福だったのに転落してしまった家族もいた。例えば、ウッドコートのアイキン家、ペパーストンのマーシュ家、サンダースウェイト家――」

リチャードが目を見開いた。サンダースウェイト？　どこかで聞いた名だ。そうだ、思い出した。ベッドフォード・ロウで叔父のヘンリーと一緒にいた、落ちぶれながらも体面を繕っていた二人の女性だ！

第八章　刑事の推理

ダヴェリルは、思い出話に集中していたためリチャードの驚きに気づかなかったし、リヴァーズエッジはちょうど二本目の葉巻に火をつけていて、彼の反応を見逃した。それがかえって、リチャードにとってはありがたかった。当面、自分の中だけに収めておきたかったのだ。ロンドンに戻ったら、ミセス・マンシターと妹から何か情報を得られるかもしれない。彼は、これまで以上に元警視の話に耳を傾けた。

「なかでも、サンダースウェイト家のケースはひどかった。あの一家は、町外れの環境のいい場所に住んでいた――ここらでは旧家で、町の中心地から離れた場所で快適な暮らしをしていてな。父親と、二人の娘と、息子が一人いた。娘たちは、実にいいお嬢さんだった。ベシーとコーラ姉妹のことは、よく覚えているよ。みんなからライニーと呼ばれていた息子のライオネルも、頭のいい若者だった。ベシーはどうだったか知らないが――彼女は妹と違っておとなしいタイプだったからな――父親とコーラとライニーは、株式のギャンブルに夢中だった。三人ともランドのオフィスに入り浸りだと、町ではもっぱらの噂だったよ。株が暴落したとき、あの一家は大変な損害を被った。子供たちはそれぞれ金を持っていたんだが、それがすべてなくなったんだ。ベシーだけは、いくばくかの貯金を残していたらしいが、父親は破産して、立ち直れないまま、ほどなくこの世を去った。屋敷は売り払われ、子供たちはクレイミンスターから姿を消した。何年かして、ロンドンで下宿屋かなにかを始めたと耳にした。彼らが町を出る前、末娘のコーラと話したんだ。彼女も、さっき言った、ランドを喜んで殺したいと思っていた人たちの一人だった。何もかもランドのせいだと責めていたよ。だが、それはどうだろう——サンダースウェイト家の面々は、そもそもギャンブルが好きだった。一晩中カードテーブルを囲んで賭けをするようなタイプだったんだ。父親は競馬の常連で、大金をつぎ込んでいた。コーラは、よく狩猟に出かける健康的で威勢のいい娘だったんだが、暴落した例の株を自分たちに勧めたのはランドだ、と言い張った。しかし私に言わせれば、彼らのような人種は、誰かのほんのひと押しを待ち望んでいるんだ。それにしても、その話をしたときのコーラは——なんというか、ランドに対する憎しみで殺気立っているように思えた」

「でも、あなたは、ランドが本当に悪事をはたらいていなかったかどうかは知らないんですよね」と、リヴァーズエッジが訊いた。「合法な範囲での取引だったか、確信はないんでしょう?」

「ああ」と、ダヴェリルは答えた。「曖昧な噂話しか聞こえてこなかった——しかも、どれも株の急落でひどい目に遭って苦しんでいた人たちからだった。まあ、こういう小さな町には、いいかげんな噂を流す人間が必ずいるものだ。ランドは預かった金の一部を投資せずに横領したのだ、とか、どこかに居心地のいい隠れ家があって、そこに逃げたんだ、とかな。もちろん、彼が町からいなくなったあとの話だ」

「ランドは、どのようにいなくなったんですか」リヴァーズエッジが尋ねた。「不可解な点があったんですか」

「不可解!」ダヴェリルの声が大きくなった。「不可解な点だらけさ! 暴落が起きた前の夜——つまり、暴落のニュースが町の住民に知らされる前の晩――ランドはこのホテルにいた。実は、まさにこの部屋にいたんだ。もしかしたら、この椅子に座っていたかもしれん。ここで過ごすのが毎晩の日課だった。誰も変わった様子には気づかなかったようだが、今になって再び現れたとなると、あのときすでに何が起きるかを知っていて、どうするか肚《はら》を決めていたんだろうな。この部屋を出て――もちろん、何もかものちにわかったことだが――いつもどおり十時にホテルをあとにしてからは目撃されていない」

「忽然と姿を消したわけですね」と、リヴァーズエッジが言った。「文字どおり、消えてしまった」

「幽霊でもなければ、あんな消え方はできない！　外の通りに出た瞬間から――今と同じ、秋も半ばに差しかかった頃で、すっかり暗くなっていたとはいえ――誰もランドを見た者がいない。まるで神隠しに遭ったみたいだった」

「ランドは、町のどの辺りに住んでいたんですか」

「いや、彼は町には住んでいなかった。独り者のランドは、四分の三マイルほど先のエルムコートにある立派な古い農家に部屋を借りていたんだ。このホテルを出て道を渡り、教会通り《チャーチ・ペイヴメント》を真っすぐ行ってエルムコート・レーンを曲がり、でこぼこ道をさらに歩くと、雑木林を抜けて農家に到着する。エルムコートは、二つの農場とコテージが散在するだけの小さな集落だ。われわれは、帰宅途中でランドが襲われたと考えて――」

リヴァーズエッジは、老人の回想を鋭く遮った。

「ちょっと待ってください！　いなくなったのは、大暴落が起きる前だったんですよね！――前日、いや前夜だった！　だったら、誰がなぜランドを待ち伏せて襲ったっていうんですか。被害者たち

――もし、投資家が被害者だったとすればですが――彼らはまだ、暴落を知らなかったんですよ」

ダヴェリルは、わかっているという目つきで微笑んだ。

「私は、暴落のニュースが町の住民に知らされる前、と言ったはずだよ。要するに、一般の人々ってことだ。あとに判明したことだが、関係者――つまり、株取引に深く関わっていた人間は知っていたんだ。少なくとも、自分たちの金が失われるということはわかっていた。そう、かなりの人が一日か二日前には知っていた。なんにしても、われわれはランドが待ち伏せされて殺され、遺体をどこかに持ち去られたと考えた。あの辺りなら難しいことじゃない。炭鉱が多く、坑道は深くて草に覆われている。遺体を放り込むのは簡単だっただろう。われわれはランドの遺体が遺棄されていると踏んでいたから、古い坑道を徹底的に捜索した。が、結局、成果はなかった。遺体は見つからなかったんだ。だがランドの消息はぷっつり消えていて、われわれの捜索も実らなかったので、彼は殺されているに違いないと思っていたんだよ。それなのに――今になってロンドンに姿を現すとは！」

「彼に会えばわかりますか」と、リヴァーズエッジが尋ねた。

「ああ、わかるとも。やつは、瞼《まぶた》が垂れ下がっていた。左の瞼だ。そのせいで独特な表情をしていた――顔の片側が半ば眠っているような感じだ。ああ、彼が本当にランドなら、絶対にわかる！」

「確かに、二十五年経っても、身体的特徴はそのままでしょう」と、リヴァーズエッジが言った。「新しい瞼を手に入れるなんて無理ですからね。ところで、この町にいた当時のランドは、どんな男でしたか――どういう印象でした？」

ダヴェリルは笑みを浮かべ、リチャードのほうに顔を向けた。

「それが、君の叔父さんのヘンリーさんとよく似ていたんだよ。見た目が酷似していた。二人とも二枚目で背が高く、血色がよくて、きれいに髭を剃っていてな。目鼻立ちや物腰もそっくりだった。もちろん、ひと昔前の話だ。長い歳月でどう変わったかはわからん。ただ、あの当時はよく似ていた」

元警視が立ち去ると、リヴァーズエッジは考え込んでいる様子でしばらく部屋の中を歩きまわっていたが、やがて、暖炉のそばに戻ってきて椅子に座り直した。

「マーチモントさん」と、彼は切りだした。「あることを思いつきました。突飛もない犯行動機だと言われるかもしれませんが、ヘンリーさんは、ランドと間違えて殺されたんじゃないでしょうか！」

リチャードは一瞬、答えに詰まった。クレイミンスターの住民、なかでもサンダースウェイト家のような人々のあいだに広がっていたランドへの憎しみについてダヴェリルが語ったときから、たった今、刑事の口から出たのと同じような考えが、ぼんやりとではあるが頭の中に浮かんでいたのだった。もし、叔父がミセス・マンシターと妹に、ランドがロンドンにいて、あの晩ベッドフォード・ロウで会うことになっているのを話したとしたら、そして、もし――リヴァーズエッジが再び自分の推理を話し始めた。

「案外、それほど突飛ではないかもしれません。もっと突拍子もない事件だって過去にはありましたからね」

「別の場所で殺害されたのなら、その可能性もあると思いますけど」少し間が空いたあと、リチャードは言った。「でも、何者かが叔父とランドを間違えたとして――いまだにランドに対して拭いきれない恨みを抱いている人間が、どうして叔父のオフィスに入るって言うんです？」

「まあ、そうなんですがね。あながち、あり得ない話じゃないと思いますよ。シンプソンが言っていたヘンリーさんの普段の行動を思い出してみると、彼は、人との約束がない夜は、かなり早い時間にどこかのレストランやホテルに夕食に出かけて、八時までにはベッドフォード・ロウに戻ったということでしたよね。こういう仮定はどうでしょう――事件の核心に至るには、数多くの仮定を重ねるのが大事なんです――殺された晩、ヘンリーさんはどこかで夕食を摂った。そのレストランかホテル、あるいは帰宅途中で、ランドに積年の恨みを晴らしたいと思っていた人物と出くわし、彼と間違えられたとは考えられませんか。そういう人間なら、ベッドフォード・ロウまでヘンリーさんのあとをつけて、オフィスに忍び込み、階段で彼を撃ち殺したとしてもおかしくはないでしょう。外見が似ていたという証言は重要な裏づけになります」

リチャードは頷いた。が、意見は差し控えた。たとえリヴァーズエッジが相手でも、言わないほうがいいこともあると気づき始めていたのだ。そこで彼は、話題を変えた。

「なぜ、ランズデイルは――今はその名前で通っているようなので、そう呼びますけど――あの晩、失踪したんでしょうか。叔父の死と本当に関係があると思いますか」

「ええ、もちろんですとも。間違いない!」リヴァーズエッジは力強く頷いた。「いろいろ考えて推理をまとめてみました。ひょっとしたら違っているかもしれませんが、当たっている可能性も大いにあります。ランズデイルはおそらく、とても大きな金融取引のためにロンドンに来たのだと思います。どうやら、シティの大物資本家とコネがあるらしい。そんな折、偶然ヘンリーさんと出くわし、彼に過去を掘り起こされるのではないかと恐れた。聴取した話や当時の警察の動きを考えると、クレイミンスターでのランズデイルの経歴がグレーなのは事実です。彼はヘンリーさんとの面会の約束を取りつけた。そして、ヘンリーさんが頑《かたく》なで、自分を相手にしてくれそうにないのを悟り、世間に正体を明かされると感じたのでしょう。ホテルへ戻ると、ビジネスの顧客の一人――訊き込みで浮かんだ黒髪の浅黒い紳士が訪ねてきて、ランズデイルはその男に事情を話した。もしかすると、初めから黒髪の男は、ヘンリーさんがどうするつもりかを確認しに来たのかもしれません。この男がランズデイルに、直ちに雲隠れするようアドバイスした――どこか、金融取引が邪魔されない場所へね。そしてランズデイルをホテルから連れ去って、翌朝、娘さんを父親に合流させるよう手配したんです。どうです？」

「ええ、ここまではわかります」と、リチャードは答えた。「あり得ますね」

「まあ、まだ推測の段階ですがね。もう一つ、別の推理もあるんです。事件の夜、ランズデイルがベッドフォード・ロウに行ったのは確かだと思います。プルーム・オブ・フェザーズに夕食用のビールを買いに行った隣のビルの管理人、キャップスティックさんが目撃した男は、ランズデイルだった。彼女が最初、ヘンリーさんと勘違いしたその男は、興奮ぎみに独り言を呟いていたそうです。そこでです、マーチモントさん。想像力をはたらかせてみてください。ランズデイルは、ヘンリーさんとの約束どおりベッドフォード・ロウへ行きます。建物に入るのは簡単です。シンプソンの話では、一階のオフィスは事務員が帰る五時半に施錠されますが、玄関ドアは、ヘンリーさんが就寝前に掛けるまで鍵が開いていているそうです。それで、ランズデイルは前の晩に約束した際、ヘンリーさんに言われたとおり、二階へ向かいます。すると階段の踊り場で、会うはずだったヘンリーさんの遺体があるじゃありませんか！　死んだばかりの遺体が――しかも撃たれて！」リヴァーズエッジは言葉を強調するようにそこで一呼吸おき、リチャードの顔を見つめた。

「そこで、ランズデイルはどうすると思います？」と、彼は唐突に訊いた。「いいですか、これまでの捜査によれば、ランズデイルは特別な事情のもとにあそこへ行きました。彼は、ヘンリーさんに急所を握られているのを知っていた。少なくとも、そう思い込んだ。衝撃的な発見をしたランズデイルは思ったはずです。『ここにいたら疑われてしまう——口封じのために自分が殺したと思われる——逃げなければ!』そうして、その場から立ち去ったものの、不安は拭えなかった。死ぬほど恐ろしかったでしょう。何より心配だったのは、ヘンリーさんがすでに誰かに自分のことを話しているかもしれず——実際、そのとおりだったわけですが——彼の殺人事件が報道されたとたん、自分に疑いがかかることでした。だから、黒髪の男がホテルを訪れたとき、思わずすべてを打ち明けたんです。ここからは、さっきの推理と同じです。その男の助けを借りて逃亡し、娘を呼び寄せた。どちらの推理が当たっているかはわかりませんが、両方とも真実からそうかけ離れてはいないと思いますよ。ランズデイルが失踪したのは、叔父さんの死が原因です」

「不思議なのは」と、リチャードは言った。「一人の人間が、そんなに簡単に姿を消せるかということです」

「さあ、どうでしょう。難しくはないんじゃないですかね。われわれの仕事ではよく見聞きしますよ。十二年間失踪していた男が、いなくなった家から半マイルも離れていないところでずっと暮らしていた例もありました。ロンドンは、かくれんぼにはうってつけの街ですからね。隠れる側からすれば、ということですが。しかし、ランズデイルと娘さんは、もうロンドンにはいないと思います——それどころか、イギリスも離れたんじゃないでしょうかね」

「じゃあ、彼らはどこにいるんでしょう」

「今頃は、パリかブリュッセルか、もっと遠くに逃げているかもしれません。明日の朝ロンドンに戻っても、情報を得られるかどうか——とはいえ、多少の情報は手に入りました。問題は、それを発展させられるかどうかです。はっきり言って、今のところ、たいした進展はありませんがね」

しかし、翌日の正午にリチャードとリヴァーズエッジがベッドフォード・ロウのオフィスに行ってみると、意外な進展が待っていた。リチャードがやむを得ずいろいろな処理や手配を委ねているシンプソンが、彼とリヴァーズエッジをヘンリーの私室に案内し、封をしていない長封筒をリチャードに手渡したのだ。

「マーチモントさん」と、静かに切りだした。「中の署名でわかると思いますが、これは叔父上の遺言書です。昨日、あなたがお帰りになったあと、たまたま見つけました」

第九章　くすぶる炎

リチャードは、驚くそぶりもなく封筒を受け取った。叔父の遺言書が個人的な書類の中から出てくることは想定内であり、内容についてもおおよそ推測できたからだ。

「どこにあったんですか」と、さらりと訊いた。「金庫の中ですか」

「机の一番上の引き出しに入っていたんです。不動産――彼の個人的な不動産ですが――それに関係する証書や書類の小さな束の中にありました。あなたが読むまで鍵を掛けて保管しておきました」

部屋を出ていこうとしたシンプソンを、リチャードは呼び止めた。

「ちょっと待ってください、シンプソン！　今ここで遺言書を読みます。あなたにも内容を知っておいてもらったほうがいいでしょう。リヴァーズエッジ刑事も、一緒に聞いてください」

「ええ、差し支えなければ、ぜひ中身を知りたいですね」と、リヴァーズエッジは頷いた。「こういう事件では、どんな小さな情報が役に立つかわかりません。それに、遺言書にプライバシーはありませんよね。いずれにしろ公式な書類として世に出るわけですから」

リチャードは、叔父が座っているのを何度も目にした椅子に腰かけ、封筒から遺言書を取り出した。罫線入りのメモ用紙に本人の筆跡で、端的に書かれた文章が目に入った。さっと目を通したリチャードは急に顔を上げて、ドアと机の中間に立っていたシンプソンを見た。

「シンプソン！　叔父は、あなたに一万ポンドを遺していますよ！」

幸運な遺産受取人は、わずかに高揚した表情を見せただけで、特別な驚きや動揺の色は示さず、微かに頭を下げた。

「なんとご親切な方でしょう」と、穏やかな声で言った。「私は——それを聞いても驚きません。実を言うと、ヘンリーさんは常々、かなりのお金を遺してくださるとおっしゃっていたんです。確かにここ数年、私はこのオフィスのために実質的な業務をこなして、彼の責務を軽減してきました。そうは言っても、そんなにたくさんの金額をくださるとは思ってもいませんでした。それに、報酬を得るときが来るまでに、彼のためにもっと多くのことができると信じていました。ヘンリーさんは、あと二十年は元気でいるものと思っていましたから」

「でも、ここに書いてあるんです！　ほかには、たいして書かれていない。オフィスの事務員への報酬、慈善団体への寄付、そして残りは僕への遺産だ。この遺言書はどうしたらいいんでしょう」

「あなたが、唯一の遺言執行者に任命されているんですよね。だったら——」リチャードが封筒を返すと、シンプソンは言った。「ただ一人の遺言執行者なら、手順は簡単です。遺言書の検認をして、管理して……私にお任せくださるのであれば——」

シンプソンが遺言書を手に部屋をあとにしてドアが閉まると、リヴァーズエッジは頭を振った。

「なんて幸運な男だ！　しかも、やけに冷静だ。一万ポンドといえば相当な収入なのに、それを聞いても平然としている。ふむ！　ずいぶんといい度胸をしていますね」

「ある程度、予期していたんでしょう」

「しかし、こんなに突然、それだけの額を譲り受けるとは思っていなかったはずです。まったく、運のいい人間と悪い人間ってのがいるもんですね。私は、そんな幸運に巡り合ったことがない。今後も無理でしょうな。シンプソンは長年ここに勤めているんでしょうね」

「僕が物心ついた頃からずっとです」

「だったら、細かなことまですべて知っているんですね」リヴァーズエッジは立ち上がり、情報が入っていないか確認しに本庁に戻ると言って、その場をあとにした。坂道のてっぺんで振り返ったリヴァーズエッジは、道の反対側にパブを見つけ、特別室に入って隅の席に座ると、一杯やりながら考えを巡らせた。

リチャードに最後に言った、「細かなことまですべて知っているんですね」という自分の言葉を小さく繰り返す。「そうだ、シンプソンは知っていたんだ！　遺言書があることも、そこに書かれている内容も！　だから、あんなにも冷静だったんだ。一万ポンドが手に入ると突然知らされて、あれほど落ち着いていられる人間なんていやしない。ああ、きっとそうだ！――リチャードが遺言書の件を話す前から承知していたに違いない。問題は、いつ知ったかだ。確か、遺言書が作成されたのは一年くらい前だったな。そうなると、シンプソンが一年前から中身を知っていたかどうかが鍵になる。あるいは半年前か、一カ月前か。鍵の掛かっていない引き出しに入っていたんだろう？　なんとも好都合じゃないか！　彼は、ヘンリーがあと二十年は長生きすると思っていたんだよな。ふむ！――一万ポンドを二十年待つのは相当つらい。まったく、何が出てくるかわからんもんだ。最終的に、シンプソンがヘンリーを撃ったと判明しても、少しも驚かんぞ。ああ、驚くもんか。なんといっても、動機がある――強い動機が。一万ポンドは大きい！」

こうして、シンプソンに関する私生活や経歴、現在の仕事の状況などを調べたほうがいいのではないだろうかと考えているところへ、二人の男が入ってきてバーカウンターで飲み物を受け取ると、リヴァーズエッジのそばの肘掛け椅子に腰を下ろした。やや年配の二人はパブの特別室で何気ない噂話を楽しんでいるだけのようだったが、リヴァーズエッジはすぐに、たった今自分が考えていたまさにその話題——ベッドフォード・ロウ殺人事件について彼らが話しているのに気がついた。そこで、横目でこっそりと、だが注意深く男たちを観察した。一人は背が低くずんぐりした、見るからに引退した商人という風情で、もう一人のほうは、刑事の勘では相手より高い社会的地位にいるか、こぎれいながら着古したツイードのスーツと、丁寧に磨いてはあっても補修されているのが一目瞭然のブーツからすると、かつてはそうだったが今は落ちぶれてしまった人物のようだった。長身で整った顔立ちをしており、スポーツマンのような雰囲気をたたえている。あるいは昔、スポーツをたしなんだ時期があったのかもしれない——どれを取っても過去の栄光という感じがするな、とリヴァーズエッジは思った。

彼が二人に注意を向けたのは、この男が発した言葉のせいだった。

「ヘンリー・マーチモント事件の初動捜査で警察がつかめなかった事実は」と、男は声高に言ったのだった。「ランズデイル、すなわちランドが、ヘンリーに身の潔白を証明できないとわかっていたことだ。少なくとも、自分では証明できないと思っていたんだな。投資金として託された金をやつが横領したというクレイミンスターの住民の見解を、ヘンリーが支持していたのを知っていたんだ。そういう事件は、世の中に山ほどある。われわれの件もその一つだ。ランドは間違いなく、われわれの金を着服した！　だから、その資金で購入するはずだった株を提示できなかったんだ！」

「ええ、おっしゃるとおりですとも！」もう一方の男は、明らかに自分より賢い人間の意見を拝聴する態度だった。「ということは、ランズデイルことランドがこの事件の犯人だとお考えなんですか、サンダースウェイトさん――つまり、ベッドフォード・ロウ殺人事件の犯人だと？」

この時点で、そばに座っている人物が誰なのか、リヴァーズエッジは理解した。昨夜、クレイミンスターでダヴェリル老人が話していた、ライオネル・サンダースウェイトに違いない。確か、あの一家は今、ロンドンで下宿屋を営んでいると言っていたから、この店の近くなのかもしれない。彼はいっそう聞き耳を立てた。

「君はどう思う」サンダースウェイトと呼ばれた男が言った。「私が陪審員なら、迷わずやつに有罪判決を下すが、君ならどうだ」

「もう少し情報が欲しいですな。もっと詳細を知らないと、なんとも……」と、相手の男は慎重な口ぶりだ。「陪審員は何度も務めてきましたが、確かに、このランズデイルことランドという男は怪しいと思います――もちろん、警察発表をもとに新聞に報道されている内容からすればですが。それにしても、あの男はどこへ消えたんでしょうね」

「ずる賢いやつだからな！」と、サンダースウェイトは応えた。「二十五年前も、うまく逃げおおせた。あのあと、どうせ同じことを繰り返してきたんだろう。お手の物ってわけだ。この国以外でも指名手配されているかもしれないな」

「警察がすぐに捕まえられないのが、じれったいですよね。法の遵守を願う世間をこんなにも揺るがす事態になっているんですから。私の記憶では――」

リヴァーズエッジが手近なテーブルにあった新聞を手に取って読んでいるふりをする傍らで、二人の男は話を続けた。時計が正午の鐘を打った。背の低い太った男が、グラスの中身を飲み干して勢いよく立ち上がった。

「しまった、もう十二時だ！——ちょっとした財産の件でグレイ法曹院《グレイズ・イン》に行くことになっているんです。今夜またお会いしましょう、サンダースウェイトさん」

男が慌ただしく出ていくと、リヴァーズエッジは残った男のほうを向いた。

「ライオネル・サンダースウェイトさんですね」と、礼儀正しく切りだす。「昔、クレイミンスターにお住まいだった」

相手は驚いて振り向き、わけがわからないという顔で見つめ返した。

「どちら様ですか。失礼ながら存じ上げませんが、どうして——」

「今出ていかれたご友人が、お名前を口にしているのを聞いたものですから。つい、お話が聞こえてしまったんですが、あなたは、昨夜クレイミンスターで元警視のダヴェリルさんにお聞きした、ライオネル・サンダースウェイトさんで間違いありませんよね」

サンダースウェイトの顔が、ぱっと明るくなった。クレイミンスターと聞いて、話したくて仕方なくなったようだった。

「こいつは奇遇だ！　ダヴェリルは元気ですか。もちろん、もう退職していますよね。昨夜、クレイミンスターにいたんですって？　あなたは、いったい——」

「私は、こういう者です」と言いながら、リヴァーズエッジは名刺を手渡した。「実は、ベッドフォード・ロウの事件を担当しているんです」

サンダースウェイトは古くさい眼鏡を取り出し、鼻に引っ掛けるようにして名刺に目を通した。

「ほう、なるほど！　刑事さんですか。ランズデイルは、まだ見つかっていないんですよね。私が彼の名を口にするのを聞かれたようですが、別に秘密でもなんでもない。この辺りの人は、みんな知っていますからね」

「何か飲みませんか、サンダースウェイトさん」一杯やれば口が緩みそうだと踏んだリヴァーズエッジは、飲み物を勧めた。「おっしゃるとおり、ランズデイルことランドはまだ見つかっていません」サンダースウェイトのもとに酒が届くのを見計らって、続けた。「この事件について、何かお聞かせいただけませんかね。昔、彼を知っていたと、ダヴェリルから伺ったんですが」

「うちの家族はみんな、よく知っていますよ」と、サンダースウェイトは答えた。「つらい経験をさせられたんだ！　ダヴェリルに聞いたでしょうが、われわれは、ほぼ全財産をジェイムズ・ランドのせいで失ったんです。ただ、残念ながら、お力にはなれないと思います。協力したいのはやまやまなんですがね。きっと、ランドはヘンリー・マーチモントさんに過去の話をしないよう頼みに行って、口封じに殺したんです！　ランドがあの夜、マーチモントさんのオフィスを訪ねたことを、われわれは知っているんですから――」

「誰が知っているんです？」リヴァーズエッジが鋭く切り返した。「われわれというのは、具体的にはどなたですか」

「二人の妹ですよ。ここからそう遠くないバーナード街《ストリート》に住む、ミセス・マンシターとミス・サンダースウェイトです。妹たちと私は、やつがオフィスに行ったことも、その理由も知っています。だから――」含みのある笑みを浮かべて言った。「事件のことを聞いても驚きませんでした。ショックは受けましたがね」

「なぜ、知っていたんですか」

「マーチモントさんの遺体が見つかった前日の朝、妹たちは彼に呼び出されてオフィスに行ったんです。彼は、ランドがランズデイルという名で帰国していて今は裕福そうであること、そしてその晩、八時に会いに来ることを教えてくれました。もちろんご存じでしょうが、マーチモントさんはわれわれと同様にクレイミンスターの出身ですから、うちの家族がランドのせいで苦しんだことをご存じでした」

「ええ――しかし、なぜマーチモントさんはランドが会いに来ることを妹さんたちに告げたのでしょうか」と、リヴァーズエッジは尋ねた。サンダースウェイトの話に、かなりの驚きを覚えていた。ヘンリー・マーチモントは、ランドの帰国の件を思った以上に周囲に広めていたのだろうか。「どんな理由があったんでしょうね」

「そうですね、どうしてもとおっしゃるなら、刑事さんにはお話ししましょうか――彼は妹たちに、シティで得た印象からすると現在のランドは金持ちになっているから、やつのせいでわれわれが失った金を返してもらえるかもしれないと言ったんです。それだけのことです。マーチモントさんは親切な方でした。しかし」サンダースウェイトは深いため息をつき、注ぎ直した酒を呷《あお》った。「何があったのか、私たちにはわかる！　ええ、そうですとも！　少なくとも――自分たちは、そう考えています。事件は謎のヴェールに包まれている――特にこの事件のヴェールは、容易には剝ぎ取れないかもしれません。でもあなたがたは、私より多くの情報を持っているんでしょうね」

「そうでもありません」と、リヴァーズエッジは答えた。しばらく黙り込み、相手の言ったことを反芻《はんすう》する。サンダースウェイトの話を聞いて、新たな可能性を思いついていた――ランズデイルが本当にヘンリーに会ったなら、口封じに殺害するより、サンダースウェイト家のための金銭を提供して過去の件を黙っておいてもらうほうが簡単だったのではないだろうか。「できれば妹さんたちにお会いして、お話を伺いたいのですが」と、サンダースウェイトに向き直って言葉を継いだ。「かまいませんか」

「ええ、いいですよ。刑事さんには全面的に協力しますとも！　ちょうど帰るところですから、よろしければ、ご一緒しませんか」

リヴァーズエッジは、彼に連れられてバーナード街まで歩いた。サンダースウェイトは、通りに並ぶほかの建物と同じように、見るからに下宿屋とわかる家の玄関前で立ち止まって鍵を取り出し、リヴァーズエッジを狭い玄関に招き入れた。左手のドアが開いていて、部屋の中から、長いあいだ押さえつけてきた憎しみに震える甲高い女性の声が聞こえてきた。

「ジェイムズ・ランドなんて死刑になればいいのよ――死ねばいいんだわ！」と、その声は言った。「絞首刑なんかより、引きまわされて八つ裂きにされるべきよ！　たとえ今回の事件の犯人じゃなくても関係ない！　二十五年前に私のお金を盗んだのは間違いないんだから！　一刻も早く逮捕して、有罪判決を下して、死刑にしてほしいわ！　もし、あいつが犯人じゃないことを知っていて証明できるとしたって、私はひと言も話すもんですか！　いまいましいったらないわ！　ランドの娘もそうよ！　私たちと同じように、父親のせいで貧しい境遇に陥ったらいいんだわ！」

第十章　新情報

サンダースウェイトは、申し訳なさそうな笑みを浮かべた。

「妹のコーラです」と、小声で言った。「ランドに対する憎しみは、時を経るにつれて強まっていくようなんです。しかし、一緒にいるのは誰だろう――」

部屋に向かうサンダースウェイトに続いたリヴァーズエッジの目に飛び込んだのは、リチャード・マーチモントの姿だった。なんとも居心地悪そうに、帽子を手に戸口を入ったところに立っている。部屋の中央にあるテーブルを挟んで向かい合っている女性は、昔はかなりの美人だったようで、瞳にはいまだ燃えるような力がみなぎっていた。たった今、彼女の怒りを駆り立てることがあったのは確かだった。激情で顔が歪み、兄が客を連れて入ってきたことにも気づいていない。

「とにかく、ランドが被告席にいる姿を見せて！」怒りの矛先をリチャードにすり替えたように怒鳴った。「死刑判決が下るのを聞かせて！――絞首刑になるのをこの目で見届けたいわ！　ランドですって？――あの男に初めて会った日のことは忘れない――あれが苦難の始まりだったのよ。私は喜んで――」

「まあ落ち着けよ、コーラ」サンダースウェイトが前に進み出て口を挟んだ。「そんなに癇癪《かんしゃく》を起こすもんじゃない。それにしても、どうなっているんだ？　この若者は――」

「リチャード・マーチモントです」と、リヴァーズエッジがささやいた。「ヘンリーさんの甥御さんですよ。マーチモントさん、ここでお会いするとは意外ですね」と、リチャードに向かって言った。「こちらを訪ねるつもりでいらしたなんて、思いもしませんでした」

リチャードは戸口を振り向いた。

「ミセス・マンシターとミス・サンダースウェイトにお訊きしたいことがあって来たんです——ランズデイルさん、つまりランドについてなんですけど、マンシターさんはお留守で、サンダースウェイトさんには、どうやら何か苦痛を呼び起こしてしまったようで、それで——」

そそくさと立ち去ろうとしたリチャードを、リヴァーズエッジが呼び止めた。

「ちょっと待ってください！　私も、お二人に訊きたいことがあるんです。こちらは昨夜、ダヴェリル老人の話に出た、お二人のお兄さんのライオネル・サンダースウェイトさんです。さっき偶然、お会いしましてね。彼によると、妹さんたちはヘンリーさんが亡くなる前日の朝、オフィスを訪ねたそうなんです。ですから、ミス・サンダースウェイトがその件についてお話しくださるのではと——」

しかし、テーブルの反対側にいたコーラは、怒りで蒼白になった表情のまま、いきなり大股に部屋の出口へ向かった。

「何も話すことなんてない——証人席に座らないかぎりね。そうなったら、いくらでも喋ってやるわ！」と怒鳴った。「あなたの正体は知ってる。刑事よね。死因審問で見たわ。早くジェイムズ・ランドを捕まえて裁判にかけてちょうだい。そうしたら話すから。あの男が絞首刑になるところを見たいのよ——わかった？　死刑になって、野良犬みたいに埋められるのが見たいの！」

彼女はすごい勢いで部屋を出ていき、あとに残されたリチャードとリヴァーズエッジは顔を見合わせた。ライオネルがドアを閉めて言った。

「コーラは怒り狂うと手がつけられないんです。ランドの名前を出しただけで、あんなふうになる。やつのことが、どうしても許せないんですよ。実は――とても込み入った話でして――すでにご存じかもしれませんが――コーラは――その――ランドと恋仲だったんです」

「なんですって！――二十五年前にですか」と、リヴァーズエッジが驚きの声を上げた。

「ランドがクレイミンスターから姿を消した頃の話です。妹は株の件で毎日のようにランドのオフィスに行っていて、ランドはかなりの二枚目でしたし、すっかりぞっこんになってしまったんです。ところが、やつは妹に何も告げずにいなくなってしまった。コーラはもともと気性の激しいところがあったんですが、それ以来、輪をかけてひどくなったんです」

「ランドの名前を持ち出したりして、申し訳ありませんでした」と、リチャードは言った。「妹さんたちに、ちょっと訊きたいことがあって伺っただけなんです。叔父が死んだ日にベッドフォード・ロウの自宅前で話しているのを見かけたので、叔父がランドの話をしたかどうか確かめたいと思いまして。妹さんを傷つけるつもりはなかったんです」

「ええ、もちろんそうでしょうとも。ただ、コーラは――長年、怒りを抑えてふさぎ込んできたものですから。ですが、代わりに私がお答えしましょう。先ほど、リヴァーズエッジ刑事にも同じような話をしたばかりなんですよ。ヘンリーさんは、確かに妹たちにランドの話をしました。その件であの朝、二人を呼んだんです」

「ええ、そうらしいです」リヴァーズエッジはリチャードの肘をつついて、「さあ、そろそろ行きましょう」と、ささやいた。「いやあ、ひどかったですね」サンダースウェイト家を出て通りを歩きながら彼は言った。「あの女性は、あり余る怒りを心に抱えている。そうは思いませんか」

「まったく、まいりましたよ。ランドの名前を口にしただけで、いきなり、われを失ったんですから。あなたが来たとき、僕もまだ着いたばかりだったんです」

「まさか、あの姉妹がヘンリーさんを訪ねたことをご存じとは知りませんでした」と、リヴァーズエッジは続けた。「ヘンリーさんと一緒にいるところを見たんですか」

「ほんのちょっとです。ゆうべまで、すっかり忘れてました。いずれにしても、重要なことではないと思いますけど」

「そいつは、わかりませんよ！　ヘンリーさんが、なぜ姉妹を呼んだかご存じですか。知らない？　私は知っています。お兄さんが話してくれました。彼はランドが金持ちになって帰国したことを伝えたんです。彼女たちのために、ランドから金を引き出すつもりだったようです」

「そうなんですか。それは知りませんでした。でも――だから、どうだっていうんです？」

「つまりですね、彼が本当にそれを行動に移したかどうかってことですよ」

リチャードは立ち止まって、まじまじとリヴァーズエッジを見た。

「あなたは――叔父がランドから金を強請《ゆす》り取ったと言いたいんですか」と、声を荒らげた。「なんだって、そんな――」

「おっしゃるとおり！――まさに、そこが問題なんです。ヘンリーさんに黙っていてもらうために、ランドが金を払ったとは考えられませんか――それも、相当な額の金をね。口封じに殺害するより簡単な方法でしょう？　そう、きっとそうだ！　ランドでもランズデイルでもいいが、とにかくやつは、約束より少々早くベッドフォード・ロウにやってきて、サンダースウェイト一家や、もしかすると二十五年前のほかの被害者のための金を置いていったのかもしれない。キャップスティックさんが目撃した独り言を呟いていた人物はランドだった可能性が高い――思わず悪態をついていたんでしょう」

「だったら――誰が叔父を撃ち殺したんです?」と、リチャードはたたみかけた。「いったい誰が――」

「ランドでないのは確かです。この推理が正しければね。では、真犯人は誰か?――また振り出しに戻ったってことだ」

リチャードは途方に暮れたように通りに目をやったが、その目は実際に通りを見てはいなかった。

「わけがわからない!」と、正直な感想を漏らした。

「ええ、おっしゃるとおり、わけがわからない」リヴァーズエッジも同意した。「しかし、こういう事件はそもそも、わけがわからないものです。そうじゃありませんか。大事なのは、そこを切り抜けられるかどうかです」

「ランズデイルを見つけられさえすればいいんですが」

「そのとおりです。だが、そうなれば、ますます混迷するかもしれない。とりあえず、この二十四時間というもの本庁から連絡がありませんので、一度戻って情報がないか確認してみます。何かつかんだら連絡しますから、そちらも情報があれば知らせてください」

西行きのバスに乗ったリヴァーズエッジと別れ、リチャードはベッドフォード・ロウに向かった。やらなければならないことが山ほどある。それらに対処する過程で、アンジェリータと父親の居場所や、ランズデイル犯人説の是非が判明するかもしれない。叔父が死んで数日経つというのに、これといって明白な事実は浮かんできていないのだ。警察は、ランズデイルの所在はもちろんのこと、一緒にホテルを出た男の足どりも、アンジェリータとともに姿を消したメイドの詳しい身元についてもつかんではいない。ベッドフォード・ロウのオフィスに新たな事実は伝えられていなかった。警察の捜査に進展がないということだ。クレンチのもとにも犯人の目撃情報は寄せられていないのだろう。つまり——と、リチャードは思った。叔父が死んだ今、彼の相続人となった自分は、こういう事態を招いた悲劇の真相をこの手で突き止めなければならないということか。

するとその矢先、思いがけず、向こうから知らせが飛び込んできた。ある晩遅くジャーミン街《ストリート》のフラットに戻ると、郵便受けに一通の手紙が入っていたのだ。ひと目で、アンジェリータからのものだとわかった。よく見ると、手紙はただならぬ状況下で書かれたようだ。宛名は鉛筆書きで、走り書きのような筆跡だったし、ありふれた安い封筒は皺《しわ》が寄っているうえに、親指の跡がついている。リチャードは慎重に開封した。消印は聞き覚えのない地名のものだった——マルボルン、とある。注意深く観察しながら汚れた封筒から中身を引き出してみると、それは安っぽい印刷の本の一ページだった。遊び紙の部分をちぎり取ったものらしい。そうした発見を踏まえ、リチャードは手紙の冒頭部分を読み始めた。宛名同様、文面も慌ててしたためたような鉛筆書きだ。

「あなたが、いつ、どうやってこの手紙を受け取っているのか、私にはわかりません——まず、消印を確認してください。投函された場所がわかるはずです。自分たちが今どこにいるのか知らないのです。父が倒れたと言われて、ある女性にここへ連れてこられました。メイドと一緒にその女性の車に乗せられて、何時間もかけて田舎へ来ました。父は病気などではありませんでした。メイドと二人、囚われの身となっています。大きな邸宅で不自由なく丁重に扱われてはいますが、監視なしに外出することはできませんし、そこらじゅうに見張りがいるようです。なぜ、ここにいるのか、理由はわかりません。なんとかして、この手紙を投函するつもりですが、敷地内から出られませんし、ここは外界から閉ざされているみたいです。消印から場所が特定できたら、救い出しに来てください――周囲に怖い人たちがいるので、もう終わりにします」

日付は記されていなかったが、消印から、今朝七時半にマルボルンで投函されたことがわかった。だが、マルボルンとは、どこだ？　幸い、机の上に古い地名辞典が転がっていたので調べてみると、イングランド南部の低丘陵地帯、サウスダウンズの中でも、かなり人口が少なく拓けていない一角にある小さな市場町であることが判明した。直ちに向かう決意を固めたものの、こんな夜中に走っている列車を探すのは難しかった。マルボルン近郊へ行く列車は、どれももう終電の時間を過ぎていたが、翌朝六時にヴィクトリア駅から出る便が見つかり、それを起点に予定を立てることにした。

急いで支度を始めたものの、使用人に行き先は伝えなかった。本当ならリヴァーズエッジかシンプソンに手紙をことづけるところだが、それもせず、午前五時半にジャーミン街のフラットを出たときには、リチャードが冒険の旅に出かけようとしていることを知っている人間はいなかった。

ロンドン南部の、空が白み始めたばかりの田舎に差しかかった列車の中で、彼は事態を再検討した。コーラ・サンダースウェイトとの面会のせいで、リチャードは困惑していた。叔父のオフィスに現れた件について一つ二つ質問したくてバーナード街に姉妹を訪ねたら、姉のミセス・マンシターは留守で、コーラは、ランズデイルの名を出したとたん、いきなり激昂したのだった。怒りに任せた言葉の半分も理解できなかったが、ランズデイルに対する静まることのない憤りを二十五年間ずっと執念深く抱えてきたことは明らかだった。兄の話で一応の説明はつくが、人生経験が浅く、女性の心理に疎いリチャードにとって、女性の愛情があんなに強烈な憎しみに変わるとは、驚き以外の何物でもなかった。それに、兄とリヴァーズエッジ刑事が入ってきたあとで彼女が口にしたひと言が、頭に残っていた。

「ランドですって?――あの男に初めて会った日のことは忘れない!――あれが苦難の始まりだったのよ――この苦難のね!」

この苦難とは、どういう意味なのだろう。なぜ彼女は「この」と、わざわざ強調し直したのか?叔父の殺害のことを言っているのだろうか。だとすれば、どうして叔父の死がそれほどまでに彼女に影響を与えるというのか。彼女たち兄妹は、ランズデイルのせいでどんな苦難に見舞われたのだろう。ランズデイルの件で口走った言葉には、控えめに言っても、こちらが戸惑うくらいの相当な悪意が感じられた。おそらく、コーラは何か知っている――ランズデイルに対して抑えきれない怒りを抱えていてもなお、隠したい何かを。

しかし、怒り狂った女性の真意をあれこれ推し量っても仕方がない。何よりも今やらなければならないのは、アンジェリータを見つけることだ。リチャードは、生まれて初めて足を踏み入れる南部の地に降り立った。マルボルンの町が、ようやく一日の活動を始めようかという早朝の時間だった。三方を山に囲まれ、もう一方にはなだらかな荒野が広がる、古びた美しい田舎町だ。風景画家や詩人が喜んで題材にしそうな景観は、牧歌的で楽しげな雰囲気こそあれ、犯罪の舞台には似つかわしくない、とリチャードの心は沈んだ。駅から町の中へと歩きだす。周囲の山は、どれも険しくそそり立っていた。地名辞典から破り取った地図を見て、この周辺は、何マイルにもわたって人がほとんど住んでいない場所だというのはわかっていた。アンジェリータの手紙には、父とともに大きな邸宅に囚われているると書かれていた。遠くの山の斜面に、塔や切妻屋根や煙突を備えた家がいくつか見える。マルボルン近辺には、新旧合わせてたくさんの大邸宅があるようだ。しかし、それを一軒一軒訪ねてまわるのは不可能だし、封筒の消印以外に手がかりはない。といって、地元警察に助けを乞うわけにはいかない。そうなったら、ランズデイルの名を出さざるを得ないからだ。どんな田舎町の警察だろうと、この事件については知っているはずだ。ロンドン警視庁《スコットランドヤード》が手配しているうえに、クレンチが出した広告だってある。干し草の山の中から一本の針を捜すような作業だが、なんとしても自分の力でやり遂げなければならない。

小さな町のメインストリートに趣のある古めかしいホテルが見つかったので、そこで朝食を摂ることにした。食事のあいだじゅう作戦を考えてみたが、食べ終えて席を立つときになっても、満足のいく計画は思いつかなかった。食後にパイプを一服しても、一向にいいアイデアは浮かんでこない。どうやら、幸運に出合えることを信じ、耳と目を最大限に開いて歩きまわるしかなさそうだ。と、そこへ突然、幸運が舞い降りてきた。立ったままパイプをくゆらせていると、先ほど食事をした古風な喫茶室の窓の外を走りすぎる一台の高級車が目に入った。前の席には制服を着た運転手と下男が座っている。窓は閉まっていたが、透き通った大きな窓なので車内がよく見えた。後部座席の豪華な背もたれに体を預けて新聞を読んでいたのは、誰あろう、チャンセリー・レーンの弁護士、クレンチだったのだ！

第十一章　〈マントラップ・マナー〉

横道から現れた荷馬車に行く手を遮られ、車は数ヤード先でスピードを落とした。リチャードは、朝食の食器を片付けていたウエイターを振り返って尋ねた。

「あれは誰の車だい？　ほら、あれ――ダークグリーンの制服を着た人たちが乗っている、あの車！」

窓の外に目をやったウエイターは、面白いことでも思いついたように瞳を輝かせ、「ああ、あれですか」と、即座に答えた。「あれは、人捕り罠の屋敷《マントラップ・マナー》の車ですよ。あそこには同じような車が何台かあるんです」

「マントラップ・マナーだって？　ずいぶん変わった名の屋敷だね」

「ええ、そうなんですよ。町の人たちがつけたあだ名なんですけどね。本当はマルボルン・マナーっていって、町外れにあります」

「どうしてまた、マントラップ・マナーなんて呼ばれてるんだい？　まさか、人を罠《わな》にかけているとか？　それとも、禁猟区かなにかと関係があるのかな」

「そうじゃなくて――ただのあだ名です。たぶん、あそこの雰囲気からそう呼ばれるようになったんだと思います。なにしろ、いつも門を閉ざして人を寄せつけないようにしていますからね。誰も中に入れないんですよ。昔からある立派な邸宅で、二、三年前までノートングレイヴ侯爵のお屋敷だったんですが、今の所有者のヴァンデリアスさんに売却されたんです。それ以来、様子が変わってしまいました」

「どんなふうに？」

ウエイターは微笑んで首を振った。話せば長い、とでも言いたげだった。

「すっかり変わったんです。お屋敷の周りには、とてもきれいな公園がありましてね。ノートングレイヴ侯の時代には——何百年も侯爵の一族が所有していたと聞いてますけど——町民は好きなだけ公園の中を歩けたんです。もちろん、お屋敷との境界線はありましたけど、園内には自由に入れました。みんな、よくピクニックなんかをしたもんです。それをヴァンデリアスさんは禁止したんです。公園の周囲に十フィートもある壁を建設したんですよ！　全長なんと二マイル半です。塀の入り口は一つしかなくて、扉には常に鍵が掛かっています。まるで要塞だ。昔の物語に出てくる古い城みたいなんですから。そのうえ、私自身は見たことがありませんし、塀ができたあと公園内に入った知り合いもいませんが、屋敷の周囲に幅四十フィートの堀があって、そこに跳ね橋が架かってるらしいです。確かに堀は昔からあったんですが、侯爵時代には使われていなくて干上がっていました。それなのにヴァンデリアスさんはまた水を入れて橋を造ったんです。お屋敷へ行くには、その橋を渡るしかなくて、機械で上げ下ろしするらしいですよ。今じゃ、あそこは監獄だって、みんな言ってます」

「なんで、そこまでプライバシーを確保したがるんだろう」

「わかりません。変わり者なんだって思っている人たちもいます。とにかく、あそこの閉鎖ぶりは徹底してますからね！　あの屋敷は、町とは一切の関わりを絶っているんです。侯爵は、この町の商人を贔屓《ひいき》にしてくれてました――肉だってビールだって、必要なものは何でも町で買ってくださっていたんです。ところが、ヴァンデリアスさんときたら――例の壁と門番小屋と堀を造った以外は、ここへ来てから一ペニーだってマルボルンに金を落としてくれちゃいません。建築業者だけは地元の人間を使いましたけど、肉や野菜なんかは全部ロンドンの大きな店から買ってるんですよ。地元の商人には大打撃です。ええ、そうですとも。あのお屋敷からこの町には、一ペニーも入っちゃこないんです！」

「ということは、屋敷の主人は、あまり人気がないんだろうな」と、リチャードは感想を漏らした。

「そのとおり！　みんなに嫌われてます。でも、そんなことは気にならないんでしょう。だって、誰とも顔を合わせないんですから。まさに世捨て人ですよ――まるで仙人だ」

「その人物は何者なんだろう――職業は？」

「なんでも、シティの重鎮みたいです――いわゆる、大型金融を扱う紳士ってやつです。会社経営者じゃないかと思うんですが、あくまでも噂ですからね。金融関係なのは確かです」

「その人の名前だけど――何て言ったっけ？」

「ヴァンデリアスさんです。ルイス・ヴァンデリアス。お屋敷の荷車には、どれもペンキでそう書いてあります。『ルイス・ヴァンデリアス様、マルボルン・マナー』ってね」

「外国人なのかな」

「出身はそうかもしれませんが、今はれっきとしたイギリス人ですよ。帰化したらしいですから。確かに、見た目は外国人みたいです。一度ちらっと見かけただけですけど、いかにも外国の人って感じで、全然、イギリス人には見えません」

「じゃあ、どんな容姿をしているんだい？」

「小柄で色黒なんです。体つきはずんぐりして、浅黒い肌をしています。時々目にするインド人とも違うんです。一度、車の中にいるのを見ただけなんですけどね。ヴァンデリアスさんの姿はめったに人目に触れません」ウエイターは、思案ありげな口調で続けた。「町には現れないし、鉄道も使いませんしね。時たまロンドンへ行くときは、いつもブラインドを下ろした車で出かけるみたいです。すっかり隠居した人っていう印象なんですよ」

「どういう状況で彼を見かけたんだい？」ここまでの話を聞いて、ルイス・ヴァンデリアスが、叔父が殺された夜ランズデイルをホテルに訪ねた男であるだけでなく、クレンチを通して一万ポンドの報奨金を出した人物だと、リチャードは確信していた。ヴァンデリアスという男の人となりについて、できるだけ詳しく知りたいという欲求が湧き上がってきた。

「偶然です」と、ウエイターは言った。「ある日、町外れの交差点にいたら、たまたま彼の車がそこで故障したんです。運転手はその場で直せなくて、屋敷の別の人間を電話で呼び寄せました。ヴァンデリアスさんは駆けつけた車に乗り換えなければならなくて、たいそうおかんむりでした」重々しくかぶりを振って、話を締めくくった。「マルボルンの人間があの人の姿をちゃんと見たのは、あれが最初で最後じゃないですかね。人の目に触れるのがよっぽど嫌いみたいで、そこにいた人たちをすごい目つきで睨んでました」

「これまでの君の話からすると、きっとそうだろうな」リチャードは、にっこりし、帽子とステッキを手に取ってドアへ向かいながら、「それにしても、美しい町だね」と、正直な感想を述べた。

「ええ、とってもきれいでしょう！　イングランド南部でいちばん美しい場所ですよ。しばらく滞在なさるんですか」

「一日、二日いるつもりなんだ。とりあえず、今夜は泊まるよ」

リチャードは、部屋を予約するためホテルのフロントに向かったが、喫茶室を出ながら、頭の中には今聞いた話と、これから執るべき行動を思い浮かべていた。ランズデイルが〈ホテル・セシル〉を出たとき一緒にいたのが、ヴァンデリアスであることは間違いないだろう。彼の指示で動いた女がアンジェリータを騙して連れ出し、ウエイターが言っていた謎の館に父親とともに監禁しているのだ。どうにかして屋敷に侵入し、一刻も早くアンジェリータを見つけて救い出さなくてはならない。しかし――はたして、たった一人でやっていいものか。ヴァンデリアスには裏がありそうだ。クレンチも絡んでいる可能性がある。単独で当たるのは、かなり危険かもしれない。そうは言っても、誰に力を貸してもらえばいいだろう。地元警察に駆け込むのは問題外だ。助けを求めるだけの根拠が揃っていない。リヴァーズエッジに電報を打てばロンドン警視庁《スコットランドヤード》の権威を発揮してくれるだろうが、官僚主義の警察は、リチャードを捜査に加えてはくれないだろう。だが、協力してくれる人間は不可欠だ――と、そのとき、うってつけの男に思い当たった。スカーフだ！――そうだ、スカーフがいるじゃないか！――どうして、すぐに思いつかなかったんだ。

スカーフは、リチャードの身の回りの世話をする使用人だった。退役軍人のスカーフは、機敏で頼りになる、機転の利く男で、彼のもとで働いてもう三年になる。リチャードは、スカーフに絶対の信頼を寄せていた。スカーフなら、まさに適役だ。彼はフロントに近づいた。

「僕と、もう一つ使用人の部屋を取ってもらえますか」と、フロント係に頼んだ。「午後、僕の荷物を運んでくることになっているんです。二、三日泊まるつもりですが、明日になれば詳しい予定がはっきりします」

宿泊者名簿に記入したあと、郵便局の場所を教えてもらい、持ってくるものと、いつ、どこに来ればいいかを記した電報をスカーフに送った。それから、ウエイターが〈マントラップ・マナー〉と呼んでいた要塞の外観を見に出かけた。

この数日リヴァーズエッジ刑事と行動をともにしたおかげで、捜査のやり方は多少心得ている。まずはこの町の地図を買って、屋敷周辺の詳細を把握することだ。地図を手に入れるのは簡単だった。ホテルのそばに文房具店があり、測量図が売られていたのだ。地図によれば、〈マルボルン・マナー〉は、町の南西にある丘陵地帯の方向へ延びる道を行ったところにあった。どうやら、丘の谷間に位置しているようだ。リチャードにとっては幸運だと言えた。丘の斜面から屋敷周辺の様子を見下ろすことができる。

三十分後、リチャードは、お喋り好きなウエイターが話していた境界の壁の前に立っていた。実際的な若者であるリチャードから見ても、楡《にれ》や楢《なら》の木が散在する昔ながらの美しい公園の周りを取り囲む塀は、悪趣味極まりなかった。まるで刑務所の塀のようだ。高くそそり立つ冷たい灰色の壁面は、徹底的に無機質で醜悪だった。やがて、ウエイターから聞いた入り口が見えてきた。それは、周囲の塀以上に強固な印象だった――矢狭間《やはざま》付きの小塔を側面に配し、鉄の鋲《びょう》をちりばめた扉で閉ざされた、ノルマン様式の城の正面玄関を模した入り口は、何があっても開きそうになかった。その周辺に人の気配はなかったが、屋根の煙突からは煙が上がっている。町への道に面した裏窓から監視の目が注がれている可能性は高い。リチャードは何気ないそぶりを装った。入り口のそばに、丘の頂上へ続く道につながる小道があるのを地図で見つけていたリチャードは、その小道に接する柵を確認すると、敷地から逸れて坂を上りだした。十五分ほど上ったところで立ち止まり、敷地を隠すように取り囲む木立の麓から、恋人が監禁されていると思われる敷地を見下ろした。

ここからは〈マルボルン・マナー〉の全貌が見渡せ、起伏のある公園を取り囲む塀がすべて見えた。ウエイターが言っていた堀もある。穏やかな水が秋の陽射しを受けてきらめいていた。堀に囲まれた内側に、屋敷が立っていた。黒っぽい石造りの古い建物は、一部が廃墟となっている。先ほど見た正面の入り口から物見やぐらと跳ね橋へ続く、最近、砂利を敷いたと思われる曲がりくねった道が見えた。屋敷につながる唯一の道のようだ。あの堀は難題だぞ、とリチャードは思った。たとえ公園内に侵入できたとしても、幅も深さもかなりありそうな堀を渡ることができるだろうか。だが、その点について考え込みながら丘の頂上を歩きまわり、いろいろな角度から屋敷を眺めるうち、公園の隅から堀に架かる丸太作りの橋が目に留まった――あれなら、なんとか渡れるかもしれない。

周囲を取り囲んでいるいくつかの丘を渡り歩いて公園をつぶさに観察したのち、リチャードはマルボルンの町に戻った。ホテルの近くまで来たところで、あれこれと作戦を練っていた彼は、ふと思いついて靴屋へ行き、ゴム底のテニスシューズを買い求めた。店内には、新しいブーツを試し履きしている客が一人いた。リチャードはちらっと目をやっただけだったが、もっと注意深く見ていたなら、この季節にゴム底の靴を買いに来たリチャードに、この男が不審げな鋭い視線を向けていることに気づいたかもしれない。明らかに、何らかの関心を抱いた目つきだった。そしてリチャードがテニスシューズを小脇に抱えて店を出ると、男は店主に断って歩道まであとを追い、ホテルに入るのを見届けたのだった。しかし、自分の計画に気を取られ、見ず知らずの人間の行動に意識を払う余裕がなかったリチャードは知る由もなかった。

夕方近くに到着したスカーフに、早めの夕食を摂って七時に出かける支度をするよう指示した。リチャード自身はすでに食事を済ませ、ゴム底の靴を履いて、作戦を実行に移す時をじりじりしながら待っていた。スカーフを町から連れ出し、〈マルボルン・マナー〉へ向かう道中で、これからの計画を打ち明けた。まず、彼の助けを借りて境界の壁をよじ登り、そのあとは運に任せるしかない。だが十一時までに自分がホテルに戻らなかったら、スカーフに地元の警視を捜し出してすべてを話してもらう手筈だ。

これを聞いて、スカーフはうろたえた。リチャードの話からすると、相手にするには危険な連中の隠れ家のように思える。ここは武器を携えていったほうがいいのではないか、と言うのだ。

「いや、だめだ！」と、リチャードは反対した。「正面玄関をノックして、主人への面会を丁重に頼もうと思う。実力行使は得策じゃないよ、スカーフ。心配するな――でも、十一時までに帰らなかったら、僕が言ったとおりにしてくれ」

その時間までにどんな事態が起きるか、わかったもんじゃない、とスカーフは思ったが、忠実な彼は、今朝リチャードが目星をつけておいた場所から塀を登るのを暗闇の中で手伝い、その後、首を振りながらその場を立ち去った。元軍人の彼なら、片手に自動拳銃を、もう一方の手に爆弾を持っていくところだ。

しかし、リチャードの頭には拳銃も爆弾もなかった。公園を横切り、細い丸太橋に向かった。静寂に包まれた橋を渡る。明かりの灯る窓がいくつも並ぶ、屋敷の一角に忍び寄った。低木の茂みを抜ける曲がりくねった小道に足を踏み入れたそのとき、突然、懐中電灯の光がリチャードとその周囲をまぶしく照らし、彼の目の前に、リボルバーの銃口をこちらに突きつけた屈強な男が二人現れたのだった。

第十二章　ルイス・ヴァンデリアス

すぐにリチャードは、男たちの一人が、午後ゴム底靴を買った店でブーツを試着していた客だということに気がついた。しかし、靴屋にいた男も、隣で同じように拳銃を構えている男も、言葉は発しなかった。暗がりから進み出て口を開いたのは、ほかの仲間に負けず劣らず体格のいい三人目の人物だった。

「貴様、何者だ。ここで何をしている」と、男は詰問した。「答えろ！」

「ヴァンデリアスさんに会いに来た」リチャードは即答した。「どうして、拳銃なんかで僕を脅すんだ」

「この公園に入る正式な入り口は一つだ。なのに、貴様はそこを通らなかった」と、男は言い返した。

「どうやって入ってきた。弾を撃ち込まれたくなければ、いいかげんなことを言うんじゃないぞ！こっちは本気だからな！」

相手の口調にぞっとするような脅威を感じたリチャードは、決してこけ脅しではないと確信し、正直に話すことにした。

「公園の塀をよじ登った。僕は——」

「一人じゃ絶対に無理だろう！」男が言葉を挟んだ。「協力者は誰だ」

「うちの雇い人だ」

「今どこにいる」

「町へ戻った。説明させてくれ――」

「ああ、全部説明してもらおうじゃないか！　最初の質問に答えろ！　貴様は何者で、ここで何をしているんだ」

「僕の名刺を渡してもいいか？　それを見れば――」

「手を動かすんじゃない！」と、男が命じた。「武器を隠しているかもしれないからな。名刺ってのは、どこにあるんだ」

「ベストの左胸のポケットだ」リチャードは、うめくように言った。「武器なんか持ってない！」

「そいつは命拾いしたな」男はリチャードの名刺入れを引っ張り出し、名刺を明かりにかざした。

「リチャード・マーチモント」と、声に出して読む。「ジャーミン街《ストリート》か。ベッドフォード・ロウのヘンリー・マーチモントの関係者か？」

「甥だ」

男は名刺を自分のポケットに入れ、名刺入れを元の場所に戻した。だが、リチャードの名前と、ヘンリーとの関係がわかっても、男の厳しい口調や態度が緩むことはなかった。

「それで――何の用で、ここへ来た」と、再び訊いた。「さっさと話せ！」

「言っただろう。ヴァンデリアスさんに会いに来たんだ」

「ヴァンデリアスさんに会いに来る客は、壁をよじ登ったりしないし、雨の多い秋の夜にテニスシューズも履かない！　ヴァンデリアスさんに会いたかったんなら、なぜ、普通に正門から訪ねなかった」

「訪ねても入れてもらえないと思ったからだ。だから、自分のやり方で入ったのさ！」

「危険を覚悟でか。どうしてヴァンデリアスさんに会いたいんだ」

「ランズデイルさん父娘の居場所と、二人が無事かどうかを教えてもらえるんじゃないかと思って――」

「それが貴様と何の関係がある」男が鋭い語気で遮った。「言え！」

「お前には言わない！」と、リチャードは怒鳴り返した。「お前の主人になら話す――ヴァンデリアスさんがお前の主人ならな！」

「俺の質問に答えなければ、ヴァンデリアスさんに会うどころか、貴様がここに来たことさえあの方の耳には入らないさ。正直に答えろ。使用人以外に、貴様がここにいることを知っている人間はいるのか」

「いない！――誰にも言ってない」と、リチャードは断言した。

「地元警察に見られていないか？――警官に話しかけたとか――」

「地元の警察には近づいてもいないさ。使用人のほかに僕がここへ来たのを知っている人間は本当にいない。彼が他言することはない――僕が十一時までに無事にホテルへ帰ればな。もし戻らなければ――」

「ほう――そうしたら、どうなる」

「そのときは、彼が地元警察の警視のところへ行って、僕がここにいることと、その理由を話す手筈になってる。そういうことさ！　だから、僕を主人に取り次いだほうがいいぞ」

男は、少し迷った末に決断したようだった。

「いいだろう。ついて来い。こいつらが両側を挟んで歩く。囚われの身だということを忘れるな。こっちだ！」

男は素早く踵《きびす》を返した。リチャードをまぶしく照らしていた明かりが逸れ、こんもりと茂った低木を縫って屋敷へ続く曲がりくねった小道を進んでいく、リーダー格の男の後ろ姿が薄暗がりに浮かんで見えた。やがて、四人の男たちは茂みから芝生に出た。周囲の暗さが少し和らぎ、明かりの灯った細長い建物のほうへ向かっているのがわかった。ところが建物に近づくと、リーダーの男は別の小道に曲がった。今朝、丘の斜面から見た廃墟につながる道だ。戸口を抜け、アーチ型の天井に覆われた長い通路に入る。奥に近代的な入り口があった。扉の前まで来ると、リーダーはリチャードを振り返った。

「ヴァンデリアスさんがお会いになるかどうかは、わからん」と、相変わらず厳しい口調で言う。「だが、お前の処遇をどうすべきか指示があるだろう。ここで待ってろ！　こいつらに拘束されていることを忘れるんじゃないぞ。逃げようなんてまねをしたら、自分の首を絞めるだけだ。さっきも言ったが、俺たちは本気だからな」

リチャードは、急に頭に血が上った。

「いいか！」と、男に嚙みついた。「使用人には指示を出してあるんだ。十一時までに僕が無事にホテルに戻らなかったら、真夜中を待たずに地元警察がここに繰り出すことになるんだぞ！　さっさと主人のところへ行って報告したらどうだ！」

男はそれには応えず、部屋の中へ入ってドアを閉めた。残されたリチャードは傍らの古びた椅子に腰を下ろし、自分を見張っている二人の護衛のことは石像くらいに思うことにして、シガレットケースから取り出した煙草を吸い始めた。五分が過ぎ、十分が過ぎた。ようやくドアが開き、先ほどの男が顔を出して、中へ入るよう合図した。

「ついてこい！」と、横柄に命令する。「一人でだ」

反射的に立ち上がってドアを抜けると、さらに長い通路が続いていた。調度品から見て、明らかに近代的な建物なのがわかる。先に立って歩く男は無言で通路を足早に進み、突き当たりのドアまで来るとノックもせずにそれを開けて、リチャードを室内へ促した。彼は素直に指示に従い、肚《はら》を据えて中へ足を踏み入れた――とにかく、ついにこの奇妙な屋敷の秘密の中枢にたどり着いたのだ。しかも、思ったより早く来ることができた。

部屋は小さいが豪華な家具が備わっていて、どうやら喫煙室のようだった。極上の葉巻の芳香が充満している。楢《なら》の丸太をくべた暖炉を三人の男が囲んでいた。シガーボックスと、デカンタやグラスが近くのテーブルに並んでいる。三人のうち二人にはすぐに気づいた。チャンセリー・レーンの弁護士クレンチと、その友人のガーナーだ。こちらに向かって軽く頷いてみせた二人に、リチャードは何も言わずによそよそしく頷き返した。しょせん、彼らは手下でしかない。リチャードは全神経を三人目の男に注いだ。残忍と言って過言ではない奇怪な事件の、指導的立場にあると思われる男、ルイス・ヴァンデリアス――。

ヴァンデリアスは、燃え盛る暖炉の左手に置かれた安楽椅子に深々と座っていた。小柄で恰幅のいい体格だ。髪は黒く、肌の色も濃い。黒い瞳には異様な輝きが宿り、広い額はやや白っぽい。表情には好奇心があらわになっていた。リチャードが中へ入ると椅子から腰を上げかけて儀礼的にお辞儀をし、細長い手で向かいの椅子を指し示した。

「リチャード・マーチモント君だね」と、低く響く声で言った。物腰はとても柔らかい。「どうぞかけたまえ。この二人とはもう顔を合わせたんだったね――クレンチ君とガーナー君だ」

「お会いしました。お二人とも、僕のことはよくご存じです」リチャードはヴァンデリアスに勧められた椅子に座り、自分が侵入した家の主《あるじ》を、けろりとした顔で見つめた。「ですから」と、続ける。

「僕がなぜここに来たのか、ある程度の説明はお聞きになったはずです」

ヴァンデリアスは、きれいに揃った白い歯を覗かせて微笑んだ。

「君の口から聞きたいんだよ、マーチモント君。部下の話では、正規のルートを使わずに入ってきたそうだね。なんでも、塀をよじ登ったとか。それは――」

「僕には、それ以外に方法がありませんでした」リチャードは口を挟んだ。「もしかすると違ったかもしれませんが、名刺を渡しても会ってもらえないだろうと思ったんです。だから――」

「そんなことはない！　面会したさ。現に今、こうして会っているじゃないか。とんだ誤解だよ。だが、その前におもてなしをしなければな。ワインでいいかい？」

「ありがとうございます。でも、結構です」と答えてから、きっぱりした口調で続けた。「ヴァンデリアスさん、一つお訊きしたいことがあります。ランズデイルさんとお嬢さんは、こちらの屋敷にいらっしゃるんですか」

ヴァンデリアスは再び微笑んだ。

「ああ、いるよ。私の屋敷に滞在している」

「囚われの身として？」

「客人だよ、マーチモント君、大事なお客だ。囚われの身だなど、とんでもない！」

「あなたには、すべて正直にお話ししますが、昨夜遅くミス・ランズデイルから手紙が届いて、どこかわからない場所にある屋敷に父親と一緒に囚われていると書かれていたんです。消印から場所を特定できるかもしれないとあったので見てみると、マルボルンから出されたことがわかりました。それでこの町に来たら、あなたの所有する車に乗っていたクレンチさんを偶然見かけました。それとなく訊き込みをしたところ、ヴァンデリアスさんがプライバシーをことさら大切になさっているという情報を得て、ミス・ランズデイルとお父さんは、きっとここにいるに違いないと考えたのです。教えてください。ミス・ランズデイルは――無事なんですか」

要所要所で頷きながらリチャードの話に耳を傾けていたヴァンデリアスは、この質問に、寛容な表情を浮かべて大きく頷いた。

「ミス・ランズデイルは安全な状態にある。自宅と同じくらい、いや、それ以上に安全と言ってもいい。それにしてもマーチモント君、君が率直に話してくれるので、私も遠慮なく言わせてもらうが、どうして君は、あのお嬢さんにそれほど関心があるのかね」

「隠し立てすることではないのでお答えします。ミス・ランズデイルと僕は、結婚を約束した仲なんです」

ヴァンデリアスは気遣わしげに下を向いた。

「彼女の父親は、そのことを知っているのかね」

「今はもう聞いているかもしれません――彼女と一緒にここへ連れてこられたわけですから」と、リチャードは答えた。「それまでは知らなかったはずです――つまり、彼が失踪した時点では、まだ打ち明けていませんでした」

ヴァンデリアスは一瞬黙り込んで、リチャードを見つめた。

「新聞記事が本当なら」と、唐突に口を開いた。「ランズデイルは警察と世間から、君の叔父上を殺害した犯人だと疑われているようだが」

「そんなの、僕は信じていません！」と、リチャードは声を張り上げた。

「娘さんと恋仲にあるのだとしたら、信じたくないだろうね——しかも、とても気立てのいい美しいお嬢さんだ」ヴァンデリアスの白い歯がこぼれた。「しかし、信じない根拠を具体的に教えてくれたら、私も安心するんだがね。新聞や警察の情報から察するかぎり、ランズデイルが犯人とされてもおかしくない状況のようだが」

「でも、あなただって信じていないんでしょう?」リチャードはぶっきらぼうに言った。「違いますか」

ヴァンデリアスは、異議を唱えるように葉巻を振った。

「マーチモント君、私が何を信じているか尋ねる人間は、そうはいない」と、笑みを浮かべる。「だが、もし尋ねられても私は答えないよ。証拠は証拠——事実は事実だ。君たちイギリス人は現実的だから、『事実は不快なものだ』という意味のことわざがあるんじゃないか?　確かに、そういうときもある——きわめて意に添わない残念な事実が判明することがね」

「なぜ、ランズデイルさんを匿《かくま》っているんですか」と、強い口調で訊いた。「逆効果じゃありませんか！　それじゃあ、警察に彼が犯人だと言っているようなものだ。無実の人間は逃げ隠れしませんよ！」

「それでも君は、彼が無実だと？　君の言い分だと、無実の人間は身を隠す必要がないというわけだが、完全なる無実の人間でも、場合によっては誤った嫌疑をかけられることがある。その際、自分で身を隠すのがいいか、友人に匿ってもらうのがいいのか――それとも世間の好奇の目にさらされるべきか、それが問題だ。そうだろう？」

「すべてをさらすべきだ！」

「ふむ――そうかもしれない。だが君は、留置場に入れられたことも、拘置所に監禁された経験もないだろう？」ヴァンデリアスは、わざと冗談っぽく言った。「そういう場所では、自分にできることはほとんどないし、いったん、そんなところに拘束されてしまったら、周りの人間もたいして役には立てないものなんだよ。ランズデイルの件に関しては、誰かが何かをしなくてはならないんだ」

「クレンチさんを通じて例の不可解な一万ポンドの報奨金を出したのは、あなたなんですよね」と、リチャードが切り込んだ。

ヴァンデリアスは平然とした様子で、またもや葉巻を振った。

「君には正直に言うが、そのとおりだ。君の叔父さんのような尊敬に値する人が、あのような不運な目に遭ったことには、心からお悔やみを申し上げるよ。もし、彼を殺害した真犯人を捜し出して有罪にできたなら、ランズデイルの容疑は晴れ、大手を振って表を歩けるようになる――自由にな！」

「つまり、そのために彼をここに匿って、報奨金を提供したということですか」リチャードは核心を突く質問をぶつけた。

ヴァンデリアスは、しばらく葉巻に意識を向けているふりをした。そして、ゆっくり灰を落とすと、急に親しげな笑みを浮かべてリチャードを見た。

「マーチモント君、君はクリケット選手だったね。何度か試合を見させてもらったよ——ローズとオーヴァルだったかな。クリケット選手は誇り高き人種だと思う。クリケットの競技場は、立派な振舞いを推奨し、紳士を育てる場だ。だから、君を信用して腹を割って話そう。なぜ、ランズデイルと娘さんがここにいるのか——」

そのとき、クレンチが警告するように咳《せき》払いをしたかと思うと、首を横に振りながら、「ヴァンデリアスさん、それはどうかと思います」と、慌てたように言った。「私は賛成しかねますが——」

しかし、ヴァンデリアスは険しい表情をつくり、有無を言わせぬ様子で手を振って遮った。

「マーチモント君は、ミス・ランズデイルの婚約者なのだ。正直に話したほうがいい！」

第十三章　ヴァンデリアスの釈明

部屋に入ったときから三人の男を注意深く観察していたリチャードには、ヴァンデリアスの申し出がほかの二人にとって歓迎すべきものでないことは容易に見て取れた。クレンチはそれ以上何も言わなかったが苦い顔で首を振っていたし、顔をしかめて急に体を動かしたガーナーも、クレンチと同意見なのは明らかだった。だが、ヴァンデリアスの次の言葉を聞いて二人とも態度を一変し、目を見開いてリチャードを凝視した――彼らにとって重要な意味を持つ問題を含んでいたからだ。

「もっとも」と、ヴァンデリアスは独特の温厚な笑みを浮かべ、それまで以上にしっかりとリチャードを見据えて続けた。「マーチモント君が、私の信頼を裏切らないと約束してくれたらの話だ。要するにね、マーチモント君――すべては君次第ということだ――これから話すことは他言無用に願いたい。われわれだけの話に収めてくれるかな？」

「あなたのお友達も聞いていますよ」と、リチャードは反論した。

「彼らは、すでにこの件に関わっている。当然だ！――そうでなければ、ここにいるわけがない。私が君に真実を話すのは、君がランズデイルのお嬢さんと婚約していると打ち明けてくれたのと、こうすることがランズデイルのためになると思うからだ。ミス・ランズデイルの恋人なら、当然、彼女の父親の無事を願うはずだ。警察が彼にかけた容疑を晴らしたいだろうから――」

「それはどうでしょう!」と、クレンチが割って入った。「今のところ、警察はランズデイルに何の嫌疑もかけてはいません。万が一、そうなったら、あなたはまずい立場に立たされることになります——犯人幇《ほう》助と隠匿罪に問われかねない。警察がランズデイルを捜しているのは、シティでの会食後、ヘンリー・マーチモントとのあいだにあったことを訊きたいからにほかなりません。実際にベッドフォード・ロウへ行ったのか、行ったとすればそこで何が起きたのかといった点についてです。ランズデイルの逮捕状は出ていないんです。少なくとも今朝、私がロンドンを発った時点では出ていませんでした」

ヴァンデリアスは、急に割り込んできたクレンチの言葉を一蹴するかのように手を振った。

「法に関する屁理屈に興味はない。それは君の領分だよ、クレンチ君。私の知るかぎり、われわれは法を犯してはいない。ランズデイルとお嬢さんは、私の客人だ。彼が正義の裁きから逃れようとしている犯罪者などとは一切思っていない。彼とお嬢さんのために、私はなぜ二人がこの屋敷にいるのかをマーチモント君に聞いてもらうつもりだ。ただし、マーチモント君が私の信頼を裏切らないと約束してくれればだが」

「ほかに選択肢はなさそうですね」と、リチャードは言った。「だったら——約束しますよ!」

ヴァンデリアスは微笑んであとの二人に向かって頷き、葉巻を置いて座り直すと、まるで判事や陪審員を説き伏せるかのように、手振りを交えてリチャードに熱心に語り始めた。

「まずは、ランズデイルが長年、南米で暮らしていたことから話そう。そこで彼は、さまざまな工業の開発や天然資源の発掘に尽力した。向こうで著名人となり、かなりの富を築いた。多大な実業利益を有していて、売買選択権や採掘権に深く関わっている。つい先頃、彼はそれに関連する非常に重要な取引のためにイギリスにやってきた。確かな財力を持った金融関係者を探した末に、私を見つけたのだ」

話の内容が相手の頭に染み込むのを待つかのように一呼吸おいたが、リチャードが見返すだけで反応しなかったので言葉を続けた。

「彼は私を見つけた！――このルイス・ヴァンデリアスをね。そして私に商談を持ちかけてきた。莫大な金額に関する商談だ。うまくいけば、彼はさらに一財産を作ることができ、私の資産も相当増える。当然、われわれは商談の成立を心から願い、そのために骨を折った。ロンドンと、海を渡った南米のとある街とのあいだで何度も電報のやり取りをし、もう少しで成功するというところまで来て、思わぬ障害が生じた――ランズデイルが君の叔父上と出くわしてしまったのだ！」

目の前の男は俳優か、あるいは脚本家なのだろうか、とリチャードは思い始めていた。それとも、ドラマチックな効果を狙わずには話ができないタイプなのか――話を進めるにつれ、ヴァンデリアスの口調はどんどん芝居がかってくるのだった。声、瞳、肩、指のすべてを駆使して話にのめり込んでいる。

「彼は叔父上に出会ってしまったのだ！」ヴァンデリアスは両手を投げ出して続けた。「ランズデイルはヘンリー・マーチモントと再会してしまった！　なんという不運だろう！　なぜなら、ランズデイルには過去があるからだ！　忌まわしい過去が！――しかも相手は、廉潔で実際的な、ありのままを口にする弁護士で、イギリス人らしい厳しいものの見方にそぐわないものは、断固として忘れることも見逃すこともないであろうヘンリー・マーチモントだ。南米で成功を収める前、ランズデイルは、マーチモントが弁護士の仕事を始めた田舎町の株式仲買人、ランドだった。当時、株が暴落し、ランドの顧客は金を失った——大金をだ。なかには破産した者もいた。そしてランドは姿をくらました。忽然と町から消えたのだ！　不運に見舞われた人々が、自分たちの金を彼が横領したのだと言いだしたのも不思議ではない」

　再び両手を投げ出して肩をすくめ、訴えかけるようにリチャードを見た。だがリチャードは、変わらず黙りこくっていた。

「当然、彼らはそう言うだろう！」ヴァンデリアスは顔をしかめた。「いつだってそうだ！　苦い失望を味わった人間は、たいてい誤った判断を下すのだ。特にこの件に関しては、私はランズデイルの言葉を信じる。彼らのほうが間違っているのだ。ランズデイルは誰の金も奪っていないし、横領などなかった。彼らは、自らのギャンブル熱の犠牲になったにすぎない。手っ取り早く金を稼ぎたくて、夢中になって一定の銘柄の株を買ってしまった。ランズデイルは、ただの仲介業者だった。確かに、あのとき人々の批判を潔く受け止めるべきだったのに、それをしなかったのは過ちと言えるだろう——海外に逃げてしまったのだからね。そして二十五年が経ち、金持ちとなって巨額の金融取引を行うため帰国したら、品行方正で妥協を知らない厳格なイギリス人弁護士、ヘンリー・マーチモントの出現によって、期せずして過去と対峙することになってしまった！」

　またもや両手を広げて劇的効果を狙ったが、今度もリチャードは、鋭い視線を相手に注いだまま無言を貫いた。

「そうだとも！」ヴァンデリアスは話を続けた。「不運と言うしかない。大変な危難だ！　なぜかって？　それは、巨額の取引の成就が目前だからだ。数日、いや、もしかするとあと数時間ですべてが完了し、ランズデイルはこれまで以上の富を築ける——ついでに言えば、このヴァンデリアスも同様だ！　それなのに――ヘンリー・マーチモントだと？　マーチモントは清廉で厳格な男だ。ランズデイルの経歴には傷があり、怪しい過去を持つ逃亡者だと彼がシティの連中に広めたらどうなると思う？　そういう噂は、電光石火のごとくシティを駆け巡る。そんなことになれば、あっという間に私とランズデイルの取引相手である資本家の耳に届くだろう。そして大成功となるはずの取引は、たとえ中止にならないとしても遅延は免れないだろうし、ひょっとすると危機に瀕することにもなりかねない。では、どうすべきか？　幸い、ランズデイルは即座に頭をはたらかせた。釈明したいからオフィスで会ってくれるようマーチモントに頼み込んだ。マーチモントは同意し、面会の約束をした。翌晩、ランズデイルは彼を訪問することになったのだ！」

「実際に訪ねたんですか」と、リチャードは訊いた。

ヴァンデリアスがこの話を始めてから、口を開いたのは初めてだった。平静を装い、ごく落ち着いた口調でこの短い質問をしたものの、今まさに真実を聞けるのだという思いが胸に渦巻いて、内心では緊張と不安が高まっていた。

「行ったとも！」と、ヴァンデリアスは答えた。「彼はマーチモントに会ったのだ。だが、マーチモントは意志が固かった。頑固一徹で、少しも譲らない。ランズデイルの釈明に耳を貸さず、最後通牒《つうちょう》を突きつけた。二十五年前の件に関して身の潔白を主張したいなら、あのとき逃げ出した町へ戻って町民の前でしろ、さもなくば、今は成功者であるランズデイルが横領犯のランドと同一人物だと金融界に知らせる、と。なんと非情で容赦ない男だ！」

「それで？」

「ランズデイルはマーチモントと別れた。オフィスをあとにした彼は、相当に動揺していた。自分は誰も騙してはいないし、金を奪ったわけでもないのに、なぜマーチモントはこんなにも不当な要求をするのだろう、と思った。かつて顧客だった人たちと同じように、自分だって被害者なのだ。ホテルに帰った彼は打ちひしがれていた。失意のどん底で、涙を禁じ得なかった。そこへ登場したのが、この私、ヴァンデリアスだ！　こう見えて私は、とても人情に厚い人間だ――その日の昼間、ランズデイルからマーチモントとの不運な再会の件を聞き、面会することを知っていた私は、結果が気になって彼を訪ねた。ランズデイルは言ったよ――怖い、とね。そう、彼は恐れていたのだ！　マーチモントが自分を告発するのではないかと――そう、警察にだ！　では、どうすべきか？　ランズデイルと私は、この巨額の取引のことを第一に考えねばならなかった。関係書類は数日以内に届く予定だ。すでに郵便配達人の鞄に納まっていて、明日にも配達されるかもしれない。心底恐ろしい、神経のすり減る大変な事態だ。なんとかしなければ！　われわれは即座に話し合った。その結果、私がすべきは、到着する書類に必要な署名ができるよう、誰にも邪魔されない安全な場所へランズデイルを移すことだという結論に至った。だから実行したのだ――私はランズデイルを連れ去って匿った！」

「ここ、マルボルン・マナーにですね」リチャードは冷ややかに言った。「そういうことだったのか！　そして翌日、あなたはミス・ランズデイルもここに連れてきた」

「親切心からのちょっとした企みだ」と、ヴァンデリアスは微笑んだ。「彼女と、彼女の父親のためのね」

「父親が倒れたと彼女に言ったのが、親切だって言うんですか。そんなのは――」

「いいかい、彼は本当に具合が悪かったんだよ」と、ヴァンデリアスは反論した。「数日間、ひどい状態だった――君の叔父さんのせいでね。今もまだ快復はしていないが、きちんと手当てを受けてリラックスした状態にある。娘さんも同じだ。それに、彼の嫌疑を晴らすためにあらゆる手段を講じている。私、ヴァンデリアスは、行動力のある人間だ。私が味わった苦境を推し量ってもらいたい。ランズデイルをこの田舎の隠れ家へ連れてきた翌日、君の叔父さんのヘンリー・マーチモントの遺体が発見されたことを知ったんだ！　ランズデイルが立ち去った直後に殺害されたに違いない――そして、マーチモントが秘書に話していたために、その容疑はすでにランズデイルにかけられているではないか！　なんということだ！　とんでもない事態だ。私は直ちに行動に出た。迷いはなかった！　ここにいるクレンチ君に指示して、ランズデイルを殺した犯人を見つけるため多額の報奨金を提供した。真犯人が捕まれば、ランズデイルの容疑は晴れる。真犯人の逮捕以外に無実の人間を救い出す道はないのだ」

「クレンチさん、成果はあったんですか。何か情報は？」

クレンチはかぶりを振った。

「何の連絡もない！」と答えた。「今のところ、何も情報は寄せられていない」

「だが、まだ始まったばかりだ」慌てたようにヴァンデリアスが言葉を継いだ。「誰かいるはずだ。何かあるはずだ。私は昔のあの町、クレイミンスターといったか？　そこでの件をはっきりさせるために、誰かをその町へ行かせるつもりだ。ランズデイルの身の潔白を明かす必要があるからね」

リチャードは立ち上がった。

「どうもありがとうございました、ヴァンデリアスさん。打ち明け話に感謝します。ランズデイルさんとお嬢さんに会わせていただけますか」

クレンチは不満そうにぶつぶつ呟き、ガーナーは落ち着かない様子を見せたが、ヴァンデリアスは反対の意を示さなかった。それどころか、大きく頷いて同意したのだった。

「いいだろう」と、彼は言った。「会わせない理由はない。われわれは、いわゆる運命共同体のようだ。君はランズデイルが叔父さんを殺害したとは思っていない。むしろ、彼の無実を証明したいと考えているんだよな。私も同じだ。われわれは目的をともにしているというわけで――」

「マーチモントさんは、あなたとの話を他言しないと約束なさいました」と、クレンチが口を挟んだ。「ですが、ランズデイルとのあいだの話に関しては別です。彼はロンドン警視庁《スコットランドヤード》のリヴァーズエッジ刑事と親しいようですし――」

　話を続けようとするクレンチにリチャードが割って入ろうとしたところへ、突然ドアをノックする音がし、彼を公園で捕らえて尋問した男が顔を見せて、ガーナーに話があると小声で告げた。ガーナーは男と一緒に出ていったかと思うと、すぐにまた戸口に顔を出し、慌てた様子でヴァンデリアスとクレンチを呼んだ。彼の表情から、リチャードは何か重大なことが起きたのを察した。内容は推測するしかない。もしかすると、ヴァンデリアスが話していた書類が届いたのかもしれないし、クレンチのもとに何らかの情報がもたらされたのかもしれない。あるいは……。

　急に、出ていった三人がなかなか戻ってこないことが気になり始めた。数分が過ぎ、さらにしばらく経っても、リチャードは一人で部屋に残されたままだった。ようやくドアが開き、ガーナーを連れ出した男だけが現れた。

「ヴァンデリアスさんが、あなたによろしくとのことです」少し前に脅していたときとは打って変わった丁寧な口調になっている。「重要なビジネスの要件があって、今夜はもう会えないことと、ランズデイルさんにも引き合わせられないことを謝っていらっしゃいました。マルボルンのどこにお泊まりか教えてほしいそうです。明日の朝、連絡するとおっしゃっています」

「マルボルン・アームズに滞在している」と、リチャードは告げた。ほかにできることはなく、これ以上ここにいても得られるものはなさそうだった。「どうやって屋敷を出ればいいんだ」と、訊いた。

「入ってきたルートは、ごめんだよ」

にんまりして言ったのだが、相手の男は決して笑わない主義のようで、使用人が出口まで案内します、と真顔で答え、リチャードを下男のところへ連れていった。下男は彼を屋敷の外まで導き、広い私道の端にある門番小屋の脇の通り抜け方を教えてくれた。こうしてリチャードは、さらなる冒険をすることなく無事にホテルに戻り、玄関で主人の帰りを待ちかねていたスカーフに大いに歓迎された。

やがて、リチャードは数日来初めて満ち足りた心で寝床に就いた。てっきり堀や廃墟の夢を見るかと思ったが、結局、何の夢も見ず深い眠りに落ちた。と、突然、ドアをノックする大きな音で叩き起こされた。夜明けの薄暗がりの中、ベッドの脇に立っていたのは、リヴァーズエッジだった。

第十四章　メイドの手紙

屋外で活躍する運動選手らしく、リチャードは熟睡して簡単には目が覚めない質《たち》だったが、刑事の姿が目に入ると自分でも驚くほど急速に意識がはっきりした。

「おはようございます！」ブランケットをはぐりながら大きな声を出した。「ここで何をしているんですか」

「数時間前なら、あなたに同じ質問をしたかもしれませんよ」と、リヴァーズエッジは笑った。「でも、私のほうが一枚上手だ！――あなたがなぜここにいるのか、知っていますからね」

「どうして、僕がここにいることがわかったんです？」

「屋敷の奇妙な紳士に聞いたんです」リヴァーズエッジは窓に歩み寄ってブラインドを上げ、戻ってくるとベッドの隅に腰を下ろした。「変わった男ですよね。実に興味深い！」

「ヴァンデリアスのことですか」

「ほかに誰がいますか！　あんな奇妙な人物にはお目にかかったことがない」

「じゃあ、あなたも屋敷に行ったんですね」

「一晩中いましたよ！――夜中前から、つい一時間前までね。三人で訪ねたんですが、二人を残して、私はあなたに会いに戻ってきたんです」

リチャードはベッドから出て時計を見た。もうすぐ七時だ。彼はベルを鳴らした。

「いろいろと話がありそうですね」と、ガウンを羽織りながら言った。「紅茶でも飲みましょう。それとも、コーヒーのほうがいいですか」

「紅茶をお願いします。朝の紅茶が大好きでしてね。それに、ゆうべはしんどい夜でしたから」ベルの呼び出しに応じて現れた部屋係の女性にリチャードが紅茶を注文するのを待って、リヴァーズエッジは続けた。「面白い情報があるんですよ。しかし、それにしても、どうしてこの場所を嗅ぎつけたんです？　最後に会ったときには、この町のことをご存じなかったと思いますが」

リチャードは、アンジェリータの手紙から場所を割り出したこと、その結果、ヴァンデリアスと会ったことを話したが、ヴァンデリアスが打ち明けた内容は伏せておいた。

「なるほど、そういうことですか。娘さんのために急いでなんとかしたかったのはわかりますが、われわれに知らせるべきでしたね。深刻な危険にさらされたかもしれないんですよ。とはいえ、ヴァンデリアスという男は、変わってはいますが犯罪に加担するタイプには思えません。彼の欠点は、自分の財力で何でもできると思っていることだ。なんとも残念な思い違いです。いつか、それに気づくときが来るといいんだが」

「あなたは、どうしてここに来たんですか」と、リチャードは尋ねた。「そっちのほうが重要だ――僕にとってはね」

「気になるでしょう？」と、リヴァーズエッジは笑った。「実はですね、昨夜、本庁に遅くまで残っていて、そろそろ帰ろうかと思っていたところへ、ランズデイルと娘さんの失踪に関して話があるという若者が署に来ていると連絡をもらったんです。それで、たまたま残っていた署員二人と私で聴取しました。比較的裕福なウェストエンドの会社員で、チャールズ・サマーズという若者です。恋人にまつわる話をしに来たんですよ。彼にはエイミー・ミーチャーというフィアンセがいて——フィ、ア、ン、セなんていう大仰な言葉をよく平気で口にするもんだと思いますがね——その彼女が、ミス・ランズデイルのメイドをしているんです。ミス・ランズデイルが父親とホテル・セシルに来た直後、仲介業者を通じて働き始めたそうです。契約の際、条件として、恋人のサマーズがホテルに彼女を訪ねるのを許可してもらい、サマーズはこの特権を頻繁に行使したようです。訪ねた日を確認してみると、ランズデイルが失踪した晩にも行ったらしいんです——姿を消す数時間前にね。そのとき、恋人はランズデイルやお嬢さんについて何も言っていなくて、それどころか翌晩、お嬢さんが外へ夕食に出かけるので、二人で劇場に行く約束をしたと言うんです。約束どおりサマーズが迎えに行くと、お嬢さんとエイミーが朝、見知らぬ女性とともに急いで出ていったきり戻っていないことを知ったわけです」

ここで、部屋係が紅茶を持って入ってきた。リヴァーズエッジはカップを手に取り、話の続きを始めた。

「サマーズはがっかりして、エイミーからの釈明の手紙を期待して下宿に帰ったんですが、何も届いていませんでした。その後も、一向に手紙は来ない。二、三度ホテルに行ってみましたが、二人の消息はつかめませんでした。やがて新聞報道が始まり、ランズデイルの失踪、彼とヘンリー・マーチモントとの関係、ベッドフォード・ロウの殺人事件などの記事を読んで、恋人のことが猛烈に心配になってきた。だが、彼は気の小さい臆病な男のようで、警察に問い合わせるのをためらったんだそうです。それに毎日、今日こそ彼女から手紙が来るんじゃないかと望みを賭けていたんですね。そして、ついに昨日の夕方、連絡があった！」

リチャードは頷いた。彼がアンジェリータから手紙を受け取ったのも、昨日の晩だ。二つの事実を突き合わせて推論した。〈マルボルン・マナー〉に幽閉された二人の娘は力を合わせて知恵を絞り、互いの恋人と連絡を取る方法を考え出した――そして成功したのだ。

「そうなんですか」と、リチャードは言った。「とても興味深い話ですね。それで、エイミーは何と言ってきたんです?」

「あなたの恋人より、ずっと多くの情報を知らせてくれましたよ」リヴァーズエッジは笑って答えた。「手紙を書く時間を少し長く取れたんでしょう。中身は読みましたが、もちろん、現物はサマーズに返しました。手紙には、彼女とミス・ランズデイルがどのようにホテル・セシルから呼び出されてランズデイルのいる田舎の大邸宅に連れていかれたか、衣食住に不自由はなく丁重に扱われてはいるが、見張りなしでは外出できず、新聞を読むことも手紙を出すことも、さらには身の回りの世話をしてくれる使用人以外と話すことも許されずに、事実上は囚われの身であることが書かれていました。それにしても、このメイドはずいぶん機転の利く、観察力を持った娘ですよ。ミス・ランズデイルのメイドということで、屋敷内ではある程度自由に動けるらしく、必要なものを運ぶうちに、ある習慣に気づいた――毎晩七時に、下男が廊下の郵便箱に入っている手紙を全部まとめて、ノーチェックでバッグに入れて使い走りの少年に渡し、その少年がそのままそれを投函しに行くんです。手紙には、機会を見てその箱に自分の手紙を忍ばせるつもりだ、とありました。あなたの話から推測すると、ミス・ランズデイルの手紙も一緒に紛れ込ませたのでしょう」

「二人の手紙は、ほぼ同じ時間に届いたようです」と、リチャードも同意した。「ほかには何か?」

「ええ。エイミーはサマーズに、監禁されている屋敷や場所の名前は知らないので、消印を確認してほしいと書いていました。あなたのケースと同じです。幸い、消印は鮮明でした。はっきり読めないことも多いですからね。消印にはマルボルンとありました。そこでサマーズは、あなたがすべきだったのにしなかった行動を執りました——われわれに相談に来たんです」

「僕には、僕なりの理由があったんですよ」と、リチャードは反論した。「警察に邪魔されたくなかったんです！」

「きっと、思いやりからなんでしょうね」と、リヴァーズエッジは笑った。「でも残念ながら、私には理解できません」

「もし、警察がランズデイルを見つけたら、逮捕するだろうと思ったんです。彼を逮捕されたくはなかった」

「ようやくランズデイルを見つけたとはいっても、彼の処遇はまだ決まっていません。何よりもまず——そのあと、どうなるかはわかりませんが——彼から情報を得たいんです。本人の口から真実を聞きたい。まあ、ともあれ、昨夜のことを説明しましょう。サマーズの話を聞いてエイミーの手紙を見たあと、本部に指示を仰ぎ、仲間二人と高速車を手配してここへ来たんです。到着したのは十一時すぎで、もちろん、すぐに地元警察へ行きました。警視を起こした五分後には、目当ての屋敷が、ヴァンデリアスという謎の男が住むマルボルン・マナーだということがわかったので、警視と巡査部長に付き添ってもらって、真夜中前に屋敷に到着しました」

「どうやって中へ入ったんです？　あそこは砦も同然なのに！」

「簡単でしたよ。門番を起こして屋敷に連絡してもらうのに多少手間取りましたが、ヴァンデリアスはすぐさまわれわれを中に入れ、自ら玄関で出迎えてくれました——まったく、不思議な男ですよ。

それで彼と話したんですが、どうやってわれわれがあの屋敷にたどり着いたのか知りたがりましてね。もちろん、その点は伏せておきました。そうしたら、あなたの件を知っているか、と言うじゃありませんか。ご存じのとおり、寝耳に水です。あなたがこのホテルに泊まっていて、昨夜、彼と会ったなんてね。ヴァンデリアスは、ランズデイルが屋敷にいる理由をあなたに話したそうで、われわれにも同じように正直に話すと言いました」

「で、話したんですか」

「おおむね事実を語っていたと思います。要するに、彼は今回の件のほとぼりが冷めて自分たちのビジネスの契約がうまくいくまで、ランズデイルを匿おうとしたんですよね。その契約というのは、どうやら昨夜まとまったようですが……」

「えっ？」リチャードは鋭い声を上げた。「昨夜ですって？　どうやって？　僕がいたときは、まだだったはずです！」

「それほど注意を払っていたわけではありませんが、ランズデイルとヴァンデリアスの署名が必要な重要書類について、進展があったんだと思います。南米での巨額な取引に関する書類です。昨夜、サウサンプトンから速達で届いて、ランズデイルとヴァンデリアスが署名したらしいんです。たぶん、弁護士のクレンチが立ち会ったんでしょう」

「そうだったのか！　契約はまとまったんだ――でも、そのビジネスの件は事件とは無関係ですよね」

「まあ、今のところはそうですね。私も、ヴァンデリアスにそう言ったんです。われわれの仕事は、ランズデイルがヘンリーさんの殺害に関係しているかどうかを確認することだと説明しました。するとヴァンデリアスは、一万ドルの報奨金を出したのは自分だと打ち明けました。あなたもご存じなんでしょう?」

「ええ、聞きました」

「ヴァンデリアスは、真犯人を捕まえれば、ランズデイルの容疑が晴れると考えています。ですが、私は彼とクレンチに、警察は真犯人にたどり着いていないし、クレンチもまだ情報を得ていないのではないかと指摘しました。するとクレンチは、そのとおりだと認めました。ということは、現段階では、やはり事件の夜の経緯を説明できるのはランズデイルだけだということです」

「なるほど、それで?」

「ランズデイルに今すぐ会いたいと言いました。それも、われわれの正体も、なぜ屋敷に来たかも知らせずにね」

「それは、ずいぶん思いきった行動に出ましたね」リチャードは非難の気持ちを態度に表した。「彼は病人なんですよ!」

「その点は、ちゃんと考えましたよ! 私はいつだって、人の感情を優先する主義です。だから、まず娘さんに会って――とても感じのいい、良識のあるお嬢さんですね――心の準備をさせたんです。彼女は私の意図を即座に汲み取って、父親に引き合わせてくれました。ランズデイルは、思い描いていたのとはまったく違っていました。これまで相当つらい目に遭ってきて、神経がまいっているといった印象でしてね。でもとにかく、やっと直接、対面することができました。それで、職務としてどうしても会う必要があったことを話して、できるだけ思いやり深く私の目的を説明し、簡単な質問に答えてくれたら、とりあえず今日のところは帰ると言ったんです」

「どんな質問をしたんですか」

「ヘンリーさん殺害に関して知っていることはないかということと、事件の夜、ベッドフォード・ロウのオフィスを訪ねたかどうかです。その点がわかれば、彼の容疑についてはっきりしますからね。この質問に対する答えは単純なはずです」

「それで——彼は答えたんですか」

「即答しましたよ！　きっぱりとね。彼の言葉を正確に言うと、『ベッドフォード・ロウのヘンリーのオフィスを七時すぎに訪ねました。八時近くまでいたと思います。私がオフィスを出たときには、彼はぴんぴんしていました。これ以上は、裁判所に召喚されたら話します。あなたがたに話す義務はない！』ということでした。どうやら率直に話している印象だったんで、あなたに約束したとおり彼を解放しました」

「このあと、どうするつもりなんですか」と、リチャードは尋ねた。

「もちろん、これで満足するわけにはいかない」リヴァーズエッジは首を振りながら答えた。「警察としては到底、納得できません。本庁に電話をして指示を仰がなければ」

「ちょっと、いいですか！」と、リチャードが唐突に切りだした。「僕が近くにいることをミス・ランズデイルが知っているかどうか、ご存じですか」

「ええ、彼女は知っていますよ。少し話したんですが、外国生まれの若いお嬢さんにしては、とても冷静でした。私は、ヴァンデリアスから聞いたことをそのまま彼女に話しました——あなたがここに来ていて、彼女に会いたがっている、とね。実を言うと、今朝、あなたと会わせると約束したんです」

「彼女は何て言ってました?」と、リチャードは勢い込んで尋ねた。

「何て言ったかって? そんなの、決まってるじゃありませんか!」と、リヴァーズエッジは笑った。

「もちろん、とても喜んでいましたよ――それに、安堵していました」

リチャードはドアを開けて、そばの部屋にいるスカーフを大声で呼んでから、リヴァーズエッジに向き直った。「一時間で朝食を済ませましょう。そうしたら、あなたと一緒に屋敷に行きます。この事態をなんとかしなきゃならない!」

「いいですよ。だが、私の一存で何もかも決めるわけにはいかない。朝食は喜んでご一緒しますが、あなたが着替えるあいだに本庁に連絡します。そうすれば、詳しい指示があるでしょう」

リヴァーズエッジは部屋を出ていき、リチャードは支度をしながら、次にどう展開するのかをしきりに考えていた。なんとしてもアンジェリータをトラブルから救い出して、会えたときには、ぜひ安心させる知らせを持っていってあげたい。大いなる期待を胸に朝食場所に下りていったのだが、喫茶室で待っていたリヴァーズエッジが憂うつそうな表情を浮かべ、首を振りながら近づいてくるのを見て、リチャードの顔は曇った。

「まずいことになりましたよ、マーチモントさん」と、リヴァーズエッジが小声で言った。「有無を言わさぬ命令が下ったんです――われわれは、直ちにランズデイルを捜査本部に連行します」

第十五章　逃亡！

リチャードはリヴァーズエッジについてくるよう合図し、喫茶室の静かな隅の席に向かった。周囲にあまり人はいなかったが、椅子から身を乗り出して声をひそめた。

「つまり——逮捕されるんですか」

「いいえ、まだ、そこまではいきません。ただ、ランズデイルをようやく見つけたからには、目を離すわけにはいかないと言うんです。でも、本当の理由は違う。本庁の連中は、事件の夜の行動と、その後の経緯についてランズデイルから聴取したいんですよ。彼に容疑がかかっているのは確かです。拘留されるかどうかは、彼の説明次第だ。十分納得できる説明ができるかもしれないし、その逆かもしれません」

「ということは、ランズデイルは、あなたと一緒に警察に行かなければならないんですか」

「もし彼が無実なら、署ではっきりそう供述するでしょう。それが、彼のためにも最善だと思います」

「無実の人間が、とんでもない立場に立たされるかもしれないんですよ。無実を証明するのが難しいことだってあるんだ！」

「あの屋敷に雲隠れしただけでも不利な状況にあるんです。事件のあと、すぐに出頭することだってできたんですからね。あんなふうに逃げ隠れしてしまっては――」

「ヴァンデリアスから、事情を聞いていないんですか」

リヴァーズエッジはナイフとフォークを手に取り、ベーコンエッグを食べ始めた。しばらくもぐもぐやっていたが、やがておもむろに答えた。「ヴァンデリアスというのは、食えない男ですよ。屋敷でだいぶ話したんですが、どうも本性がつかめません。もっともらしい話をするのはうまいようですがね。彼の話からすると、要するにこういうことです。ヴァンデリアスは、新聞や評論家が書きたてている運命的な事件の夜のランズデイルの行動に関して、すべてではないが何かしら知っている。といっても、あなたの叔父さんの死にも、ランズデイルの身の安全にも関心があったとは思えません。彼が気にしていたのは、大きなビジネスに関わる書類にランズデイルと自分の署名をして、契約を完了できるかどうかということです。その大事な書類が今日にも届くかもしれない。したがって、それを邪魔される事態はなんとしても避けなければならなかった。そこで、彼はランズデイルをこの町に連れてきた。昨夜、ついにその書類が届き、彼らは署名したようです。契約が成立した今、ヴァンデリアスはこの事件への興味を失ったに違いない。とにかく、不可解きわまりない男ですよ！」

「確かに、ひどく厳重な警護体制を敷いてます。ゆうべ屋敷に僕がどうやって入ったか、話しましたっけ？　まだでしたか――じゃあ、聞いてください」リチャードは、ホテルを出てから植え込みの中で武器を持った男たちに囲まれた経緯を話した。「どう思います？　普通じゃないでしょう」

「まるで芝居の一シーンみたいですね」と、リヴァーズエッジは言った。「ヴァンデリアスは謎めいた人物なので、もっとよく調べる必要があります。とはいえ、私の目下の関心事は、ヴァンデリアスよりもランズデイルです」

「でも、彼らはみんな仲間じゃないんですか」と、リチャードは言葉を返した。「どうやってそれぞれを区別するって言うんです？　まずヴァンデリアス、そしてクレンチ。なぜかわからないけど、どうしても好きになれない男です。それにガーナー。彼の風貌もどうも気に入らない。どう考えても、やつらは同じ穴の狢《むじな》だ！」

「あとの二人については、わかっていることがあります」と、リヴァーズエッジは言った。「クレンチは、シンプソンが言ったとおりの男です。経験もないインチキ弁護士だ。ガーナーのほうは、一部の人間のあいだで新会社の発起人として知られていて、評判はあまり芳しくありません。とにかく、疑わしい人物です。どうやら、いかがわしい事案に関与しているようだ。私が違和感を覚えるのは、もしヴァンデリアスとランズデイルが噂どおりの金持ちで金融界の大物なのだとしたら、なぜ、ちんけな弁護士や評判のよくない男と関わりを持っているのかという点です」

「僕が見聞きしたことから推測すると、クレンチとガーナーは単なる部下で、金で雇われているんだと思います」と、リチャードは言った。「ヴァンデリアスが、指導的立場にあるボスでしょう」

「おそらく、そうですね」と、リヴァーズエッジも同意した。「ただ、それにしたって、もっとレベルの高い人間を雇ってもいいんじゃないかと思うんですが。まあ、さっきも言ったとおり、目下のところ、あの三人は私には関係ありません。私の仕事は、ランズデイルの件をはっきりさせることです。マーチモントさん、あなたにも協力してもらいますよ！　そこでお訊きしますが、昨夜、ランズデイルの娘さんに会ったんですか」

「いいえ」

「今朝、会えますよ――私が保証します。そうしたら、彼女と二人だけで話をしてください。率直に伝えてほしいんです。父親に、すぐに私と捜査本部へ行って、ヘンリーさんと何があったのか事実を包み隠さず打ち明けるよう、娘さんから助言してもらいたい。何も恐れることはないから、事件の晩のヘンリーさんとベッドフォード・ロウのオフィスについて知っていることを、すべて正直に警察に話したほうがいい、とね。真実を話すのが最善だと娘さんに得心させ、父親にも納得してもらうんです。つまり、おとなしく私と一緒に来て正直に話すのが彼自身のためだと、彼女に説得してほしいんですよ。われわれが望むのは、それだけです」

「ランズデイルを疑っているんですね」リチャードは、ずばり核心を突いた。

リヴァーズエッジは首を横に振った。

「われわれが疑うのは、作り話ですよ、マーチモントさん。真実を話しているかどうか、警察は十中八九、見分けられます。いずれにせよ、どうしてもやらなければならないプロセスなんです。ミス・ランズデイルから父親に話してもらって――あなたも同行してくださってかまいませんから、われわれの車で二人を本庁に連れていき、そこで話を聞きます。隠しだてをして容疑が濃くなるより、何十倍も彼のためになる！」

「ランズデイルが自分から逃げたんじゃないことを忘れないでくださいよ。彼にホテルから姿を消すようにけしかけたのは、ヴァンデリアスなんです」

「ええ、もちろん承知しています。その点はご心配なく。それでも私の主張は変わりません。あの父娘には、なんとしても捜査本部へ来てもらわなければ――ランズデイルを出頭させて、本当のことを話してもらいます」

「彼は今朝あなたに、時期が来たら、適切な場できちんと話すと言ったんじゃありませんでしたっけ？」と、リチャードは訊いた。「それって、どういう意味なんでしょうね」

「わかりません」と答え、リヴァーズエッジは皿を押しやってコーヒーを飲み干した。「早ければ早いほうがいいに決まってるし、適切な場所はロンドン警視庁《スコットランドヤード》ですよ！ さあ、屋敷へ向かいましょう」

リチャードは、スカーフにいくつか指示をしてからホテルの外でリヴァーズエッジと合流し、自宅のあるロンドンのジャーミン街《ストリート》と同じくらい見慣れてきた道を並んで歩き始めた。

「屋敷に、警官を二人残してきたんですよね」砦を囲む塀の入り口が見える場所まで来たところで、リチャードは尋ねた。「見張りのためですか」

「黙認、と言うのが正しいでしょうね」と、リヴァーズエッジは笑って答えた。「大目に見てもらったんですよ。ヴァンデリアスに許可をもらったんです。われわれには令状がありません。捜査途中でここに来ているにすぎないんです。あなたに会いに町に戻るあいだ部下を残していってもいいかと頼んだら、ヴァンデリアスは快く承知してくれました。ずいぶん愛想のいい男ですよ、ヴァンデリアスというやつは――そう見せたいんでしょうね、きっと。見せかけだとは思いませんか――あれは表の顔だ」

「彼には裏の顔があると考えているんですか」

「いろいろな顔を持っているんじゃないかと思います」リヴァーズエッジは冷ややかに言いながら、〈マントラップ・マナー〉の境界線を警棒で指した。「彼はなぜ、住居をあんな塀で囲んだ監獄のような場所で、唯一の入り口を昔の城のような造りにしているんでしょうね。まるで包囲攻撃を恐れているかのようだ。あの扉を見てくださいよ！ 分厚いオーク材に鉄の鋲《びょう》が打たれた、二十フィートもの高さがある代物です。実に手ごわい！　敵を威嚇する昔の戦艦を思わせる。絶対に開くことのない扉みたいだ――」

だがそのとき、大きな二枚の扉が、表からは見えない機械に動かされて内側に向かって開き、大型車が猛スピードで飛び出してきた。門番がすでに門を開けて待っており、車はものすごい勢いであっという間にリチャードたちの脇を走り去った。それでも、窓という窓にしっかりと目隠しがされているのは見えた。中に誰が乗っているのか知らないが、外から決して見られないように守っているようだった。二人は振り向いて行方を目で追った。車は町へ向かう道ではなく、ロンドンに続く高速道路のほうへ曲がっていった。

「あの車に乗ってるのは、誰だったんでしょうね」と、リヴァーズエッジが言った。「奇妙じゃないですか、窓に全部目隠しをしてあるなんて。車内が少しも見えないようにしてあった」

「おそらくヴァンデリアスでしょう」リチャードは昨日の朝、冗舌なウエイターから仕入れた内容を話した。「彼の奇行の一つだと思います」

リヴァーズエッジは何も言わなかった。だが正門脇のくぐり戸を通り抜けると、足を速めて真っすぐ屋敷を目指した。堀を渡ってさらに急ぎ足で進んでいると、二人の刑事が芝生を越えてこちらへ向かってくるのが見え、彼はますます速足になった。近づくにつれ、二人が当惑したような動揺した表情を浮かべているのがわかった。

「どうかしたか」声が届く距離まで来たところで、リヴァーズエッジが問いかけた。「何かあったのか」

「わかりません――はっきりしないんです」と、年かさの刑事が答えた。「ただ、道路か公園内で目隠しをした車を見ませんでしたか。実は、あの中にランズデイルと娘が乗っているんじゃないかと思うんです！」

リヴァーズエッジは、罵りの言葉を嚙み殺した。

「なぜ、そう思うんだ」と、詰め寄った。「何か見たのか」

最初に口を開いた刑事が、振り向きざまに屋敷を指さした。

「われわれは玄関前のあの庭で、交代で見張りに立っていたんです。すると、使用人の男が来て、われわれに朝食を用意したと言うじゃありませんか。それで、彼に案内されて屋敷に入ると、裏側の部屋に朝食が並んでいました――これがまた、たいそう、うまい食事で――」

「何をやってるんだ！　どうして別々に行かなかった！」と、リヴァーズエッジが怒鳴りつけた。「一人が食事をしているあいだ、もう一人が見張りに立っていればよかったじゃないか」

「どうしていいかわからなかったんです。あなたが戻るまで、何かが起きるとは思っていなかったものので。みんな、とても感じがよくて――」

「ぐずぐずしている暇はない！　それからどうしたんだ！」

「それが、食事を終えて表に戻ると、年配の男と若い女性があの車に乗るところだったんです。彼らを止める権利も、尋問する権利もわれわれにはありませんし、そもそも彼らが誰なのかも知りませんでした。しかも、車はすぐにフルスピードで公園のほうへ出ていってしまって――」

リヴァーズエッジは、再び部下を一喝した。周囲を見まわすと、テラスの端に立ち、田舎の名士らしいいでたちで庭師に指示しているヴァンデリアスの姿が目に留まった。そちらへ歩きだしたリヴァーズエッジのあとにリチャードも続いた。

「ヴァンデリアスさん！」リヴァーズエッジは、むっとした声で言った。「ランズデイルを逃がしましたね！」

ヴァンデリアスは振り向いてリヴァーズエッジを見返した。リチャードの存在など目に入ってもいないようだ。

「これは、これは！」リヴァーズエッジを頭からつま先まで、じっくりと見ながら言った。「ずいぶん失敬ですね。まるで、私がランズデイルを客人ではなく囚人として捕らえていたかのようなおっしゃりようだ。私は失礼な人間になりたくないのでお教えしますが、朝食後、ランズデイルさんは直ちにロンドンに行きたいと言ったんです。私はすぐに車を貸し、彼は出ていきました。娘さんも一緒です。もちろん、ホテル・セシルに戻ったんでしょう。あとを追えばどうですか――お仲間とね」

そう言うと、ヴァンデリアスは踵《きびす》を返し、リヴァーズエッジは一瞬ためらってから、顔をしかめてリチャードに目をやった。

「騙されましたよ、マーチモントさん」と、吐き捨てるように言う。「やられました！　あの車には、ランズデイルが乗っていたに違いない。くそっ！　これでまた振り出しだ」

「ランズデイルが、ホテルに戻ったってことはないんでしょうね」

「ええ――だが、可能性はゼロじゃないか。ひょっとしたら戻ったかもしれないし、そうじゃないかもしれない――とにかく、行って確かめてみるしかないな。私は直ちに発ちます。あなたはどうします？」

次の列車でロンドンに戻って〈ホテル・セシル〉に直行する、とリチャードは答えた。彼は町へ取って返すと、待っていたスカーフを連れ、正午すぎにはストランド街から大型ホテルの前庭へと歩を進めていた。今にもアンジェリータに会えるのではないかと思うと、胸が熱くなる。しかしそこにいたのは、首を振っているリヴァーズエッジの姿だった。

「彼らは戻っていません」と、リヴァーズエッジは言った。「ホテルに連絡もないそうです。そんなことだろうとは思ってました。今朝、ヴァンデリアスの屋敷前でも言ったとおり、また振り出しですよ。それはそうとマーチモントさん、何か忘れてやしませんか。休廷になったヘンリーさんの死因審問の続きが、今日の午後でしたよね。二時から同じ法廷で開かれます。あなたも傍聴するんでしょう？　といっても、新たな証拠はあまり期待できませんがね」

リチャードは急いで昼食を済ませ、法廷に向かった。リヴァーズエッジに言われるまで、審問のことをすっかり忘れていたし、叔父の殺人事件の謎が解明されるとも思っていなかった。要するに、何の期待も抱いていなかったのだ——薄暗い法廷に足を踏み入れて、中の様子を目にするまでは。ところが一歩、廷内に入ってみると、弁護士の席にアンジェリータが座り、その横に父親のランズデイルがいたのである。

第十六章　ランズデイルの証言

　ランズデイルとアンジェリータは、二人だけではなかった。そばに座って話し込んでいる二人の男は、法律関係者だろうと思われた。一人は顔立ちの整った白髪の男で、なんとなく見覚えのある人物だった。写真入りの新聞で顔を見たか、ある時期、何かで有名になった人だったかもしれない。もう一人は中年の男で、特徴的な顔つきをしていた。どう見ても弁護士だ。法廷でしか目にしない類いの顔だった。どうやら会話の主導権を握っているのはその男で、内容はわからないが身振りを交えて意欲的に話しており、時々、白髪の仲間に同意を求めるように話を振っていた。熱心に彼に耳を傾けているアンジェリータは、法廷の後ろのドアから入ってきたリチャードにしばらく気づかなかった。ようやくリチャードの姿を認めると、アンジェリータは安心感を与える笑みを浮かべた。そのあと、弁護士らしき二人の男に、心強い味方が現れたと伝えるような様子を見せたことに、リチャードはますますほっとした。話したいというしぐさをしてみせると、アンジェリータは首を振り、ドアを指し示した。死因審問が終わったら会おうという意味だと、リチャードは受け取った。わかった、と頷いたとたん、誰かが肩に手を置いた。驚いて振り返ると、リヴァーズエッジがすぐそばに立っていた。

「あなたも見ましたか」と、彼は言った。「驚いたでしょう！　われわれは三十分前に知ったんです。これから何が起きるかわかりますか。ランズデイルが話をするんです――あの証人席でね」

「誰に聞いたんですか」と、リチャードは尋ねた。

「それがですね」リヴァーズエッジは、リチャードの隣の席に腰を下ろした。「ランズデイルの横に白髪の紳士がいるでしょう。彼はロンドン一、頭の切れる有能な弁護士のサー・ジョン・クロウです。この意味は大きいですよ。そしてミス・ランズデイルの隣にいるのは、クロウと同じくらい著名な刑事専門弁護士のチャールズ・バーウィックです。三十分ほど前、クロウが警察に電話で、午後の死因審問にランズデイルが出頭して、ヘンリーさんの事件について知っていることをすべて証言すると知らせてきたんです。検死官にもすでにその旨を伝えてあると言ってました。それで、こういうことになっているわけです。あなたもそうだと思いますが、ランズデイルが何を話すか、興味津々ですよ」

「あなたにとっては、期待外れじゃないんですか」と、リチャードは言った。

「私は、特に何も期待しちゃいません。期待はせずに、様子を見るだけです。だが、新聞記者にはおいしいネタがあるかもしれません。記者たちが大勢詰めかけています。噂好きな世間もね。あっちを見てください、マーチモントさん。知った顔がありますよ」

リヴァーズエッジが指したほうに目をやると、薄暗い法廷の隅にクレンチとガーナーがいた。彼らから少し離れたところにシンプソンが座り、ランズデイルとアンジェリータに鋭い視線を送っていた。

「あの三人についてこそ、いろいろ知りたいですね」と、リヴァーズエッジは小声で言った。「これでヴァンデリアスが現れたら、役者が勢揃いってところなんですが。おっと、検死官のおでましだ」

検死官が席に着き、審問が開始されて以来、公明正大な人間に見えるよう努力している陪審員たちも入廷して、傍聴人のあふれる法廷内が静まり返った。検死官は眼鏡をかけ、書類をいじりながら陪審員のほうを見て、前回の審問のあと、というよりこの一、二時間のあいだに進展があり、大変重要な証言者が法廷の場に立つという報告を受けたことを告げた。彼の証言は注目に値し、その名前が新聞にさんざん書かれた事実からして、もしかすると事件を解決に導くかもしれない。証言者は、ヘンリー・マーチモントが殺害されたとされる夜、彼を訪ねたと言われているジョン・ランズデイルその人である。ランズデイルは本法廷に出廷し――検死官はサー・ジョン・クロウとバーウィックにちらりと目をやった――代理人として弁護士を同席させる権利を有するものと判断する。今すぐランズデイル氏に証言してもらうのがよいと考える……。

ここで検死官は、警察関係者に異議がないか問うようなそぶりを見せたが、誰も何も発言しなかったので、沈黙の中、おもむろに立ち上がったバーウィックに促すような視線を向けた。

「私は、ランズデイル氏の代理人です」と、バーウィックは切りだした。「依頼人は証言台に立って、この死因審問において証言できることをすべて話し、故人の代理人や警察の質問に答える用意があります。特に、ヘンリー・マーチモントさんが亡くなって以来、彼との関係と過去の出来事についてあることないことを報道されたため、ぜひ、知っている事実を包み隠さず証言したいと考えています。できれば、今すぐランズデイル氏に証人席に立ってもらい、彼の弁護人であるサー・ジョン・クロウの協力のもと、まずは私が質疑をさせていただきたいと思います。もちろん、そのあとでさらなる尋問に応じてもらう所存です。ランズデイル氏は、検死官と陪審員の方々に何もかもお話ししたいと望んでいます。重ねて申し上げますが、知っていることすべてを証言するつもりでいるのです！」

「ランズデイル氏を召喚しよう」と、検死官が宣言した。

リチャードは、席を立って予備審問のため証人席に向かうアンジェリータの父親に全神経を集中させた。立ち上がったランズデイルが叔父のヘンリーにとてもよく似ていることに、リチャードは驚いた。長身で肩幅の広い、引き締まった体つきといい、血色のよい顔と白髪といい、顔立ちと背格好がそっくりだ。ただし、受ける印象は異なった。ヘンリーは快活な性格で、物腰が丁寧で上品だった。人生を気楽に楽しんでいることが口元や目つきに表れていた。それに対しランズデイルは、つらい半生を送ってきて神経をすり減らし、健康を害した男に見える。宣誓を終えて傍聴席のほうに向き直ったその顔には、明らかな疲労の色が浮かんでいた。

水を打ったような静けさの中、バーウィックとランズデイルの質疑応答が始まった。会話が進むにつれ、法廷内はますます沈黙に包まれていった。

「ランズデイルさん、亡くなったヘンリー・マーチモントと初めて知り合ったのは、何年も前のことですね」

「三十年前です」

「どこで知り合ったのですか」

「クレイミンスターです」

「そのとき、彼は弁護士をしていましたか」

「はい。駆けだしの弁護士でした」

「あなたは当時、何をされていたのですか」

「株式仲買人の仕事を始めたばかりでした」

「本名を使って?」

「いいえ――ジェイムズ・ランドという名でした」

「では、本名はジョン・ランズデイルなんですか」

「そうです！　クレイミンスターでは、仕事上の都合でジェイムズ・ランドと名乗っていたのです」

「ヘンリー・マーチモントが死亡したあと、新聞は読まれましたか」

「でしたら、ロンドンの新聞には、毎日、目を通しています」

「でしたら、あなたに関する記事がいろいろと載っていて、その中で、あなたの本名はランドだと書かれていたのをご存じですね」

「はい。あれは間違いです。クレイミンスター時代のランドという名が本名だと勘違いしたんでしょう。クレイミンスターを出たときに、本名のジョン・ランズデイルに戻したのです」

「必要となった場合、あなたの本名や生まれ、出身地などを完全に証明できるんでしょうね」

「もちろんです。隠し立てするようなことは何もありません」

「あなたが二十五年前、不名誉な行為をはたらいてクレイミンスターから逃げたのではないかという、最近の新聞報道を読みましたか」

「はい。でも、その記事は嘘っぱちです！　実を言うと、クレイミンスターで私の顧客だった人の多くが、ある外国証券に夢中になって金をつぎ込んだんです。当時、そういうギャンブル的な投機熱が町民のあいだに広まっていました。その株が突如暴落し、大勢の顧客が大損してしまったのです。その中には理性を失い、仲介者にすぎないこの私に対して激しい恨みを抱いた人たちもいました。私がクレイミンスターから黙って姿を消した本当の理由は、命の危険を感じたからだったんです」

「誰かに脅されたのですか」

「脅迫状が何通か届きました――もちろん、匿名の手紙です。警察に保護を依頼するより、私は逃げることを選びました。仕事が破綻したのは明らかだったので、どこか別の場所に移ろうと思ったのです」

「クレイミンスターでのあなたの経歴に傷はなく、仕事の取引は公正で、横領などしていないとおっしゃるんですか」

「そのとおりです！」

「そうだとしても、突然、何も告げずに姿を消せば、よくない噂が立つことは予測できたのではありませんか」

「わかっています。疑惑の目を向けられるのは覚悟のうえでした。中心となって私に疑いをかけたのが、ヘンリー・マーチモントです。彼は私を嫌っていました。大暴落の少し前、クレイミンスター・クラブから私を追放したんです」

「あなたを嫌う特別な理由があったのですか」

「よくわかりません。ただ、株取引をギャンブルと呼んで嫌悪していました。クレイミンスターは小さな町ですから、仲買人は私しかいませんでした。彼は、私が町で開業したのをよく思っていなくて、追い出したがっていたのです」

「マーチモントに対して敵意を持っていましたか」

「そんなことはありません！　なんとも思っていませんでした。放っておいてほしかっただけです」

「そうして、クレイミンスターを去った――あなたの主張を信じるなら、潔白な身で出ていったというわけですが――そのあと南米に渡ったんですね」

「はい――アルゼンチンへ行きました。私の経歴を詳しく調べたいのなら、二十五年間何をしてきたか、向こうに問い合わせればすぐにわかります。私はスペイン系アメリカ人の女性と結婚し、国の開発に関わる仕事を始めました。自信を持って言わせてもらいますが、誠実さでは誰にも負けない評判を築き上げてきたのです」

「その結果、わかりやすく言えば――成功したわけですね」

「今では資産家になりました」

「それは、なによりです。さて、今回の帰国についてお訊きします。帰国の目的は何ですか」

「ルイス・ヴァンデリアス氏と協力して、大規模な金融取引を行うためです」

「ルイス・ヴァンデリアスさんというのは、どういう方ですか」

「金融関係に造詣の深い方で、一般にはあまり知られていませんが、資本家のあいだでは世界的に有名な人物です」

「ロンドンに来る前から知り合いだったんですか」

「五年前にニューヨークで会ったのが最初で、去年、ブエノスアイレスで再会しました」

「マーチモント弁護士が亡くなる前、ロンドンにはどのくらい滞在していました？」

「二、三週間です」

「その間《かん》、クレイミンスターへは行きましたか」

「いいえ、一度も」

「クレイミンスターの近況なども耳にしなかった？」

「はい」

「あなたが去ったすぐあと、ほぼ同じ時期に、マーチモント弁護士がクレイミンスターを離れて、ロンドンで開業していたことをご存じでしたか」

「いいえ！　シティでの金融関係の夕食会で偶然再会するまで、彼の居場所も近況もまったく知りませんでした」

「ランズデイルさん、その夕食会での出来事を教えてください」

「私は、すぐに彼に気づきました。そして、向こうも私に気づいたのがわかりました。目つきにも態度にも、威圧的で気まずい雰囲気が表れていましたから。以前、わりとお喋りな男だったので、ほかの客に私のことを話すのではないかと心配になりました。そんなことをされたら、ロンドンに来た目的である大変重要なビジネスに支障をきたすことになります。そこで、私は彼を脇に連れていき、二人だけで会ってくれるよう頼みました。マーチモントは尊大で不愛想な態度でしたが、どうしてもと言うなら会ってもいいと約束してくれ、翌晩の七時半から八時のあいだに彼のオフィスを訪ねるように言われたのです。私は、必ず行く、と答えました」

「それは、夕食の前ですか、あとですか」

「前です」

「その晩は、それ以上言葉を交わさなかったのですか」

「ええ。席が離れていましたし。でも、彼が時々こちらを見ているのはわかりました。しかも、その視線はどう見ても友好的なものではなかったんです。彼の中に敵意を感じました。当然、私は不安になりました」

「それで、どうしたんですか」

「翌日、ヴァンデリアスさんと彼の二人の仲間に相談をして――」

「具体的に名前を挙げてくださいますか」

「弁護士のクレンチさんと、ヴァンデリアスさんの代理人のようなことをしているガーナーさんです。この三人に、クレイミンスターでの件について事情を打ち明け、ヘンリー・マーチモントが私を嫌って疑いを抱いていること、彼が私に対して害を及ぼす危険性があることを話しました。三人は私の説明に納得してくれたのですが、現在進行している大きな取引がマーチモントのせいで邪魔されるのではないかと、ヴァンデリアスさんがひどく心配しました。それで、とにかく約束どおりマーチモントと会って、クレイミンスターでの件はまったくの誤解だとわかってもらおうということになったんです。ヴァンデリアスさんとクレンチ、ガーナー、そして私の四人で相談してそう決めたのですが……彼らが帰ったあとで考え直し、私の一存で、あることを付け加えようと決心しました。ところが、結果的にそれがヘンリー・マーチモントの殺害に大きく関わってしまったのだと思います！」

第十七章　二万ポンド

ランズデイルのこの言葉を聞いた満員の法廷内にどよめきが広がり、それまで神経を集中させて証人席を見守っていたリヴァーズエッジが、リチャードを肘でつついた。

「さあ、いよいよ来ましたよ、マーチモントさん」と、彼はささやいた。「あの男に秘密があるかどうか、今からはっきりします。さて――何が出てくるでしょうね」

リチャードは答えず、予想することもしなかった。ただ、じっとランズデイルを見つめていた。証人席に入って時間が経つほどに、ランズデイルは自信を増していくように思えた。初めは緊張した不安な様子で声もかすれていたのに、審問が進むにつれて背筋が伸び、態度に余裕が出てきている。一、二度、クレイミンスターの件に質問が及んだ際には、答え方に反発心と憤りが表れていた。そして今のひと言を口にしたとき、次の言葉を期待する周囲の人々の顔を、きわめて重大な発表をするかのように堂々と見まわしたのだった。

バーウィックの冷静で静かな声が、興奮ぎみの呟きが収まった法廷に響いた。

「ランズデイルさん、あなたは自分一人で、あることをしようと決意した――そういうことですか」

「そうです！　誰にも言っていません。初めて話すことです。もしかしたら、秘密にしたのが間違いだったのかもしれません――でも、今まで黙っていたのには、それなりの理由があるのです」

「いいでしょう。それで、あなたがやろうと決意したことは何だったんです？――そして、それは実行したのですか」

ランズデイルは証人席の縁から身を乗り出し、検死官とテーブルの周りに座っている弁護士や役人の顔を代わる代わる見ながら、幾分くだけた口調で語りだした。

「実は、こういうことなんです。クレイミンスターの出来事から二十五年が経過したとはいえ、先ほどお話ししたシティの夕食会でのヘンリー・マーチモントの態度と話しぶりから、彼がまだ私を嘘つきの悪人だと信じているのが、はっきりわかりました。昔も気難しいところのある人でしたから、今ではもっと頑固になっているに違いないと思いました。だとすれば、私に害を及ぼそうとするかもしれない。疑わしい状況でクレイミンスターを去ったことをシティで吹聴されでもしたら――それはもう、私にとっては大打撃です。当時の帳簿や書類はすべて、クレイミンスターを出るときに隣町に保管したまま今もそこにあるので、私が行っていた取引が公正なものだったことを最終的には証明できますが、このタイミングでトラブルを抱えると、ヴァンデリアスさんと進めている商取引の障害になってしまいます。場合によっては取引中止に追い込まれるかもしれませんし、たとえそうならなくても、遅延は免れないでしょう。それはわれわれが最も恐れる事態でした。この取引を一刻も早く締結させる必要があり、あとは一両日中にも南米から届くはずの書類に署名するだけのところまでこぎつけていたのです。それで、いろいろ考えた結果、マーチモントを懐柔するのがいいと思いつきました。二十五年前、クレイミンスターの住民が大金を失った件に対する私個人の責任も、私が彼らを騙したという嫌疑も断固として否定しますが、今は裕福な身なので、あのとき大損した人たちや、亡くなっていればその身内の力になろうと提案し、マーチモントに金を預けて、その人たちに渡してもらうことにしたんです。そうすれば誠意を汲み取ってくれ、私の悪い噂を流すのを思いとどまってくれるかもしれない。もちろん、その金は善意の寄付であり、本来、一ペニーたりとも私が支払う義務がない点は、しっかりと念を押すつもりでした。本当にないんですから！　クレイミンスターの住民に対して、借金と呼べるものは一切ありません！」

そう言って、ランズデイルは証人席の縁を叩いた。最初は生気のなかった瞳が、反発心に燃えて輝いていた。何か言ってもらいたそうに周りを見まわしたが、返ってきたのは、弁護士の落ち着き払った声だけだった。

「よろしければ話を続けてください、ランズデイルさん」

「思いついた計画を実行するため、私は銀行に行って、ある程度の額の金を引き出しました――銀行券を用意したんです。そのほうが、夜、マーチモントに会いに行ったときにその場で渡しやすいので。そうしてベッドフォード・ロウへ行ってみたら、そこで――」

「ちょっと待ってください」と、バーウィックが遮り、意味ありげに検死官と陪審員にちらりと目をやった。「ベッドフォード・ロウへ行ったとき、大金を所持していたのですか」

「そのとおりです！　そのために銀行で下ろしたんです」

「その大金というのが正確にはいくらだったか、教えていただけますか」

ランズデイルは一瞬ためらい、それからはっきりと答えた。

「二万ポンドです！」

再び興奮したざわめきが廷内を包んだ。その波が収まると、バーウィックの静かな声が響いた。

「二万ポンドですか。どういう形で？　確か、銀行券とおっしゃいましたか」

「五百ポンドのイングランド銀行券を四十枚です――輪ゴムで括《くく》ってありました」

「わかりました。先を続けてください」

「ベッドフォード・ロウのオフィスに着いたのは、七時半頃でした。マーチモントは私を招き入れ、二階の彼専用のオフィスらしき部屋へ案内しました。ほかに人の姿はなく、誰かがいる気配も感じなかったので、建物内にはわれわれしかいないのだろうと思いました。部屋に通されてすぐに、彼が私を客として扱ってくれていないことがわかりました。自分は机の前に座ったのですが、私には椅子を勧めてもくれません。傲慢な見下した態度で、苛立ちを隠しませんでした。開口一番、よくもイギリスに、しかも名だたる資本家のいるシティに顔を出せたものだ、と言って、明らかに腹を立てている様子でした。私は怒りをこらえ、すべては誤解で、クレイミンスターの恐慌は私のせいではないのだということを懸命に説明したのですが信じてもらえず、自分や関係者に納得してもらいたければ、クレイミンスターへ出向いて直接、弁明しろ、と突き放されました。それは日程的に難しいので、代わりに提案があると申し出ると、その内容を聞くとも聞かないとも返答せずに、かなり不機嫌そうにしばらく考え込んでいました。そこで、すでにお話しした私なりの計画に沿って、ポケットから丸めた札束を取り出し、机の吸い取り紙の上に置いたのです。彼は、自分には関係ないと言ってそれを脇に押しやったのですが、そのあと口にした言葉で、さすがに私も堪忍袋の緒が切れました。自分の知るかぎり、クレイミンスターの住民が被った損害はそんな額では補えないし、私の釈明も一切信じられない、と言ったんです。それを聞いて、私は帽子を手に取り、部屋をあとにしました」

「彼の机に現金を置いたまま?」と、バーウィックが尋ねた。

「二万ポンドの銀行券を机に残していきました」と、ランズデイルは答えた。「ドアを出ていこうとする私に、マーチモントが声をかけました。そのときの言葉をそっくりそのまま言います。『このいまいましい金を持っていかなかったら、警察に通報して明朝いちばんに逮捕してもらうぞ！』と言い放ったんです」

「あなたは、戻って現金を回収したのですか」

「とんでもない！　彼の脅しになど屈しませんでした。振り返ることなく階段を下りて立ち去りました」

「そのとき、あなたは気が立って動揺していましたか」

「とても頭にきていました――憤慨していたと言っていいでしょう。われを失って、通りに出たあと道を間違えたくらいです。ホルボーン側からベッドフォード・ロウに入ってグレイ法曹院《グレイズ・イン》に続く小道を来たので、その道を戻るつもりだったんですが、反対方向へ歩きだしてしまって、セオボールズ・ロードを渡って、いつの間にか細い小道に入り込み、気がつくとリトル・ジェイムズ街《ストリート》にいました。それで、来た道に戻ってベッドフォード・ロウからホルボーンへ抜けようとして、ヘンリー・マーチモントのオフィス前を通りかかりました。すると、ちょうど玄関ドア――憤慨してはいましたが、閉まっていたのは覚えています――そのドアに差しかかったとき、銃声のようなものが聞こえたのです！　一瞬、何の音だろうと迷ったんですが、どこかのドアが閉まる音だったのだと思うことにして、そのまま歩み去りました」

「マーチモント弁護士のオフィスの前でその音を聞いたのは、何時頃でしたか」

「八時頃だったと思います」

「最初の印象では、銃声に思えたんですね」

「はい、そうです。ただ、銃器のことはよく知らないので自信がなくて、ドアの閉まる音ではないかと思ったんです」

「周囲に人影を見ましたか」

「いいえ。街灯は灯っていても、暗かったですから」

「ベッドフォード・ロウを離れたあと、どうしたのですか」

「ホルボーンを通ってキングズウェイに出て、ウォルドーフ・ホテルでしばらく煙草を吸いながら考えをまとめました——その時点では、まだ相当かっかしていたんです。やがて、宿泊しているセシル・ホテルに帰りました。すると、ヴァンデリアスさんがやってきました。マーチモントとの面会がどうなったか知りたくて訪ねてきたのです——私はありのままを話しました。もちろん、金のことは伏せておきましたが」

「なぜ、銀行券の件を彼に話さなかったのですか」

「私一人の思いつきでしたから、言いだしにくかったんです。私たちはマーチモントの態度について話し合いました。書類が届いて署名が完了するまで二、三日、田舎にある自分の屋敷に身を寄せるのがいいというヴァンデリアスさんの提案に従って一緒に行き、翌日、娘も呼び寄せました。書類が届くまで滞在させてもらい、昨夜ようやく手元に来て署名ができたので、刑事さんたちが訪問してきたこともあって、今朝早く、ロンドンに戻って弁護士に会い、知っていることをすべて話す決意をしたのです」

バーウィックが、少しためらうように検死官に目をやってから、再びランズデイルに向き直った。

「ランズデイルさん、あと一つ二つ、質問をさせてください。マーチモント弁護士を殺害した犯人の逮捕と有罪判決につながる情報を提供した人に、一万ポンドの報奨金が出されていることはご存じですね。あなたが関わっているのですか」

「いいえ！　違います！」

「誰が出したのか、知っていますか」

「今は知っています。でも、二日前まで知りませんでした。報奨金を出したのは、ヴァンデリアスさんです。殺人犯の情報が手に入れば、私に疑いがかけられても、真犯人を見つけて容疑を晴らすことができると考えたのだそうです」

「ということは、ヴァンデリアスさんはあなたに相談せずに、自らの責任で行ったんですね」

「そのとおりです。彼に聞くまで私は一切、関知していませんでした」

バーウィックは検死官に視線を送り、自分の仕事は終わったとばかりに、いきなり席に腰を下ろした。検死官がランズデイルのほうを向いた。

「二万ポンドのイングランド銀行券をヘンリー・マーチモントのもとへ持っていき、全額をそこに残してオフィスを出たと言いましたが」と、検死官は言った。「記番号は控えましたか」

「いいえ」と、ランズデイルは即答した。「ですが、銀行側が控えていると思います」

「どの銀行ですか」

「ロンバード街にあるブリティッシュ・アルゼンチン銀行です」

「銀行券を引き出したときに、番号を記録したのですか」

「ええ、そうです。記録しているのを見ました。簡単に手に入るはずです」

検死官は、警官たちに視線を移して言った。

「すぐに調べてくれ。記番号を入手して、本当に証人が金を引き出したのか、イングランド銀行に問い合わせる必要がある。だが今は、証人の証言に基づいて、ベッドフォード・ロウでの面会についていくつか確認したい。前回の法廷で、ヘンリー・マーチモントがオフィスの上階を住まいにしており、彼以外に住んでいる者はいなかったこと、彼の遺体が早朝、掃除婦のパルドーさんによって発見されたことがわかった。パルドーさんは――」ここで検死官はメモに目を落とし、しばらく内容をチェックした。「やはり、そうだ。パルドーさんは階段の最初の踊り場に倒れているマーチモントの遺体を見つけ、急いで警官を呼びに行った。その間《かん》、何者かが室内を調べる時間は充分あっただろう。そこで私が知りたいのは――陪審員のみなさんも同様だと思うが――ランズデイル氏が二万ポンドもの銀行券を机に置いていったというマーチモントの部屋に、誰が最初に入ったかということだ」

検死官が相変わらず警官のほうを見て語りかけていると、その中の一人が立ち上がり、近くに座っていたシンプソンを指さした。

「マーチモント弁護士の秘書がこちらにいます」と、彼は言った。「シンプソンさんです。その点については、彼が証言してくれます」

「シンプソン氏を前へ」と、検死官が命じた。「シンプソンさん、たった今なされた証言をお聞きになりましたね――ヘンリー・マーチモントさんが殺害された夜、五百ポンドの銀行券が四十枚、彼の私室の机に置かれていたそうです。われわれの知るかぎり、翌朝、事件が発覚するまで、事務所のスタッフは一人も部屋に入っていない。そこで、あの朝、最初に部屋に入った人の名前を教えていただけますか――誰よりも先に入った人間です」

シンプソンは即座に答えた。

「はい、それはリヴァーズエッジ部長刑事です」

第十八章　銀行券の追跡

検死官に問われる前に、リヴァーズエッジは自分から立ち上がり、法廷の中央に進み出た。その後ろ姿を目で追っていたリチャードは不意に、自分の席のすぐそばにコーラ・サンダースウェイトが座っているのに気がついた。証人席に立ったランズデイルに気を取られて彼女の存在が目に入らなかったのだが、コーラの様子を見たとたん、ほかのことをすべて忘れてしまった。コーラは一心不乱にランズデイルを見つめていて、その瞳には、リチャードがこれまで感じたことがないほどの恐怖を覚える、悪意に満ちた憎しみがあらわになっていたのだ。少し前のめりになり、膝に肘をついて片手で顎を支え、身じろぎもせずにひたすらランズデイルに視線を注いでいる……殺気さえ感じさせる視線だ。リチャードは引き込まれるようにコーラに釘づけになった。そうしているうちに、彼女の隣にいる男がどうやら連れらしいとわかった。男がコーラに何かを耳打ちしたからだ。審問の進行に関心を奪われている様子の小柄な男は、髭はきれいに剃られているが白髪の年配で、昔流行したと思われる古風な服を着ていた。着古してはいても、きちんとブラシをかけて手入れしてあるように見える。クレイミンスターで破産した被害者の一人だろうか、と、リチャードは思った。コーラと同じように、ランズデイルを凝視している。ただ、彼の目にはコーラほどの怨念めいた憎しみは浮かんでいなかった。

法廷の中央では、警官、シンプソン、そしてテーブルの前まで歩み出たリヴァーズエッジに、検死官が語りかけていた。

「ああ、リヴァーズエッジ部長刑事も本法廷にいたのだね」と、検死官は言った。「それはよかった。今の証言を聞いて、確認したい点がある――被害者の遺体が発見されたあと、彼の部屋を最初に点検したのは誰かということだ。被害者は前夜の八時頃、何者かによって銃殺され、その後は翌朝パルドーさんがやってくるまで、誰も部屋に入った者はいないと思われる。そこで、遺体発見直後に何があったのかを知りたい。おそらく、シンプソンさんなら――」

検死官が問いかけるようにシンプソンを一瞥《いちべつ》すると、シンプソンはすぐさま反応した。

「それなら私がお答えします」と、彼は言った。「遺体を発見したパルドーさんは、外に飛び出して通りの先にいた警官に知らせに行きました。警官はすぐ近くのグレイズ・イン・ロードにある警察署に応援要請をし、数分後には二、三人の警官とともに、医師とリヴァーズエッジ刑事が駆けつけました。私もちょうど同じ頃にオフィスに到着しました。入り口で少し話したあと、マーチモントさんが最後にいたと思われる部屋を見たいとリヴァーズエッジ刑事がおっしゃったので、私室のドアを私が指し示しました。ドアは開いていて、彼は一人で室内へ入っていきました」

検死官はリヴァーズエッジに向き直った。

「君は、マーチモントさんの机を調べたのかね」

「ざっと見ただけです」と、リヴァーズエッジは答えた。「部屋の中を大まかに見て歩きました。前の晩遅くに来客があった形跡はないか、机の上に何か手がかりは残っていないかといったようなことです。何も触っていません。机には、たいしたものはありませんでした。銀行券がなかったのは確かです。私の記憶では、机の上にあったのは吸い取り紙の綴りだけでした。マーチモントさんは、きれい好きで几帳面な人なのだろうと思ったのを覚えています――何もかも、とてもきちんと片付いていました」

「次に彼の部屋と持ち物を調べたのは誰だね」と、検死官が尋ねた。

「私です」と答えたのは、シンプソンだった。「リチャード・マーチモントさんも一緒にいて、引き出しや整理箪笥《だんす》、個人用の金庫などをチェックしました。リヴァーズエッジ刑事がおっしゃったとおり、亡くなったマーチモントさんは非常に几帳面な方で、何でも置く場所が決まっていて、事務員が違ったところに置こうものなら激怒したほどです。リチャードさんと私で隅々まで調べましたが、銀行券はありませんでした」

「マーチモントさんが二万ポンドの銀行券を一晩保管しておくような秘密の隠し場所は知らないんですか」と、検死官が問いただすと、シンプソンは首を横に振った。

「秘密の隠し場所などないと思います。もう何年も彼のもとで働いていますが、そんな場所にはまったく思い当たりません」

検死官は椅子に背を預け、バーウィックのほうを見た。

「ランズデイルさんは、五百ポンドのイングランド銀行券を四十枚、マーチモントさんの机に置いて帰った、と先ほど証言した。しかし――」

バーウィックは立ち上がって、非難するように肩をすくめた。

「お言葉ですが」彼はすらすらと話し始めた。「この非公式な会話は、私の依頼人に不利益をもたらすように思われます。依頼人を疑う方向に向いているようです――それは私の主張する推理と合致しません！」

「では、君の推理とは何なんだね」検死官は、やや苛立たしげに訊いた。

「私の推理は、ヘンリー・マーチモントは単に殺害されただけでなく、強盗に遭ったというものです。机の上にあった二万ポンド――私の依頼人が置いていった銀行券を犯人に奪われた。つまり、この事件は強盗殺人なのです！」

　検死官は不愉快そうに座り直した。

「ランズデイルさんの証言は聞いた」検死官の声からは、まだ苛立ちが消えていなかった。「だが、これまでのところ、それを裏づける確証はない。証人が銀行から二万ポンドの銀行券を引き出したのは間違いないのだろう。しかし、証人の申し立て以外に証拠がなくては――」

「彼は宣誓しています！」バーウィックが言葉を挟んだ。

「確かに、宣誓したうえで、マーチモントさんの机に札束を置いていったと証言したわけだが――」と、検死官は続けた。「彼は、銀行が記番号を控えたと言っている。そこで私は、ランズデイルさんの協力のもと、直ちに警察にそれを手に入れてもらい、イングランド銀行に銀行券の行方を問い合わせる必要があると思う。私の知るかぎり、イングランド銀行には、たとえ五百ポンドという高額の銀行券だろうと、提示されれば正貨と引き換える義務があるはずだ。ランズデイルさんの口座から引き出された日からすでに何人もの手を経ていれば追跡は困難かもしれないが、とにかくすぐに警察に確認してもらい、その間《かん》しばらく――そう、一、二週間、再び休廷してはどうだろう」

　検死官と警察関係者とのあいだで休廷についての協議が終わり、人々が法廷をあとにし始めると、リチャードはランズデイルとアンジェリータのほうへ向かおうとした。が、突然、肘を強くつかまれ、振り返るとコーラ・サンダースウェイトが立っていた。リヴァーズエッジを交えて弁護士と慌ただしく話しているランズデイルを、震える指でさす。
「彼は逮捕されるの？」と、リチャードの耳元で声をひきつらせた。「拘留されるの？　教えて！」
リチャードは、驚きと哀れみの入り混じった思いで彼女を見た。この女性は頭がおかしくなってい
る、と思ったからだった。彼女の傍らには例の変わった服を着た小柄な男が付き添っていて、コーラ
の燃えるような目に浮かんでいるのと同じ熱のこもったまなざしでランズデイルを見つめていた。二
人とも、執念深い憎しみを全身から放っているようだった。
「わかりません」袖をつかんでいる指を振りほどこうとしながら答えた。「すみませんが、放してく
ださい」
しかし、コーラ・サンダースウェイトは怯まなかった。
「恥ずかしいとは思わないの！」と、声を上げた。「あなたの叔父さんが殺されたのよ！——はっ！
私なら血のつながった身内として、あの男をさっさと捕まえて、絞首刑にさせてるわ！　なのに、あ
なたときたら黙って座って、あいつの嘘を聞いてるだけじゃない——嘘、嘘、全部嘘っぱちよ！」
「お願いですから、放してくれませんか」と、リチャードは頼んだ。
奇妙な服を着た男が口を開いた。
「放すんだ、コーラ」と、彼は言った。「無駄だ。どうせ、こいつらはみんな同じなんだ！」
コーラ・サンダースウェイトは、つかんでいたリチャードの腕を急に放し、回れ右して近くのドア
に向かった。連れの男も、ぶつぶつ呟きながらあとに続いた。リチャードは、法廷の中央にいる一団
のほうへ急いだ。バーウィックがランズデイルに話しかけているところだった。
「四時に銀行が閉まるまで、まだ時間があります。今、三時ちょっとすぎです。リヴァーズエッジと

一緒に銀行に行って例の銀行券の記番号を入手し、彼に行方を追跡してもらってください」

「おっしゃるとおりにします」と、ランズデイルは応じた。アンジェリータが父親の腕に手を置き、彼の注意をリチャードのほうに向けた。「マーチモントさん？――リチャード・マーチモントさんですね」と、ランズデイルが話しかけた。「娘からお噂は伺っています。ぜひお話ししたいと思っていたんです。私の主張は聞いてくださいましたよね。これから私は、この人たちと銀行券の件で出かけなければなりません。よろしければ、娘をホテルまで送っていただけますか」

ランズデイルはリヴァーズエッジと二人の弁護士とともに出口に向かい、人がまばらになった廷内で、リチャードはアンジェリータと二人きりになった。アンジェリータは、リチャードに問いかけるようなまなざしを投げかけた。

「父の言い分を聞いた？」

「一言一句逃さずにね！」

「父の話を信じてくれる？」

「信じない理由は見当たらない。お父さんの言っていることは事実だと思う」

アンジェリータは振り向いて、空になった検死官の席を指した。

「あの老紳士は、そうは思っていないみたい」と、不安そうに言う。「どうしてなの？　父の言うことをまるで信じていないようだったわ！」

「そんなことはないさ」と、リチャードは答えた。「彼はただ、銀行券に関するお父さんの証言を裏づける証拠がないことを指摘したにすぎない。でも、心配は要らないよ。警察がちゃんと証拠を見つけてくれる。それより、君は大丈夫？」

「ええ、元気よ」アンジェリータは、はにかんだ顔でリチャードを見た。「でも、何がどうなっているのかさっぱりわからないし、マルボルンにいるのも嫌だったの。私の手紙、届いた？」

「ああ、だから急いであそこへ行ったんだ――すぐさまね。囚われの身だって言ってたけど、本当にそうだったのかい？」

「ほかに何て呼んだらいいかわからないわ。決められた部屋と庭の限られた場所以外は行けなくて、ずっと見張りがついているんですもの。父は、違うって言ったけど。すべてビジネスのためだって。でも、私にはそうとしか思えなかったの。それにヴァンデリアスって人、私は好きじゃ――」

アンジェリータが急に話をやめたので、彼女の視線を追うと、シンプソンがこちらへ近づいてくるのが見えた。

「マーチモントさん、差し支えなければ、オフィスまでご足労願えますか」と、シンプソンは言った。「あなたに見ていただかなければならないものがあるんです。昨日も今朝もお宅にお電話したんですが、いらっしゃらなかったので」

「一時間後に行きます」と、リチャードは答え、シンプソンが立ち去るとアンジェリータに向き直った。「お父さんが言ったのを聞いただろう？　君をホテルまで送るよ。さあ、行こう――少なくとも三十分は一緒にいられる……」だが、三十分はあっという間に経ち、リチャードは後ろ髪を引かれる思いでベッドフォード・ロウへ急いだ。シンプソンは、叔父のヘンリーの部屋にいた。今や事後処理の全権を任されたシンプソンは、死んだ上司の部屋の椅子に悠然と座っていたが、リチャードが部屋に入ると立ち上がって、当然の権利であるかのようにリチャードに席を譲った。シンプソンは、引き出しから書類の束を取り出した。

「この書類は、叔父上の遺言書に関するものです。できるだけ早く遺産を支払ってほしいということでしたが、それは遺言書の検認を待たなくても、いつでもできるのです。そこで、あなたに署名していただく小切手を用意しました――こちらは、仕事関係の書類です」

シンプソンは、すでに記入された、いくつかの小切手を吸い取り紙の上に広げた。法律に疎いリチャードは、一も二もなくそれらに署名した。

「あなたが相続する一万ポンドを、どうするつもりなんですか」小切手を渡しながら、リチャードは半ば冗談めかして尋ねた。「ずいぶん役に立つ遺産でしょう？」

「おかげさまで、大変役に立ちます」シンプソンは真顔で答えた。「あなたが事業をそのまま売りに出されるので、私は別の弁護士事務所のパートナーシップを買い取るつもりです」

「ここの事業を引き継いだらどうです？」

「この事務所は、新たなパートナーを必要としていないと思います。すでに四人いますから。実は、ウェストエンドにいい事務所があって、パートナーになれそうなんです。不動産譲渡手続き専門の一流の事務所です。遺産を受け取り次第、契約できることになっています。亡くなった叔父上には、心から感謝しています」

「叔父も喜んでいると思いますよ。それはそうと、午後の証言の件ですが、叔父が銀行券を保管するような場所は本当にないんですか」

「思いつきません」と、シンプソンは答えた。「私は――あなたと一緒のことも、私一人のこともありましたが――オフィスをくまなく調べました。あの朝、ここに銀行券がなかったのは間違いありません」

「じゃあ、なぜ消えたんでしょうね。どう思います?」

シンプソンは、リチャードの質問について真剣に考えているような顔をしながらも、その考えを口にしていいものかどうか迷っているようだった。

「そうですね」やがて、重たい口を開いた。「その点はまだ審理中ですから、なんとも言えませんが、ある程度の仮説は立てられます。マーチモント弁護士のもとには時々、夜に来客がありました。実際私も、古書や骨董品の類いを売りに来た人たちを見かけたことがあります。そういう人間が、机の上に置かれた銀行券を目にしたとしたら――あるいは殺害の動機になるかもしれません。それに……正確な死亡時刻に関して、医師が間違えた可能性も考えられます。もしも一、二時間あとだったなら、そういう訪問者があったとしても不思議ではありません。さしあたって、やるべきことは銀行券の追跡です――できるかどうかわかりませんが。時間はかかるでしょうね」

だが翌日の正午前、リチャードは、リヴァーズエッジが銀行券の捜査を始めたとたんに成果を上げたことを聞かされた。四十枚あった五百ポンドの銀行券のうち、三十五枚が、すでにイングランド銀行で引き換えられていたのである。

第十九章　頰髭

〈ホテル・セシル〉で、リヴァーズエッジはランズデイルと娘を伴ったリチャードに、銀行券の追跡調査の結果を報告した――四十枚のうち三十五枚の行方は、すぐに判明した。ランズデイルが自分の預金からそれらを引き出して以降、日時も支店もばらばらだが銀行券は正規の手続きを踏んで貨幣に両替され、その際、特に疑わしい点は見られなかった。ヘンリー・マーチモントの机から金を盗んだ犯人が誰であれ、きわめて狡猾な方法で処理したと言える。それでも、何枚かは行方をたどれるかもしれない。なかでも、ヘンリーの遺体が発見された日の朝、十一時前に銀行券を持ち込んだポーターの格好をした人物を捜しているのだが、捜索にはしばらくかかりそうだ。もちろん、残る五枚については、銀行側に窃盗の件を話して番号を教えてあるので、持ち込まれればわかる手筈になっている。ただ、こちらも、すぐには動きがないだろう。そこで、ランズデイルからもう少し詳しく情報を得たい――。

どうやら、リヴァーズエッジは彼なりの理由で、ランズデイルの話を受け入れたようだ。ヘンリーはランズデイルが置いていった二万ポンドのために殺されたというのが、彼の見立てだった。刑事から見れば、これほど立派な動機はない。銀行券についての報告を終えると、リヴァーズエッジはランズデイルに向かって別の話を始めた。

「ランズデイルさん、お訊きしたいことがあります。シティの夕食会でのマーチモント弁護士の態度に非常に不安を覚えたあなたは、そのことを金融取引のパートナーたちに打ち明けたと、昨日、証言しましたね。その中心人物はヴァンデリアスで間違いないですか」

「そうです。彼にすべてを話しました」

「どこでですか」

「チャンセリー・レーンにあるクレンチのオフィスです」

「クレンチもその場にいた？」

「もちろんです——証言台でもそう言いました。クレンチと、ガーナーもいました」

「つまり、その三人と相談したんですね」

「そうです」

「そしてヴァンデリアス、クレンチ、ガーナーは三人とも、その晩あなたがマーチモント弁護士と会って、彼がずっとあなたに対して抱いていた疑惑は事実無根だとわかってもらうのが最善の策だと合意したんですね」

「そのとおりです。全員が賛成しました」

「彼らはみんな、マーチモント弁護士のせいで、あなたがたの取引に支障が出るのを懸念したということですか」

「はい。そんなことになれば、深刻な事態を招きかねなかったので」

「そうですか。実は私がはっきりさせたいのは、ちっぽけな事務所の弁護士であるクレンチが、あなたがたの取引にどの程度関わっているかということなんです——ガーナーについても同じです」

「取引が成功すれば、二人ともかなりの額の報酬を得ることができます。もちろん、ヴァンデリアスと私に比べたらどうということはありませんが、それでも相当な金額をそれぞれ手にすることになります」

「つまり、取引がうまくいけば、彼らにとって大きな利益につながるんですね」

「ええ、そうです」

「もし、マーチモント弁護士があなたの悪い噂を広めたら、取引が中止になったかもしれないのは確かですか」

「彼が迅速に行動していたなら、そうなったと思います。ヴァンデリアスと私は、結局のところ仲介者にすぎないのです。ですからヘンリー・マーチモントが即座に、主だったシティの金融センターに行って――実際、そのつもりだったようですが――私の過去の疑惑を暴露していたら、大きな打撃を被ったでしょう」

「でも、取引は成立したんですよね――あなたにお会いしたヴァンデリアスの屋敷で」

「はい。刑事さんがお見えになった前の晩に書類が届きました。すぐに私たちが署名をして――取引完了です」

「無事に――そして、ついに、といったところでしょうか」

「両方です」

「なるほど」と、リヴァーズエッジは言った。「ランズデイルさん、一つ教えてください――クレンチとガーナーは、いくら手に入れたんですか」

だがランズデイルは首を振り、「私がそれを口にするわけにはいきません！」と答えた。「ただ言えるのは、ヴァンデリアスと私が署名をして取引が完了するやいなや、クレンチとガーナーは約束どおりの額の金を受け取ったということです」

「金を受け取った？――その場ですぐに？」

「そうです。サインをした直後、ヴァンデリアスが二人に小切手を切りました」

「では、これだけお答えください。金額はかなりのものだったんですか」

「相当な額です。大金と言っていいでしょう」

リヴァーズエッジはそれ以上質問をしなかった。代わりに、リチャードをランズデイルの部屋から誘い出し、人けのない場所へ連れていった。

「マーチモントさん」と、声を低くして言った。「さっき、私が何を探ろうとしていたか、おわかりですよね」

「クレンチとガーナーに疑いを抱いているようですね」

「はっきり言って、そうです」と、リヴァーズエッジは認めた。「最終的にどうつながっていくかはわかりませんが、疑っているのは確かです。あの二人をひと目見たときから気に入らなかったんだが、話してみると、ますます嫌な連中だと思えてきました。いいですか、マーチモントさん――あの二人が、ランズデイルたちの取引によって一万ポンド、いや、その半分でも手にできるとしましょう。一万でも五千でも、あるいは二千ポンドだって、やつらにとっちゃ魅力的だ。二人とも金があり余っているようには見えませんからね。そんなときにあなたの叔父さんが現れたら、どうします？　もう少しで金が手に入るところなのに、ランズデイルから、邪魔者が入りそうだと聞かされた。そう、ヘンリーさんのことです。あなたはご存じないかもしれないが、ロンドンには、人を食いものにする悪党が山ほどいるんです――千ポンドの金のために、自分の母親さえ殺すようなやつらがね！」

　リチャードは、少しのあいだ黙っていた。

「二人のうちのどちらかが、叔父を撃ち殺したかもしれないと言うんですか」

「やつらなら、やりかねませんよ」と、リヴァーズエッジは自信ありげに言った。「あの日の午後話したとき二人が動揺していたと、ランズデイルが言っていたじゃありませんか。自分たちの金が危険だと思ったんですよ。二人で相談したとは考えられませんか――『確実に金を手に入れよう。そのためには、ヘンリー・マーチモントの口を封じるしかない』ってね」

「ヴァンデリアスのほうが、あの二人よりもっと叔父を黙らせたかったんじゃないですか？」と、リチャードが言った。

「ええ、それはそうです。ただね、われわれの知るかぎり、ヴァンデリアスはとても金持ちだ。どんなに大損しようが――そりゃあ限度ってものはありますが――クレンチとガーナーが二千ポンド損するほどの打撃じゃない。二人に比べて、彼の場合、動機が弱いんですよ。だから違うと思いますね。ガーナーとクレンチについて訊き込みをしてみたんですが、どちらも、千ポンドのためなら簡単に魂を売るような連中です――ひょっとしたら、もう売ったのかもしれませんよ」

「ずいぶんと彼らに偏見を持ってるんですね」と、リチャードは言った。

「偏見じゃありません――そんなものは持っちゃいませんよ。疑っているだけです。実際、かなり疑っています。昨日の午後、ランズデイルが二万ポンドの件を告白したのを聞いてからは、なおさらだ。もちろん、この事件に関しては、あらゆる角度から吟味しています。とにかく私は、あなたの叔父さんを撃った犯人をなんとしても逮捕したいんですよ！　だから、あなたには正直に話しますが、実はシンプソンにも疑いを抱いているんです。クレンチとガーナーほどとは言えないかもしれませんがね」

「シンプソンを疑う根拠は何ですか」と、リチャードは尋ねた。

「私の推理に付き合っていただけますか。ヘンリーさんは、シンプソンに一万ポンドを遺した。そうでしたね？　私は、シンプソンが遺言書をあなたに手渡した場にいました。確か、遺言書は誰でも触れられる場所にあったんじゃなかったですか――少なくとも、シンプソンは取り出せた。そう、鍵の掛かっていない引き出しの中に、封をしていない封筒に入れて保管されていたんです。マーチモントさん、シンプソンがあの遺言書の内容を知らなかったと思いますか。私には、そうは思えない！」

「じゃあ、叔父が死ぬ前から、シンプソンは遺産の中身について知っていたって言うんですか」リチャードは驚いた声を上げた。

「そのとおり！」リヴァーズエッジは、皮肉っぽく笑った。「賭けてもいい。知らないほうがおかしいですよ。今言ったように、遺言書は開封状態の封筒に入っていて、引き出しに鍵は掛かっていなかった――シンプソンは信頼の厚い秘書で、事務所の管理を任されていましたから、部屋に一人きりになることも多かったはずです。当然、知ってたんですよ！　それに、われわれにはまだ、彼が本当はどんな人間なのかわかっていません。実は悪党かもしれない。こっそりギャンブルをやっているかもしれないし、二重生活をしているかもしれない。人一倍、強欲な人間ということだって考えられます。いずれにしろ、ヘンリーさんが亡くなるということは、シンプソンの懐に一万ポンドが転がり込むことを意味するんです」

リヴァーズエッジは先ほどにも増して皮肉っぽい笑い声をたてたが、突然、思いついたようにリチャードを鋭く見返した。

「そうだ！　それはそうと、あなたは唯一の遺言執行者ですよね――今の話から、この質問の重要性をわかってもらえると思うんですが――シンプソンには、いつ遺産を支払う予定ですか」

「もう支払いました」

リヴァーズエッジの唇が開き、唖然として息をのんだ。

「支払ったですって！」と、大きな声を出した。「それはまた――こんなに早く払ったんですか」

「ええ、昨日」と、リチャードは答えた。「いけませんか。いつかは支払わなければならない金ですよ」

リヴァーズエッジは深刻な面持ちで考え込んだ。

「遺言者の死後一年は、遺産が支払われることはないのだと思っていたんですが」

「なにしろ、こういうことに関してはよく知らないので、全部シンプソンに任せたんです。叔父は彼を全面的に信頼していましたから、僕が個人的に好きでないとしても、信用しない理由は見つかりませんでした。叔父の遺言書を渡された直後に、できるだけ早く遺産を支払いたいと言ったら、僕が好きなときにいつでもできると、シンプソンに教えられました。遺言執行者は、遺言の検認を待たなくても、貸付金の回収や遺産の支払いが可能なんだそうです。だから遺産を払ったんですけど――それが、なんだって言うんです？」

リヴァーズエッジは少しのあいだ黙っていた。リチャードの背後の壁をじっと見つめている。「そうか！」しばらくして、ようやく口を開いた。「ふむ！　ということは、シンプソンは一万ポンドを手に入れたんですね」

「ええ、そうですよ。いずれは彼のものになる金です――今じゃいけない理由はないでしょう。いいですか、僕はシンプソンが好きじゃない。だけど、疑ってはいません。彼は叔父の忠実な部下でした。少なくとも、叔父はそう言っていました」

リヴァーズエッジは、立ち上がってコートのボタンを掛け始めた。

「なるほど、そうなんでしょうね」と、どこかうわの空で言った。「何でも疑うのが私の仕事なもので。それでも、ヘンリーさんを撃ち殺した犯人を突き止めたいというあなたの気持ちに変わりはありませんよね。そうでしょうとも！――私も同じです。では、そろそろ失礼して、犯人特定につながる手がかりを探しに行きます」

リヴァーズエッジは混雑したストランド街《ストリート》を歩きだし、正午すぎだったので、お気に入りの豪華なランチが食べられる店に入った。だが、料理を前にしても、何を食べているのかほとんどわからなかった。頭の中で、クレンチ、ガーナー、シンプソンのことがぐるぐると渦を巻いていた――なかでも、特に気になるのがシンプソンだ。ランチを食べ終えると、喫煙室の暗い隅に陣取り、パイプに火をつけて考え始めた……。

何度か煙草を詰め替えて吸いながらあれこれ考えた結果、午後は本庁に戻るのも、銀行券に関するさらなる情報を求めてシティに赴くのもやめて、ブルームズベリーにある独身者向けフラットに帰宅することにした。お茶を淹れたあと、クローゼットへ足を向け、中身を入念にチェックして、こざっぱりした目立ちにくいツイードのダークスーツと、さらに色の暗いコート、黒い山高帽、無地の黒っぽいネクタイを選んだ。どれも、最近彼が身に着けている服装とは系統の違うものだ。それらを順に取り出し、垢《あか》抜けたグレーのスーツを脱ぐと、変装を始めた。髪形を変え、頬に付け髭を装着する。

精巧に作られ、顔にぴったりフィットした付け髭は、近くで注意深く観察しなければ、とても偽物だとはわからない。やがて彼は鏡の前に立って、変装の出来栄えをチェックした。黒い手袋と洒落た傘で仕上げをすれば、どこから見ても、気取った立派なシティの事務員だ。近頃は派手なチェックのコートとパールグレーのホンブルグハットを愛用していたので、頰髭をつけるとまったくの別人に見えた。でも、まだ何かが足りない気がして、しばらく考えたのち、薄い色のついたサングラスをかけた。

変装の出来に満足し、自分の母親でも見破れないだろうと得心したリヴァーズエッジは、時計が五時の鐘を打ち、十月の黄昏がロンドンの街を包むと、ベッドフォード・ロウ周辺をぶらつき、セオボールズ・ロードの端からベッドフォード・ロウに入って、ヘンリー・マーチモントのオフィスの反対側を歩いた。オフィスの業務の流れと事務員の習慣は、すでに頭に叩き込んである。建物の前を通りかかると、殺されたヘンリーの部屋のブラインド越しに、室内を歩きまわるシンプソンの影が見えた。人通りの少なくなった道を誰にも見られないように歩いて時間を潰しながら、リヴァーズエッジはあちこちの経営者や事務員が帰途に就く五時半すぎまで待った。六時二十分前、小さな鞄と傘を携えたシンプソンが姿を現した。北へ向かう彼のあとをつける。シンプソンはセオボールズ・ロードからダウティー街へ、さらにメックレンバーグ広場《スクエア》を抜けてグレイズ・イン・ロードを通り、キングズクロス駅まで行くと、駅の向かいのレストランに入った。どうやら、夕食を摂るようだ。頰髭とサングラスに勇気づけられて、リヴァーズエッジはシンプソンのあとに続いて店に入り、彼の席から少し離れた場所に座った。今のところ、うまくいっている――まだ何も起きそうにはない。と思ったのもつかの間、その何かが起きた――ウエイターからメニューを受け取ったとき脇のドアから入り口が見え、興味深い人物の姿が目に入った――それは誰あろう、クレンチだったのだ！

第二十章　川辺のホテル

クレンチの出現に、リヴァーズエッジは、長時間辛抱強く雑木林を嗅ぎまわった末、突如キツネの臭いを嗅ぎ当てた猟犬のように歓喜した。ついに手がかりを見つけたのだ！　それも確固とした明白な手がかりを。このタイミングでクレンチが店に入ってきたのは、偶然のはずがない。間違いなく、シンプソンと会う約束をしていたのだ。二人が互いを無視したとしたら驚いただろうが、クレンチが入り口に足を踏み入れると同時に、リヴァーズエッジには、そうならないことが見えていた。そして予想どおり、クレンチは真っすぐ店内を横切り、奥まったアルコーブのテーブルに座っていたシンプソンに親しげに頷いてみせると、バッグを脇に置き、コートと帽子を脱いで隣の椅子に腰を下ろした。二人は一緒に夕飯を食べるつもりなのだ、とリヴァーズエッジは思った――しかも、初めてではない。片目の端で二人を見張り、もう一方の目でメニューを素早くチェックして、調理にしばらく時間がかかりそうな食事を注文した。そして、そそくさと立ち去ろうとするウエイターを呼び止めた。

「店に電話はあるかい？」

ウエイターは、今しがたクレンチが姿を現した内側のドアを指さした。

「玄関ホールに出た右手にあります。わからなかったらボーイに訊いてください」

電話が外にあると知って、リヴァーズエッジは喜んだ。かけているところを誰にも見られたくなかったからだ。急いで頭をはたらかせた結果、一人では手に負えないという結論に至ったのだった。応援が必要だ。彼は適任者を思いついていた。とても目端の利く同僚、プライクが、ここからさほど遠くないハンター街《ストリート》に住んでいるのだ。プライクは有能な男だった。給料以外にも不労収入があり、妻はそれ以上に資産を持っているため、暮らしぶりは豪華で、彼らのフラットには電気も電話も通っていた。この時間、プライクは家にいるはずだ。良家の夫婦らしい生活を心がける二人は、七時に自宅で夕食を摂るのを習慣にしている。ここは、プライクに夕食を抜くか、急いで飲み込むかして、応援に来てもらおう……。

リヴァーズエッジが電話ボックスからプライクの自宅にかけると、本人が出た。すぐに応対してくれてほっとしたが、事は急を要する。

「プライク！　リヴァーズエッジだ。大至急、頼みたいことがある――とても重要な要件なんだ。いいか、聞いてくれ。キングズクロス駅の向かいにあるムラトーリ・レストランを知ってるか？　よし！――今すぐ、そこに来てほしいんだ。ちょうど食卓に着いたところ？――悪いが、諦めてくれ。急いで何か口にして、直ちに向かってほしい。タクシーを捕まえろ。ただし、店には入るな！　俺が出てくるまで、外で待つんだ。今、店内に男が二人いるんだが、その張り込みを手伝ってほしいんだ。やつらが店を出たら尾行するぞ。大事な仕事だ！　すぐに来られる？――助かるよ！　念を押しておくが、店には入らずに、俺が合流するのを待つんだぞ」

思いどおりに事が運んで満足したリヴァーズエッジは、テーブルに戻った。プライクが来てくれれば百人力だ。プライクの担当はロンドンの別の地区なので、クレンチにもシンプソンにも面は割れていないはずだ。万が一、接触することになったとしても、気づかれることはない。それに、彼は頭が切れるうえに、怖いもの知らずときている。危険の伴う仕事にはうってつけだ。そうとなれば、今は夕食を食べる以外にすることはない。慇懃《いんぎん》なウエイターが持ってきてくれた夕刊を読むふりをしながら、反対端にいるクレンチとシンプソンを常に視界に入れていた。

二人は意外にのんびりしていて、リヴァーズエッジは、夕飯前に呼び出してしまったプライクを中に誘って一緒に食事をすればよかったかと考え始めていた。だが、レストランにプライクを入れるのは、彼の計画にはない行動だった——いや、やはりプライクには外で待機してもらおう。だが、まだしばらく時間がかかりそうだ。二人の容疑者は、ゆっくりと夕食を楽しんでいる。こっそり盗み見ているかぎり、彼らはずいぶん贅沢をしているようだった。次々に料理を注文し、シャンパンも大きなボトルで飲んでいる。絶え間なく会話を交わし、友好的な信頼関係にあるのは誰の目にも明らかだ。二人のこの姿に、リヴァーズエッジは苦笑いした。一万ポンドの報奨金の広告が新聞に出たとき、クレンチの名前を見てシンプソンがリチャードと自分に言った言葉を思い出したのだ。あのとき、クレンチを嘲《あざ》笑っていたシンプソンが、あんなに親しげに酒を酌み交わしているとは！　しかし、しょせん、これは状況証拠にすぎない——問題は物的証拠だ——シンプソンとクレンチは、結託して何をしているのだろう。現実的なリヴァーズエッジは、この段階で答えを出そうとはしなかったが、二人が悪事を企んでいることだけは確信していた。

静かに時間が過ぎ、クレンチとシンプソンは何事もなく夕食を終えようとしていた。コーヒーとリキュールが運ばれて、クレンチがケースに入った葉巻を勧めているのを見て、リヴァーズエッジはそろそろ動くタイミングだと判断した。代金を支払い、ウエイターにチップを渡すと、夜の闇の中に踏み出した。そこには、コートとマフラーをまとったプライクが立っていた。苦痛に耐えて辛抱強く待っていたのがよくわかる。

「夕飯ぐらい、落ち着いて食べさせてくれよ」リヴァーズエッジの変装を冷やかしたあとで、プライクは嘆いた。「向かいのあの時計によれば、三十分もここにいたんだぜ！」

「仕方なかったんだ」と、リヴァーズエッジは応えた。「仕事だからな。自分じゃ、どうにもできない。こっちも、食べたくもない夕食を食べてたんだ。俺がベッドフォード・ロウの事件を担当しているのは知ってるな――例の殺人事件だ。中に容疑者が二人いる。両方ともずっと疑っていた人物なんだが、まさか一緒になるとは思っていなかった。一人は、ヘンリー・マーチモントの秘書のシンプソン、もう一人はチャンセリー・レーンの弁護士、クレンチだ」

「クレンチなら知ってる」と、プライクが言った。「ダニエル・クレンチ――下劣でちっぽけな野郎さ！」

「大事なことだが――クレンチはお前のことを知ってるか」

「いいや。知らないと思う。俺も、やつの顔を見知っているだけだ」

「シンプソンはどうだ。やつのほうは知らないんだな――お前は知ってるのか」

「シンプソンなんて男は、顔も知らないさ」

「クレンチの顔がわかるなら、連れだって出てくるから大丈夫だ。二人の尾行を手伝ってもらいたい。途中で分かれた場合は、手分けしてあとを追う。分かれなければ一緒に行こう。あいつらはお前を知らないし、自分で言うのもなんだが、俺も気づかれないと思う。とにかく、やつらの動きをつかみたいんだ――二人揃って動こうが、分かれようがな」

「何を考えてるんだ」と、プライクが訊いた。

「細かいことは言えないが、あの二人が一緒にいるのを見て、とても驚いた。きっと、よからぬことを企んでいるに違いない。さあ、ここに立っていないほうがいい。もう出てくるぞ。クレンチと、連れの男を見張ってくれ。俺は数ヤード離れたところにいる」

プライクは頷き、リヴァーズエッジはレストラン正面の明かりが届かない場所へ移動した。五分が過ぎ、クレンチとシンプソンが熱心に話し込みながら出てきた。ほかのことに注意を払う様子もなく、二人は連れだって道を渡り、駅の方向へ歩きだした。プライクが彼らの右後ろを歩き、左後方にはリヴァーズエッジが続いた。

こうして尾行されているのも知らず、クレンチとシンプソンは地下鉄駅へ着くと、東行きの列車専用の切符売り場へ向かった。それを見たリヴァーズエッジは、内心、舌打ちをした。夜のこの時間、東へ向かう列車に乗る客はほとんどいない。たいていの乗客は反対側の路線を利用するからだ。それでもプライクにあとをつけるよう合図し、声が聞こえる距離まで近づいたプライクは、クレンチがマーク・レーンまでの切符を買ったのを確認した。そのあとの尾行の初期段階は楽だった。シンプソンとクレンチは東回りの環状電車の一両に陣取ったので、プライクとリヴァーズエッジは隣の車両に乗って、互いに離れた席に座った。電車を降りてからも離れて歩き、用心深くターゲットを追った。だが、シンプソンとクレンチの二人はまったく尾行を疑ってもいないようで、相変わらず夢中で話しながら階段を上り、バイワード街に出た。そろそろ九時近くなっており、ロンドンの街は田舎町と変わらないくらい静まり返っていた。あとを追う二人は本能的に、前を行く男たちとの距離を広げた。

「東に向かってるな」リヴァーズエッジがプライクに歩み寄ると、彼が言った。「行き先に心当たりはあるか」

「いや、わからん」と、リヴァーズエッジは答えた。「だが、どこへ向かっているにしろ、あとをつけるだけだ。お前は反対側を歩いてくれ――俺がこっち側を行く。目を離すなよ！　急に横道に入るかもしれん」

シンプソンとクレンチは足を速めて先を進み、リヴァーズエッジとプライクは道の両端に分かれて、二十ヤードほど後方を歩いた。タワーヒルの北側からタワーブリッジ・アプローチを通り、セント・キャサリンズ・ウェイに入る――夜風に乗って、川の香りと近くの埠頭の大型倉庫に保管された品物の匂いが漂ってくる。あの二人は、船が停泊しているだけのこんな場所に、どんな用事があるのだろう、と首をかしげたリヴァーズエッジは、不意に一つの可能性に思い当たった。この辺りの埠頭からは、大陸に向かう船が頻繁に出ている。やつらは、アントワープかロッテルダム、フークファンホラントといった、容易に行ける国外の港に逃げるつもりかもしれない。この考えが確信に変わりかけた頃、ワッピングハイ街をしばらく歩いたところで、クレンチとシンプソンは、ほの暗い明かりの灯った建物に入っていった。入り口の上の看板には〈アルビオン・アンド・ミネルヴァ・ホテル〉と書かれている。

かつては川辺の宿泊施設として栄えたことのありそうな古びたホテルのドアの前を、ゆっくりと通り過ぎてみた。ロビーに立っている二人の姿が見える。通りを渡って反対側にいるプライクのもとに近寄ると、開いている入り口のドアをプライクが顎で指した。

「中にいるな。どう思う」

「今夜はここに泊まって、早朝に船に乗るつもりかもしれん」と、リヴァーズエッジは答えた。「ひなびたホテルだが、営業はしているようだからな。とにかく、やつらがこのホテルにいるのは間違いない！　となると――」

「動いたぞ！」プライクがホテルのほうに注意を向けた。

着古した制服姿の男がクレンチとシンプソンと言葉を交わしていた。やがて男は、ロビーの突き当たりのドアを指さし、二人はそちらへ歩きだした。一人がドアを開け、二人の姿は中に消えた。

「これから、どうする」と、プライクが訊いた。

リヴァーズエッジは、しばし考え込んだ。

「やつらがお前を知っているとは、本当に考えられないか？」と、彼は言った。「こっちが知らなくても、向こうが知っているってこともある。特に弁護士は、しょっちゅう警察裁判所に出入りして、われわれを目にしている可能性があるからな。あいつら二人とも、俺のことはよく知っていた」

「その格好なら大丈夫さ。道で会ったら、俺だって気づかない」

「現にレストランでも気づかれなかったようだ。実際のところはわからんがな。とはいえ、俺がホテルに入っていけば、勘づかれないともかぎらん。お前が中に入ったほうがいいだろう」

「中に入って何をすればいい」

「ここは、酒類販売許可を受けているホテルのようだ。あの隅にバーがある。ということは、喫煙室もあるだろう。そこに入って、何か飲みながら張り込んでくれ。俺は外で待ってる」

「おいおい、こっちはほとんど夕飯を食ってないんだぜ！　すきっ腹に酒はまずいだろう」と、プライクはぼやいた。「しかも、仕事中だ――」

「酒を飲む必要はないさ。注文だけして、口をつけなきゃいいんだ。何でもいいから、中に入る口実が欲しいんだよ。やつらが怪しい動きをしても慌てるな。時間をかけるんだ。川風が冷たくなってきたが、お前の言うとおり、仕事だから、こっちも我慢するさ――」

プライクは通りを渡ってホテルに入っていった。リヴァーズエッジは、彼が明かりのついたロビーを歩き、シンプソンとクレンチが姿を消したドアの向こうへ消えるのを見守った。

「あそこが喫煙室だな」と、リヴァーズエッジは呟いた。「問題は、やつらが誰かに会いにここへ来たのか、早朝の蒸気船で逃げるために泊まるつもりなのかってことだ」

パイプと煙草の葉を取り出し、大きな倉庫が投げかける薄暗い影の中を行ったり来たりしながら、それぞれの可能性について吟味しつつ、パイプをくゆらせた。大きめのパイプを吸い終わる前に、プライクがホテルから出てきた。

「どうだった」と、リヴァーズエッジは訊いた。

「やつらは中にいるよ。喫煙室だ。入ってみるとかなり広くて、結構、混んでるんだ――喫煙室の中は、だがな。ほとんどが船乗りだ。ラムと煙草が客を呼び寄せるんだろうな。例の二人は隅の席で、男と会っていた。待ち合わせていたようだ。真剣に話し込んでる」

「どんな男だ」

説明を始めたプライクを、リヴァーズエッジが途中で止めた。

「ガーナーだ！」と、声を上げる。「ガーナーだ！――そうだ、間違いない。そいつはガーナーだ！」

「ガーナーってのは、誰なんだ」と、プライクが訊いた。

「俺が疑いを持っている、もう一人の男だ。クレンチとつるんでる。そうか！　こりゃあ、原油を掘り当てたかもしれないぞ！　クレンチとシンプソンだけでも意味深いのに、ガーナーも加わったとなると――ふむ！」

「どうするつもりだ」と、プライクがせっついた。

リヴァーズエッジは素早く状況判断した。その場しのぎの手段を選んでいる場合ではない。彼は背筋を伸ばし、サングラスを外した。巧みに頰髭を取り、コートの襟を下ろし、帽子の角度を変える。

「踏み込むぞ！　警察手帳は持ってるな」

「もちろんさ」と、プライクは応えた。「それに」と、笑って付け加える。「手錠とリボルバーもな！これで充分か？」

「行こう！」と、リヴァーズエッジが言った。「やつらのところへ案内してくれ」

プライクが前に立ってホテルに入り、ロビーを横切って、煙草の煙が充満する混み合った部屋に踏み込んだ。ドアを開けると同時に、プライクがその場を制するような大声を発した。リヴァーズエッジが室内を見まわすと、目に入ったのは、たった一人で隅に座っているガーナーの姿だった。

第二十一章　橋

　ガーナーは二人の刑事にすぐに気づき、期せずして危機的状況に直面してしまったという顔を一瞬見せたが、すぐにその表情を消し、リヴァーズエッジとプライクが彼の座る席に歩み寄ったときには、ふてぶてしい冷ややかな笑みを浮かべていた。それを見たリヴァーズエッジは、核心を突いた。

「ガーナー！」テーブル越しに乗り出して、低い声で言った。「クレンチとシンプソンが一緒だっただろう。今、どこにいる」ガーナーはリヴァーズエッジを見て横柄に言い返そうとしかけたが、思い直したのか、微笑んでみせた。

「知らないな」と、茶化すように答えた。「見当もつかない」

「じゃあ、どこへ行ったんだ」と、リヴァーズエッジが詰問した。「答えろ！」

　ガーナーは部屋の反対側を指さした。

「たぶん、あのドアから出ていったんだろう。あそこからホテルの裏口に出られる。家に帰ったんじゃないか？　あの二人に何か用かい？」

「お前にも用がある！」と、リヴァーズエッジは言い返した。「いいか、ガーナー。騙そうとしてもだめだ。二人はどこへ行った」

　ガーナーはのんびりと体を伸ばし、両手をポケットに入れて首を振った。

「なんで、あんたの情報屋にならなきゃいけないんだ。もし、二人が私に会いにホテルに来るとしたら――」

「ごまかしても無駄だ、ガーナー」リヴァーズエッジが遮った。「ここで話さないなら、直ちに同行してもらう。戯言《たわごと》に付き合う気はない。そうなったら――」

ガーナーは顔を曇らせ、ポケットに入れていた手をゆっくりと出した。

「どういうことだ」と、低い声で言う。「令状はあるのか」

「令状なんて関係ない！　どうしても必要なら、そんなものはすぐに手に入るさ。さあ、あの二人がお前と何をしていたかをここで話すか、それとも別の場所へ一緒に行って話すか、どっちにするんだ」

ガーナーは、招かれざる客二人をじっと見据えた。特に、リヴァーズエッジの脇で油断なく身構えているプライクを注意深く観察した。今にも飛びかかってきそうな姿勢だ。見た感じも気に入らなかった。たくましい体つきといい、ごつい手や指といい、まるで……。

「あんたが何を追ってるのか知らないが」ガーナーは渋々、口を開いた。「私が仕事でオランダに行くので、二人が会いに来たんだ。朝が早いから私は今夜、ここに泊まる。豪華ホテルってわけじゃないが、便のいい場所にあるんで――」

「そんなことだろうと思っていたさ」と、リヴァーズエッジが言葉を挟んだ。「だが、シンプソンとクレンチがここで何をしていたかの説明にはなっていない。あの二人は、お前に何の用があったんだ」

「どうして、あんたに言わなきゃならないんだ。関係ないだろう。そんなのは、余計な口出しってもんだ――」

「いいか、ガーナー!」テーブル越しにいっそう身を乗り出して、リヴァーズエッジは、どすの利いた声を出した。「よく聞け! ここで派手なまねはしたくないが、こっちの知りたいことを教えないと、力ずくで連行することになるぞ! ベッドフォード・ロウの事件にクレンチとシンプソンが関わっているという根拠を得て、今夜、やつらを張っていたら、ここにたどり着いたんだ。すると、お前と合流した――」

「一緒にいるところを見てもいないくせに!」ガーナーは鼻で笑った。「あんたは――」

「やつらは十分前、この席にお前といた」と、リヴァーズエッジは言った。「二人は姿を消したが、お前が残っている。さあ、もう一度訊く。やつらは、お前に何の用があったんだ。たった今与えた二つの選択肢をよく考えろよ」

ガーナーは顔を歪めた。プライクが近距離にいるのが、どうしても気になる。この刑事さえ、こんなに手ごわそうでなければ!

「私が、勝手に彼らの用件を話すわけにはいかない」と、呟くように言った。「だが、行き先なら教えてもいい。それが、あんたの役に立つんならな」

「で、どこへ行ったんだ」

「キャノン・ストリート・ホテルさ」ガーナーは即座に答えた。

「なぜ、そこへ行ったか、知っているのか?」

「ああ、知ってる」

「なぜなんだ」

「知りたいなら、ヴァンデリアスに会うんだな」

「ヴァンデリアスが、そのホテルに泊まってるのか？」

「二人が彼に会いにそこへ行ったんだから、そうなんだろう」

リヴァーズエッジは少し考えたのち、「よし！」と、突然、大きな声を出した。「そのホテルへ行ってみよう！　だが、お前にも一緒に来てもらうぞ、ガーナー」

ガーナーは立ち上がって、肩をすくめた。

「どうしてもと言うなら、仕方ない。なんで私が行く必要があるのか、さっぱりわからないがな。船に乗るために五時には起きなきゃならないのを、忘れないでくれよ」

「キャノン・ストリート・ホテルなら、ここからそう遠くない。納得のいく説明が得られたら、さっさとここに戻ってくればいいさ。さあ、行くぞ！」

ガーナーの帽子とコートは、隣の椅子に置いてあった。帽子をかぶり、コートを腕に掛けて、不本意ながら承知したのだと言わんばかりに、不愛想に背筋を伸ばした。三人連れだって喫煙室をあとにし、通りへ出た。

「歩くのか？」ガーナーが、ぶっきらぼうに訊いた。

「ほかに方法はなさそうだ」と、リヴァーズエッジは答えた。「タクシーが見当たらないからな」

「タワーブリッジの向こう側で拾える」と、ガーナーが言った。「そうすれば」冷ややかな笑みを浮かべて付け加えた。「あんたらの貴重な時間を節約できるんじゃないのか」

リヴァーズエッジは答えなかった。ガーナーをプライクと挟むようにして三人肩を並べ、橋を渡って、セント・キャサリンズ・ウェイ沿いの埠頭や倉庫群の中を黙って歩いた。この時間、周囲にはほとんど人けがなかった。ガス燈が点々と灯る箇所以外、通りは闇に包まれ、両側の建物が真っ黒な影を落としている。そんな暗がりの中、川へ続く空き地を通して対岸の街灯の明かりがちらちらと見える場所に差しかかったとき、突然、ガーナーが持っていたコートをプライクの顔と肩に叩きつけ、リヴァーズエッジが反応するより早く体を反転させて、空きビルらしき高い建物のアーチ型の入り口から内部の暗闇へ向かって駆け込んだ。プライクが厚手のコートを振り払い、リヴァーズエッジが追いかける前に、ガーナーの姿は見えなくなってしまった。

コートを振りほどいたあとプライクが最初に執ったのは、彼らしい、機転の利いた行動だった。呼び子笛を取り出して、三度、鋭く吹いたのだ。それから、小さく悪態をついているリヴァーズエッジを振り返った。

「問題は――」リヴァーズエッジは道路まで後退《あとずさ》って、ガーナーが消えた真っ暗な高いビルの正面を見上げた。「このビルに裏口があるかどうかだ。やつは、そのことを知っていたんだろうか。俺たちを、わざとこっちへ誘導した気もする。もし――」彼は耳を澄ました。急いで走る重い足音が、両方向から近づいてくる。すぐそばの角を曲がって警官が駆けつけてきた。あと二人、橋を渡ってくるのも見えた。

「何があった」と、最初の警官が息を切らしながら訊いた。「あんたたちは誰だ」

「刑事だ」と、リヴァーズエッジが答えた。「二人とも刑事だ。男が隙を突いてこのビルに逃げ込んだんだ！　ここは、どんな建物だ」二人の警官が合流するのを確認して続けた。「ほかに出入り口はあるのか」

「古い製帆工場です」最初の警官が答えた。「しばらく使われていなくて、もうすぐ取り壊される予定でした。だから入り口が開いていたんでしょう。私の知るかぎり、ここ以外に出入り口はありません。逃げ込んでから、どのくらい経つんですか」

「笛を吹く直前に駆け込んだんだ」と、プライクが答えた。「懐中電灯をつけろ！」

三人の警官が明かりをつけ、五人は用心しながら戸口に足を踏み入れて、がらんとした部屋の中で立ち止まった。辺りは静まり返っている。全員、神経を耳に集中させた。すると、どこか奥のほうで、慌てたような微かな足音が聞こえた。

「ネズミだ！」と、警官の一人が言った。そして、さも興味深い情報を提供するかのような口調で続けた。「ここらには山ほどいるんですよ！――天井にはもっといるし、何千匹いるかわかったもんじゃない！」

「ちょっと待て」と言って、リヴァーズエッジは隣にいた警官の手からライトを取り、あちこち照らし始めた。暗い隅、ゴミの山、クモの巣、使われていない大量の材木、剝げ落ちた漆喰と、順に照らしていくと、部屋の片側に急な階段が見つかり、リヴァーズエッジはすぐさま階段を上った。

「ここを上がったに違いない！　行くぞ！」

「気をつけてください！」と、最初に現れた警官が言った。「腐っているかもしれません」

だが、リヴァーズエッジはかまわず上っていき、プライクもあとに続いた。二、三歩上がったところで、プライクは振り返った。

「誰か一人、入り口を見張れ！　そこしか出入り口がないとしたら――」

新たに一人、警官が駆けつけ、素早く状況を把握した。

「隣のビルとのあいだに橋があります！」と、警官は叫んだ。「屋上に歩道橋があって、倉庫として使っていた空きビルとつながっているんです。もし、あっちへ移ったとしたら――あっ、なんだ？」

突然、材木が激しく落ちる音がし、苦悶の悲鳴が外から聞こえたのだ。リヴァーズエッジとプライクは階段を駆け下り、警官たちを引き連れて角を曲がると狭い小道に飛び出した。小石で舗装された小道の上を、リヴァーズエッジが手にしていたライトで照らす。通りから二、三歩入ったところに黄色い明かりが届くと、倒れているガーナーの姿が浮かび上がった。頭上には灰色の空を背景に、彼の体の重みで外れた腐った橋の材木がぶら下がっていた。

ガーナーに触れる前から、死んでいるのは明らかだった――あの倒れ方は、どう見ても遺体だ。それでもリヴァーズエッジは念のためガーナーに触れ、ほかの面々は黙ってそれを見守った。

「死んでる」リヴァーズエッジは低い声で言った。「首が折れているようだ。四十フィート上から落ちたんだな。材木が腐っていたんだろう」

「あの歩道橋の撤去が始まったところでした」と、最後に駆けつけた警官が言った。「ここは解体されて、新しい倉庫が建つ予定なんです」

リヴァーズエッジとプライクに最初に呼びかけた警官が、ライトを遺体の顔に向けた。

「この男をご存じなんですよね」と、二人の刑事に問いかけた。「追っていた男ですか」

「ああ、そうだ」リヴァーズエッジが頷いた。彼らが立っている狭い小道の入り口に目をやると、野次馬が集まり始めていた。「おい」と、警官に指示を出した。「担架か救急車を手配して、遺体を安置所に運んでくれ。至急だ――遺体の所持品を知りたいが、ここで調べるわけにはいかないからな。きっと、ポケットに何か入っているだろう」警官の一人が急いでいなくなると、プライクに小声で言った。「やましいことがなければ、やつは逃げたりしなかったはずだ。きちんと調べるまで、現場を保存しなきゃならんな」

「ほかの二人はどうする」と、プライクが訊いた。「キャノン・ストリート・ホテルにいる二人だ」

「そっちは後まわしだ。それに、もしかすると、その話が全部はったりだった可能性もある。俺たちをホテルから誘い出して、逃げる隙を狙ったのかもしれん。とにかく、ガーナーの遺体から手がかりを見つけるのが先決だ。こうなってしまったからには、徹底的に探すぞ」

三十分後、薄暗く陰うつな安置所の中で警官数人と警察医の立ち合いのもと、ガーナーの札入れの中身を並べたリヴァーズエッジは、ついに手がかりを得たと確信した。プライクをはじめ、その場にいた面々は、リヴァーズエッジが取り出して丹念に一覧表にまとめたものを見て目を見張った。かなりの金額の真新しい法廷紙幣、さらに額の多いフランス紙幣のほか、E・ゴードンを受取人としたブエノスアイレスの銀行の小切手が数千ポンド分、それに、ガーナーの最近の写真が貼られたE・ゴードン名義のパスポート、フランスの港からウルグアイのモンテヴィデオ経由でブエノスアイレスへ航行する便の詳細が載った新聞の切り抜き。そして、なかでもリヴァーズエッジの目に留まったのは、五百ポンドのイングランド銀行券三枚だった。彼は銀行券を置き、ポケットから紙を取り出した。

「これは、ヘンリー・マーチモントが殺害された夜、ベッドフォード・ロウの彼のオフィスから盗まれた四十枚の銀行券のうちの三枚だ」リヴァーズエッジは、すぐ後ろに立っていた警官のチーフに言った。「ほら、番号が一致している」

警官は、顎をしゃくって遺体を指した。

「この男が、あの事件に関与しているということでしょうか」

「少なくとも、銀行券を持っていたのは事実だ。だが、容疑者はほかにもいる。強く疑っている人間が二人いるんだ。今夜も、その二人を尾行していて、たまたまこの男に出会った。二人は見失ってしまったが、この件が外に漏れる前に見つけなければ」

少しして、リヴァーズエッジはプライクと外に出た。二人とも深刻な顔つきで考え込み、しばらくは無言で歩いた。

「これから、どこへ行く?」ようやく、プライクが口を開いた。

リヴァーズエッジは、はっとわれに返った。

「キャノン・ストリート・ホテルへ行ってみよう。だが、前にも言ったように、あれは嘘だったんじゃないかと思う。あの二人も――もちろんヴァンデリアスも、ホテルにはいないかもしれない」

リヴァーズエッジの予想は当たっていた。ホテルの人間は、ヴァンデリアスはおろか、クレンチもシンプソンも知らなかった。彼らが人相を説明しても、心当たりのある従業員は一人もいなかった。

「プライク、本庁へ戻るぞ」ホテルを出ると、リヴァーズエッジは言った。「途中で、チャンセリー・レーンのクレンチのオフィスを覗いてみよう。万が一、明かりが灯っていれば……」

第二十二章　追い詰められて

　クレンチのオフィスは、チャンセリー・レーンとカージター街《ストリート》の角にあり、入り口は両方の通りに面していた。フリート街を抜けたリヴァーズエッジは、その重要な事実を頭に叩き込んだ。クレンチに――もし、そこに彼がいたとして――一晩に二度も裏口から逃げられるわけにはいかない。ここへ何度も足を運んでいるので、四階にあるクレンチの二部屋の位置は把握している。どこの角度から窓が見えるかもわかっていた。その場所に立ち、首を伸ばして見上げてみる――リヴァーズエッジは、嬉々とした声を上げてプライクを振り向いた。

「当たりだ！　中にいるぞ！――とりあえず、何者かがいるのは間違いない。明かりのついている窓が二つ見えるだろう。あれがクレンチのオフィスだ。さて、ここからどうするかだな」

　プライクがカージター街の入り口を指さした。

「明かりが灯っている。きっと、ドアは開いてるぞ」

「ああ、あそこから簡単に入れそうだな」と、リヴァーズエッジは応えた。「ただ――応援を呼ぶ必要はないか？」

「俺は大丈夫だ！　前にも言ったが、いざとなったら武器だってある」

「そうだな。だが、ここには出入り口が二つあるから、長い階段が二つあるってことだ。われわれが一つを上がっているあいだに、クレンチはもう一つの階段を下りてしまうかもしれない」そこで言葉を切って、リヴァーズエッジは耳を澄ました。「誰か来るぞ。警官ならいいんだが――」

警官が一人、ドアや地下室の窓に手をかけて施錠を確認しながら、カージター街をこちらへ向かって歩いてきた。同時に、チャンセリー・レーンからも別の警官がやってきた。彼らが来るのを待って、リヴァーズエッジは自分とプライクの身分を明かし、状況を説明した。そして、一人を片方のドアに、もう一人を角を曲がったところにあるドアに配置し、プライクを連れてチャンセリー・レーン側の入り口から中に入った。階段を上がりかけたとき、管理人室のような場所から大男が突然現れて、疑わしそうな目つきでリヴァーズエッジたちを睨《ね》めつけた。

「おい、あんたたち！」と、男はどら声を出した。「ここに何の用だ」

リヴァーズエッジは、階段下の明かりのある場所まで男を手招きし、いきなり鼻先に警察手帳を突きつけた。

「わかったか」言葉少なに言う。「上に用事だ。クレンチさんにな。いるんだろう？」

「十分ほど前に戻ってきました」管理人は明らかに動揺していた。開いた戸口に目をやり、表に立っている警官に気づいた。「何かあったんですか」

「ちょっとクレンチさんに用があるんだ。彼は一人か」

「知らない紳士が一緒です。部屋への行き方はわかりますか」

「ああ、知ってる」と答えて、リヴァーズエッジは階段を上がり始め、その後ろにぴったりとプライクが続いた。「もし俺の推理どおり、クレンチと一緒にいるのがシンプソンだとしたら」四階の踊り場に近づくと、リヴァーズエッジが言った。「抵抗されても驚くな。クレンチは抵抗しないだろう。

俺の読みが正しければ、やつは、へたり込むタイプだと思う。だが、シンプソンは意志が固い——冷静で、危険な男だ。だから、シンプソンのほうを警戒しろ。といっても、周囲を応援の警官が取り囲んでいることを告げるのが先だがな」

クレンチのオフィスは、長い廊下の突き当たりを曲がったところにあった。廊下を半分ほど進んだ辺りで突然ドアの閉まる大きな音がして、足音が近づいてきた。「やつらが来るぞ」と、リヴァーズエッジはささやいた。「気をつけろ！」

クレンチとシンプソンが、角を曲がって姿を現した。シンプソンは小さなトランクを、クレンチは昔風の手提げ鞄を手にしている。電灯の明かりが廊下を照らしていたので、二人は、すぐさまリヴァーズエッジに気づいた。訝《いぶか》しげに視線をプライクに移し、とたんに足を止めた。

「シンプソンがトランクを置いたら飛びかかれ」リヴァーズエッジは小声で指示した。「やつから目を離すんじゃないぞ」彼は、驚いている二人のほうへ歩を進めた。「クレンチ、シンプソン、オフィスに戻ってもらおうか！　抵抗しても無駄だ。応援が駆けつけてるからな。下で警察が取り囲んでいる。いいか、よく聞け。ガーナーは死んだ。やつの所持品から、お前たちに説明してもらわなきゃならないものが見つかったんだ。さあ、今出てきた部屋へ戻るんだ！」

クレンチが震えだした。電灯に照らされた顔が真っ青になっている。リヴァーズエッジの命令に素直に従う気配を見せ、後退《あとずさ》りした。だがシンプソンは、不敵にリヴァーズエッジを見返した。

「こんなふうに私たちの邪魔をするとは、いったい、どういうつもりですか。ガーナーが死んだ？　ばかばかしい！　一時間くらい前に会ったばかり——」

「ガーナーは、ワッピングでわれわれから逃げようとして首の骨を折ったんだ。われわれはお前とクレンチを尾行して、ホテルの喫煙室でやっと話しているのを目撃した。そこでお前たちを見失ってしまったが、こうして今、居場所を突き止めたってわけだ。さあ、二人ともおとなしくオフィスに戻ってもらおうか。さもないと、下にいる警官を呼ぶぞ。ばかなことは考えないほうがいい——こっちは武器を持っているんだ」

リヴァーズエッジの言葉を裏づけるかのように、プライクがそっと上着の内ポケットに右手を入れると、それを見たシンプソンは、リヴァーズエッジの命令に黙って従うそぶりを見せた。だが、いかにも渋々といった、ゆっくりとした動作に、リヴァーズエッジは彼が時間稼ぎをしているのだと思った。

「私を止める権利はないと思いますよ」回れ右してクレンチのあとを歩きながら、シンプソンは言った。「令状はどこに——」

「問答無用だ！」と、リヴァーズエッジが、ぴしゃりと遮った。「いざとなったら、私が責任を取る！　いいか——」クレンチがドアの鍵を開け、オフィスの明かりをつけるのを見届けて続けた。「現実と向き合ったほうがいいぞ。そこに何が入っているか教えてもらおうか。シンプソン、お前のトランクと、クレンチのその鞄にな。それと、ワッピングのホテルでガーナーと何をしていたのかも知りたい。お前たちがキングズクロス駅からマーク・レーンへ行き、そこからワッピングハイ街まで行くのを、われわれはずっと尾行していたんだ。それに、ガーナーの遺体から出てきた数々の貴重品の中に、マーチモント弁護士が殺害された夜、彼のオフィスから盗まれた五百ポンド紙幣三枚が見つかった。さてと——いろいろと喋ってもらおうじゃないか。さもないと——」

シンプソンはいきなり近くにあった椅子に座り、ポケットに両手を突っ込んだ。

「何も話すことはない！」と言って、クレンチにちらりと目をやった。「お前も何も言うな！　こいつらの好きなようにさせればいい――時間はたっぷりあるんだ。何もするなよ！」

クレンチは、テーブル上のシンプソンのトランクの脇に鞄を置いた。彼の震えは、ますますひどくなっていた。リヴァーズエッジが思っていたとおり、かなり臆病者のようだ。

「わ、私は――その――釈明させてくれ！」と、クレンチが口を開いた。「頼む、リヴァーズエッジ――」

「ふん！」シンプソンが軽蔑したように言った。「何を釈明するって言うんだ。言っただろう――何も話すな。リヴァーズエッジを困らせてやればいいんだ。彼はわれわれがマーチモントを殺したと考えてる。そう思わせておこうじゃないか！」

リヴァーズエッジは、この挑発を無視した。二人から目を離すな、とプライクにささやき、階段の上まで戻って、驚いている管理人に、下の二人の警官に上がってくるよう伝言を頼んだ。二人の応援を得て部屋へ戻ると、シンプソンとクレンチの見張りを警官に任せて、プライクとともにトランクの中身を調べ始めた。週末の旅行や、ちょっとした航海に必要と思われる衣類と洗面用具のほかに、札束や無記名債権、簡単に外貨に替えられる有価証券などが出てきた。全部合わせると相当な額になる。今まさに逮捕されようとしているシンプソンは、金を持って海外に逃亡を図ろうとしていたのだと、リヴァーズエッジは密《ひそ》かに確信した。クレンチの鞄の中身を見ると、彼も同様だったようだ。だが、再度調べてみると、重大な発見があった。貴重な書類が入っていたサイドポケットから、行方がわからなかったイングランド銀行の銀行券五枚のうち、残りの二枚が出てきたのだ。銀行券が発見されたのを見たクレンチは、さらに緊張の度合いを増したが、シンプソンは煙草に火をつけ、冷ややかに無関心を装った。

　行方不明だった銀行券を見つけたあとは、リヴァーズエッジは早々にチェックを切り上げた。さまざまなものを鞄とトランクに戻してロックをし、持ち主二人を振り向いた。

「二人とも同行してもらうからな」と、事務的な口調で言う。「今のを見たからには、何を言おうが無駄だ。言い訳なら、ほかでするんだな」

「な――何の罪に問うつもりだ」クレンチが、かすれた声で訊いた。「誓って言う。私は何も知らないんだ――」

「黙ってろ！」シンプソンが割って入った。「ばかはよせ！　俺たちは自分の財産を所有しているだけなのに、こいつはそれを罪に問うつもりなんだ」

「罪状はあとだ」と、リヴァーズエッジは言った。顔には出さなかったが、今夜の展開には心から驚いていた。シンプソンとクレンチに疑いを抱き、ガーナーのことも多少は疑っていたが、これまで具体的な形を成してはいなかった。だがここへきて、当然かけられる窃盗容疑が殺人に変わるかもしれないと思い始めていた。捕らえた二人にちらっと目をやると、すでに首に巻かれたロープが見える気がした。気を取り直してトランクと鞄を手に取り、プライクと警官たちに向かって頷くと、「こいつらを連行しろ！」と、冷静な声で指示した。

　廊下に荷物を置き、クレンチからオフィスの鍵を受け取って、リヴァーズエッジが自分でドアに施錠した。階下で目を丸くして事の成り行きを見守っていた管理人に気づいて、クレンチは目を逸らした。リヴァーズエッジは管理人を呼び寄せた。

「クレンチさんのオフィスは施錠して、鍵は私が持っている。マスターキーはあるのかい？」

「あるにはありますけど、使ったことはありません。クレンチさんはいつも、オフィスにいるあいだに掃除を済ませてほしいとおっしゃるので」

「あの部屋には誰も入れないでくれ――いいな！」と、リヴァーズエッジは命じた。「明日の朝、私がここに戻ってくる」

管理人は、プライクと二人の警官に見張られながら階段を下りてチャンセリー・レーンに出ていくクレンチとシンプソンのほうを顎で指した。

「あの人たちが、何をしたんです？　逮捕されたんですよね！　でも、クレンチさんは温和で、法を守る人ですよ。家賃だってきちんと払ってくれます。どうせ、もう一人の人がいけないんでしょう？あの人が、クレンチさんをトラブルに巻き込んだんじゃありませんか？」

リヴァーズエッジは、鍵の件を急いで確認しようとしただけだったのだが、管理人の最後の言葉に、あることを思いついた。

「そのうち、わかるさ」と、彼は言った。「こういうこともあるんだ。ところで、もう一人の男だが――前に見たことがあるのかい？」

「時折見かけましたが、ごく最近になってからですね」と、管理人は答えた。「来るのは、いつも夜遅くです――ちょうど今くらいの時間ですかね。クレンチさんが連れてくることもあれば、一人で訪ねてくることもあります。二週間前までは見たこともありませんでしたが、ここのところ、ちょくちょく見ますよ」

「一人で来るのかい？」

「まあ、そうですね――でも、ゆうべはガーナーさんと一緒でした。二人揃って十時に来ました。いつもより、だいぶ遅い時間でしたね」

「そのとき、クレンチはここにいたのかい？」

「ええ、いましたよ。二人が来る十分ほど前にオフィスに来て、三人で十一時くらいまでいました」

「人が訪ねてくるには、かなり遅い時間だよな」

「一般的にはそうですね。でも、遅くに客が来るテナントもいるにはいるんですよ。居住している人も二、三、いますしね。ともかく、私はいつも十一時まで仕事をしてます。そうじゃなきゃ、見たくもないあの男の顔なんか見ることもなかったんです。絶対、あいつがクレンチさんを巻き添えにしたんですよね！」

この管理人はなぜそこまでクレンチの肩を持つのだろう、と不思議に思いながら、リヴァーズエッジは捕らえた二人と、それを護送する仲間のあとを急いで追った。警察署で二人を引き渡す際、何の容疑にするか考えた結果、とりあえず、ヘンリー・マーチモントのオフィスから盗まれた銀行券を所持していた件で逮捕し、重大な容疑については後まわしにすることにした。だが、警官たちと相談して容疑を固めたのを見たシンプソンが、断固、抗議した。

「私のトランクからは、そんな紙幣は出てこなかったはずだ！　ばかげてる！　中身はすべて私の所有物だ！」

「すべてじゃないさ」と、リヴァーズエッジは答えた。「お前は気がつかなかったらしいが、亡くなったマーチモント弁護士が所有していた有価証券がいくつか紛れていたんだ。彼の部屋から盗まれたものだろう。これを見てみろ――それに、これもだ」

リヴァーズエッジが掲げた二枚の書類を見たシンプソンは驚愕した。その証券の存在に心底驚いたようだった。「たくさんの無記名債権のあいだに挟まっていたんですよ」その場に同席していたマーチ警部に、リヴァーズエッジは小声で言った。「どうやら、やつは、知らなかったようですね」

シンプソンは、すっかり黙り込んでしまった。頑《かたく》なに口を閉ざし、拘束されるがまま抵抗することもしなかった。だがクレンチは、連行されそうになったとたん、急に冗舌になり、泣きそうな声で必死に喋りだした。

「もし、われわれが——私か——彼か——あるいは両方が——ヘンリー・マーチモントの事件の犯人だと思っているのなら、あんたたちは間違ってる！　まったくの見当違いもいいとこだ！　神に誓って、私は関係ないんだ——彼だって関係ない。彼が犯人じゃないのを、私は知っている。金については説明できるが、そんなことはどうでもいい。問題は殺人のほうだ。頼む、私に殺人容疑をかけないでくれ！　殺人犯にされるなんて、考えただけでぞっとする。そして——そして——今すぐリチャード・マーチモントさんをここへ呼んでほしい。お願いだ、リチャードさんを呼んできてくれ！」

第二十三章　あの女を捜せ！

クレンチの近くに立っていた警官たちとリヴァーズエッジには、彼の緊張が極度に高まっているのが手に取るようにわかった。額に玉のような汗をかき、指が痙攣《けいれん》し始め、突然のショックに精神のバランスを崩したかと思うほど、様子がおかしくなってきたのだ。体全体から伝わってくるのは、紛れもなく、恐怖におののいている兆候だった――それも、人間からすべての気力を奪い、ぼろきれのようにしてしまう強大な恐怖だ。クレンチを特徴づけていた空威張りもうぬぼれも、どこかへ消え去り、ガス燈の黄色い光に照らされて立つその姿は、卑小で哀れな男でしかなかった。

「どうしてリチャード・マーチモントさんに会いたいんだ」と、マーチ警部が尋ねた。

クレンチは、たった今シンプソンが連行されていったドアを、恐ろしそうにちらっと見た。

「私は――その――彼に話したいことが――頼みたいことがあるんだ」と、震えながら答えた。「もし、彼と二人で話せたら――あるいは、リヴァーズエッジが一緒でも――いや、あんたを入れて三人一緒でもいい。とにかく、シンプソンさえいなければ！」

「お前はシンプソンが怖いのか」リヴァーズエッジが、すかさず訊いた。

「もしも今、シンプソンと二人きりにされでもしたら――ああ、あんたの言うとおりだ」と、クレンチは言った。「頼む、あいつと一緒にしないでくれ！　私が警察に喋ったと知れたら――喋ろうとしているごとがバレただけでも、あいつに殺される！　シンプソンから隔離してくれ！」

「供述したいってことか」と、警部が訊いた。

「こうなってしまったからには、供述する！」と、クレンチは頷いた。「知っていることを話すよ――ただし、シンプソンがいないところでだ」

「シンプソンのことは心配するな。身の安全は保障する。だが、リチャード・マーチモントさんに同席してほしいって言うんだな」

「彼に頼みたいことがあるんだ」クレンチは、さっきと同じ言葉を繰り返した。

警部はリヴァーズエッジのほうを見た。

「マーチモントさんの住まいを知ってるか。彼を今からつかまえられるだろうか」

リヴァーズエッジは、ちらっと時計を見た。

「住所は知っています。電話も持ってますし、この時間にはたぶん自宅にいると思いますから、かけてみましょう」

三十分後、事情を知らないまま警察署のドアをくぐったリチャードは、待っていたリヴァーズエッジから、その晩起きた一連の出来事の説明を受け、クレンチが会いたがっていることを聞かされた。

「あなたに話したいことがあるらしいんですよ」と、リヴァーズエッジが続けた。「それも、どうやらシンプソンに不利な内容のようです。私は、ヘンリーさんを殺害した犯人はシンプソンで、クレンチとガーナーは共犯なんじゃないかと考えています。とにかく、クレンチの話を聞いてみましょう。ただし、やつは危うい立場にいて責任逃れをしようとするかもしれないので、その点はお忘れなく。話を聞くだけで、何も言わないでください。まずは、やりたいようにやらせてみようと思います」

リヴァーズエッジに連れられて、リチャードは警部に監視されたクレンチのいる部屋に入った。クレンチの様子をじっと見つめると、相手は哀願するような視線を返してきた。ほかの誰にもできないことをリチャードならしてくれると期待しているその目に、彼は戸惑った。裁判官の前に引き出された犯罪者のように直立し、あんなに高飛車だった男が、今は驚くほどへりくだっている。クリケットで言うなら、毒気もひねりもなくした選手といった感じだ。

「座れ、クレンチ」と、リヴァーズエッジが言った。「マーチモントさんを連れてきたぞ。供述する気は変わっていないか」

リチャードの到着を待っているあいだに、クレンチはいくらか落ち着きを取り戻していて、刑事の質問にすぐに反応した。

「ベッドフォード・ロウの事件に関して知っていることはすべてお話しします。ただし、私が喋ったということをシンプソンには言わずに、彼を遠ざけてくれるのが条件です。もし、彼にバレたら――」

「シンプソンのことは心配するなと言っただろう」と、マーチ警部が釘を刺した。「お前の安全は保障する！　では、さっそく供述を取るとするか」と、リヴァーズエッジを振り向いた。「クレンチ、わかっていると思うが、お前の発言はすべて――」

「わかってます」と、じれったそうにクレンチは応えた。「洗いざらい喋るつもりです」クレンチは警部がメモの用意をするのを待って話し始めた。「最初に言っておきたいのは、私がヘンリー・マーチモントさんの殺害に一切関わっておらず、犯人も知らないということです。それは紛れもない事実です！」

共感や理解を得たいという顔で言葉を切ったが、全員黙りこくって耳を傾けているだけだったので、クレンチは乾いた唇を舐めて続けた。

「私が知っていることをお話ししましょう。マーチモント弁護士が殺された日の午後六時頃、私は夕食のためにホルボーンのカフェ・ボローニャに行きました。週に三、四回行く店です。すると、そこにシンプソンが現れました。彼とは、その店で何度か顔を合わせたことがありました。彼も時々来ていて、多少、言葉を交わす仲だったんです。その日、シンプソンは私の少しあとに店に来て、テーブルに同席しました。たわいもない話をしたあと、弁護士仲間として内密に訊きたいんだが、最近、南米からロンドンに来て、金融関係に関心を示しているランズデイルという人物について知っていることはないか、と話を振ってきたんです。なぜ、そんなことを訊くのかと尋ねると、その男を知っていると打ち明けてくれたら理由を話すと言いました。そこで私は、弁護士同士の守秘義務を遂行することを条件に、ランズデイルを知っていると答えました。私が仕事をしたことがあるルイス・ヴァンデリアスという資本家とランズデイルがつながっていること、ヴァンデリアスは、仲介役のような形でガーナーを使っていて、二人で私のオフィスに来たことがあること、さらには、ヴァンデリアスとランズデイルが南米開発に関する大きな金融取引にとても興味を持っていることを、シンプソンに教えたんです。その取引がうまくいけば、ガーナーと私がある程度の報酬をもらえることも話しました。それを聞いたシンプソンが、ランズデイルが関わっているせいで、その取引の行方は危うくなっていると思う、と言いだしたので私は驚きました。

そしてシンプソンは、そう考える根拠を話しだしました。その日の午後、マーチモント弁護士から、前の晩にシティの夕食会で偶然ランズデイルに会って、すぐにそれが、二十五年前、大勢の人の金を横領してクレイミンスターから姿を消し、警察の捜索からまんまと逃れた株式仲買人のランドだと気づいた、と聞かされたと言うんです。マーチモント弁護士は、どうすべきかシンプソンに相談したんです。シンプソンによれば、彼はランズデイルがロンドンにいることをクレイミンスター警察に知らせようと考えていたようです。けれども、その晩、ランズデイルがベッドフォード・ロウに会いに来ることになっているので、話を聞いたあとでどうするか決めるつもりだと言ったそうです。

そのときはシンプソンに黙っていたのですが、私はもちろん、ランズデイルとマーチモントが夕食会で出会ったことをすでに知っていました。ランズデイルがその日の午後、ヴァンデリアスとガーナーと私に知らせてきたからです。でも、マーチモントがその件をそんなに深刻に捉えているとなると、私の利益に関わる問題なので、さすがに慌てました。それで、正直にシンプソンにそう言ったんです。するとシンプソンがある提案をしました——あのとき、それに耳を貸さなければよかった！　彼は、個人的な理由から、クレイミンスターの件について詳しく知りたいと思っていて、マーチモントとランズデイルの話し合いがどうなるか確認したいのだと言いました。ベッドフォード・ロウのマーチモントのオフィスは隅から隅まで把握していて、いつでも裏口から入れるし、彼の私室の様子を聞くだけではなく、実際に見る方法も知っているから、これから一緒に行って二人の会話を盗み聞きしようじゃないかと持ちかけてきたんです。

その誘いに同意したのが、ばかでした！　私たちは七時十五分頃カフェ・ボローニャを出て、シンプソンに連れられるままベッドフォード・ロウのオフィスの裏へ行き、靴を脱いで裏階段を上ると、マーチモントの部屋の隣室に入りました。部屋には本や書類をしまってある大きな戸棚があって、隣の部屋のほうにも扉がついているんです。その扉の上部に穴が開いていて、そこから部屋の様子を容易に見ることができました。

戸棚に入ったときには隣室に人影はありませんでしたが、明かりはついていました。ほどなく、たぶん七時半頃でしょうか、足音と声が聞こえて、マーチモントがランズデイルを伴って部屋に入ってきました。そのあとの出来事は、ランズデイルが死因審問で証言したとおりです。マーチモントの態度はひどく高圧的で、明らかに先入観を抱いていると見えて、ランズデイルの釈明を頭から聞き入れようとしませんでした。私たちは、その様子をすべて聞いていました。ランズデイルが検死官に言ったことは事実です。彼が銀行券を置いて部屋を出ていくのを、この目で見ました。死因審問での彼の証言は一言一句、真実だったんです」

クレンチは、そこで一呼吸おいた。彼の様子から、話が重要な点に差しかかっているのがわかった。共感してもらえるかどうかは、もはや関係ないようで、ただ事実を明らかにしたいと願っているように見える。

「つまり、ランズデイルは確かにマーチモント弁護士の机の上に銀行券を置いて出ていったんです。戻ってこい、というマーチモントの声にも、振り返ることはしませんでした。彼の言動に腹を立てて、足早に立ち去ったんです。ランズデイルが本当に帰ってしまったことを確認すると、マーチモントは何かぶつぶつと呟きながら、しばらく部屋を歩きまわっていましたが、やがて金庫を開けて銀行券を入れると、施錠して鍵をポケットに入れました。そして少し考えてから机の前に座り、短い手紙を書いて切手を貼ったかと思うと、コートと帽子を身に着けて、手紙を手に出ていきました。彼がいなくなると同時に、私もそこから出たいと思いました――見つかるのではないかと怖かったんです。ところが、シンプソンは動こうとしません。マーチモントは目と鼻の先の角にあるポストまで手紙を投函しに行っただけで、すぐ戻ってくると言うんです。それから、おそらく夕食に出かけるか、上階のリビングに行くだろうと言うので、そのあとで出ていくことにして戸棚の中で声をひそめて待っていました。そうしたら数分後、突然、銃声がしたんです！

銃声を聞いた直後、シンプソンはマーチモントの部屋側の扉を蹴破りました。私たちが入った部屋のほうの扉に鍵が刺さったままでしたから、そちら側は施錠されていたんだと思います。部屋に入ると、すぐにシンプソンは階段へ続くドアのほうへ走りました。マーチモントが手紙を持って出ていったドアです。でも私は、窓に駆け寄りました。高さのある細い窓が二つあって、私は左側の窓のブラインドを押し開けたんです。すると、ちょうどマーチモントのオフィスの入り口から斜《はす》向かいの方向へ走っていく人影が見えました――女の人影です！」

それまで、話の邪魔をしないように静かにしていたリチャードだったが、驚きのあまり思わず声を上げた。

「女だって？」

「確かに女でした。暗闇の中でも、細身で背の高い、動きの素早い女だというのはわかりました。走るのも速くて、あっという間に角を曲がってレッドライオン街《ストリート》のほうへ姿を消したんです。それから私は、窓から離れてシンプソンのあとを追いました。彼は下の踊り場に倒れて死んでいるマーチモントさんの上に屈み込んでいて、私が駆け下りていくとこっちを見上げて『ランズデイルの仕業だ！』と言いました。それに対して私は、窓から見たことは言わないでおこうと思ったんです」

「なぜだ」リヴァーズエッジが、たたみかけるように訊いた。

「うまく言えません。なにしろ、瞬時に考えなければならなかったんです。ぐずぐずしている暇はありませんでした。だから、細かなことはどうでもいい気がしたんだと思います。私にとって大事なのは、明白な事実だけだったのです。遺体の傍らで少しのあいだシンプソンと小声で相談しました。といっても、たいした話はしていません。そして、シンプソンが遺体のポケットから鍵を出し、私たちは上の部屋へ戻りました。シンプソンは金庫を開けて札束を取り出しました。実は私も同じことを考えていました。ランズデイルが殺人事件のことを耳にしたら――たとえ彼が犯人でないとしても――マーチモントのオフィスにいたことを知られるのを恐れて、そこに残していった銀行券については黙っているだろう、と。シンプソンは札束をポケットに押し込んで鍵を元の場所にしまい、明かりを消して、裏から外に出ました。ベッドフォード・ロウを離れるとすぐにシンプソンとは別れたのですが、その夜遅くに、もう一度会いました」

「どこでだ」と、リヴァーズエッジが尋ねた。

「キャムデンタウンにあるシンプソンの家の近くです――私も、その界隈に住んでいるもので。いろいろと話し合った結果、銀行券を二人で分け合うことにしました。ランズデイルが銀行券のことを他人に話すとは、二人とも少しも考えていなかったんです。万が一、喋ったとしても、マーチモントを殺した犯人が盗んだことになるだろうから、われわれに疑いがかかることはないと思いました。問題は、どうやって銀行券を処分するかということでしたが、知恵を絞って、疑われずに換金する方法を思いつきました。どう考えても、そう簡単に尻尾はつかまれないはずだという自信がありました」

クレンチの供述のあいだ、リヴァーズエッジは注意深く彼を見つめていたが、後半になると、そのまなざしが鋭さを増した。

「この話をするのに、どうしてリチャードさんに同席してもらいたいと思ったんだ」と、リヴァーズエッジは唐突に訊いた。

「窓から目撃したことのためです」と、クレンチは答えた。

「道を渡っていった女のことか」

「そうです――女です！　あの女を捜してください！　ヘンリー・マーチモントの殺害に関して、私はみなさんと同じように無実です。犯人は、あの女です！」

「それにしても――なぜ、それをリチャードさんに聞いてもらいたかったんだ」

「それは」と、クレンチは言った。「リチャードさんは、その女の正体を知っているんじゃないかと思うからです！」

第二十四章　バーナード街《ストリート》の下宿屋

　クレンチをじっと見守っていた三人の男たちは、彼が供述のあいだじゅう、ほぼリチャードに向かって話していることに気づいていた。まるで、不測の事態から逃れる一縷《いちる》の望みを、リチャードに託しているかのようだった。すると急にクレンチは、その場にいる刑事たちが目に入っていないとでもいうように、哀願するような顔でリチャードを見た。

「マーチモントさん！　あの日の朝、あなたの叔父さんに会いに来た女たちがいたでしょう――彼が死んだ日です。私は神に誓って犯人じゃない！　あなたは彼女たちに会った――彼女たちを知っているはずです！　オフィスの外で叔父さんがあなたに二人を紹介するのを、シンプソンが見ていました。マーチモントさん！――逃げていった女は――私が窓から目撃した女は――あの二人のうちの一人です！　そこにいるリヴァーズエッジは、私とシンプソンを殺人罪で起訴するつもりです！――私にはわかる！――マーチモントさん、あなたはあの女たちを知っている。お願いですから、あの場から逃げていった女を見つけてください。私を殺人犯にしないでほしい！――マーチモントさん――」

　リヴァーズエッジが、リチャードに助け舟を出した。

「いいかげんにしろ、クレンチ！　私が何を考えているか、お前にわかるもんか。その女のことはすぐに捜査してやるから、心配するな。それより、ほかのことを訊きたい。お前とシンプソンは、ガーナーとどういう関係なんだ。ワッピングのホテルで、やつと何をしていた」

クレンチは、過去の困惑を思い出したようだった。

「ガーナー！」と、吐き出すように言った。「あいつは、私を支配下に置きました──私とシンプソンの両方をです。先日の死因審問で、ランズデイルが二万ポンドの銀行券のことを証言したあと、ガーナーは、シンプソンと私がその金を持っているんだろうと責め立てました。審問の場にいて証言を聞いたガーナーは、頭をはたらかせて嗅ぎつけたんです。審問のあと、こっそり会っていた私とシンプソンのところへ現れて、二万ポンドの件を持ち出して脅してきました。私たちは、黙って従うしかありませんでした。ランズデイルとヴァンデリアスの取引で金を手に入れ、直ちに外国に行って自分でかき集めた金で金融ゲームをやろうと企んでいたガーナーは、当然、われわれからも金を巻き上げようとしました。脅迫です！　それ以外の何物でもない！　われわれは屈するしかなかった──ガーナーは危険な男でした。その頃には、五百ポンドの銀行券は、ほとんど換金できていたんですが、彼はそれをすべて渡せと要求してきたんです。それをのむしか、彼を黙らせる方法はありませんでした。ゆうべ、私たちはワッピングのあのホテルにいるガーナーに金を届けに行ったんです。彼は早朝、オランダのどこかの港へ行く船に乗る予定でした。そこからフランスを経由して──フランスのどの港だったかは忘れましたが──南米行きの船に乗り換えるつもりだったんです」

「ガーナーには、どのくらい渡したんだ」と、リヴァーズエッジが訊いた。

「三分の一です」と、クレンチは答えた。「だいたい六千七百ポンドくらいです。それ以外にも金を手に入れていました。それは──われわれも同じですが」

「ガーナーとお前は、ヴァンデリアスとランズデイルが行っていた例の取引で、いくらもらったんだ」

「五千ポンドずつ、現金でもらいました。ランズデイルと書類に署名し終えたヴァンデリアスが、すぐに小切手を切って、われわれの取り分を支払ってくれたんです。それは紛れもなく私の金です――警察には渡さない！」

「その取引で、ヴァンデリアスがいくら手にしたか知ってるか。知っているなら話せ！」

「知りません。大金なのは確かです。われわれがもらったのとは比較にならない金額のはずです」

「それと――よく考えて答えてほしいんだが――もしも、何らかの手違いがあって取引が中止になったら、ヴァンデリアスはその大金をすべて失ったかもしれないのか」

「それはあり得ます――ええ、そうなったかもしれません。いや、きっとそうだったでしょう」

「ということは、ランズデイルについて余計な噂を流さないようにマーチモント弁護士の口をふさぐのは、彼の利益につながることだったわけだな」

「もちろんです！」と、クレンチは勢い込んで答えた。「ランズデイルが私のオフィスで、私たち三人――ヴァンデリアスとガーナーと私――にマーチモント弁護士との不運な再会のことを報告したとき、ヴァンデリアスは、何がなんでもヘンリー・マーチモントには黙っていてもらわなければならない、と言ったんです――どんなことをしても、と！　取引が完了するまで悪い噂を流されてはまずいというのが全員一致した意見で、嘘つきの横領犯ではないことを、なんとしても自分でマーチモントに納得させるよう、ランズデイルをせっつきました」

「つまり、ヴァンデリアスの巨額な利益と、それよりは少ないにしても五千ポンドものガーナーの取り分は、マーチモント弁護士が黙っているかどうかにかかっていたってことだな」

「ええ、そうです！」

「いいだろう」リヴァーズエッジは、さらに続けた。「じゃあ、これはどうだ――お前は、一度もヴァンデリアスとガーナーを疑ったことはないのか」

「ありません――だって、逃げていく女を窓から目撃したんですから」

「その女は、なぜマーチモント弁護士を撃つ必要があったんだ」

クレンチは首を振った。

「わかりません。私に言えるのは、女がマーチモント弁護士のオフィスのほうから道を渡って走り去ったということだけです」

「では、質問を変えよう」と言って少し間をおいたリヴァーズエッジと、傍らにいる二人の顔を、クレンチは不安そうに見つめた。「銃声がしたとき、お前はシンプソンと一緒だったと言ったな」

「はい。一緒に戸棚の中にいました」

「シンプソンは真っすぐ階下に下りて、お前は部屋の窓に駆け寄ったんだったな」

「そうです」

「シンプソンは、周囲を物色しなかったか？　階段に接しているほかの部屋とか、踊り場とか……」

「いいえ。マーチモント弁護士のポケットから金庫の鍵を出した以外、何もしていません。銀行券をねこばばして分けようと言いだしたのは、シンプソンです。誓って、私じゃありません！　あんな誘いに耳を貸すんじゃなかった！　何度も言いますが、殺人については知りません――私は殺していない――」

「お前に殺人の容疑はかかっていないさ」クレンチの言葉を遮るように、リヴァーズエッジが言った。

なるがな」

「今のところ、罪状は確定していない。だが、マーチモント弁護士が殺された夜、ベッドフォード・ロウのオフィスから盗まれた金を持っていたわけだから、事実がはっきりするまでは拘留することになるがな」

「殺人事件のことは知りません！」と、クレンチは繰り返した。

クレンチが連れ出されると、その場に残った三人は顔を見合わせた。

「リヴァーズエッジ、どう思う？」と、警部が訊いた。「クレンチは本当のことを話していると思うか」

「ええ、事実でしょう」と、リヴァーズエッジは答えた。「普段なら信用できる男じゃありませんが、今回は真実を語っていると思います。やつは怯えきってる――中央刑事裁判所の被告席と絞首台が目の前に迫っているんです。どう見ても、クレンチとシンプソンが殺人罪で有罪判決を受ける確率は高い。クレンチ本人が言ったとおり、やつらはその場にいたんですからね。二人の無実を証明できる人間がいると思いますか」

「その点について言わせてもらえば」と、警部は冷ややかに言った。「そもそも、あの二人は無実などではない。クレンチの供述は信用できん！――やつとシンプソンが金を奪ったのと、盗み聞きしていたという話以外はな。ある時点までは事実を述べていたと思う。マーチモント弁護士とランズデイルの話を立ち聞きして、ランズデイルが金を置いて立ち去り、マーチモントさんが手紙を投函しに出ていくのを見たというところまでは本当だろう。だが、そこからが違う！　そこから、クレンチは嘘をついているんだ。やつらのどちらか、あるいは二人で共謀して、マーチモントさんが戻ってくるのを待ち伏せて撃ち殺したんだよ。二万ポンドのためにな」

「誰でもそう思うでしょうね」と、リヴァーズエッジは言った。「しかし——私は、そうは思いません」

彼はリチャードに向き直った。「マーチモントさん、警部は、われわれが把握していることをすべて知っているわけではありません。クレンチは、通りを走って逃げる女を見たと供述しましたよね。それについてですが」と言いながら、警部のほうに首を戻した。「マーチモントさんと私は、ランズデイルを殺したいほど憎んでいる、かなり頭のイカれた女を知っています。コーラ・サンダースウェイトというんですが、自分と家族や、町の住民が、ランズデイルのせいで経済的な打撃を受けたと思い込んでいるんです。マーチモントさんと私は、彼女が当時のことについてわめきちらしているのを目撃しました。すべてランズデイルのせいだと言って、聞く耳を持たないんです。クレンチが話していた女の風体は、彼女と一致します。やつの話を聞きながら、私はこう考えました。コーラ・サンダースウェイトは、マーチモント弁護士からランズデイルがあの晩、ベッドフォード・ロウのオフィスに来ることを聞いて、直接会って復讐しようと現場に行き、ランズデイルと間違えてマーチモント弁護士を撃ってしまったんじゃないでしょうか。二人は、薄明かりの中だと見間違えるほど容姿や体格がよく似ていていました。これまでにわかったことをつなぎ合わせると妥当な推理だという気がするんですが——マーチモントさん、どう思います?」

「大いにあり得ると思います」と、リチャードは答えた。「クレンチの話と僕の知っている事実を突き合わせると、僕自身、そういう結論に至ります。実は——」ポケットから封筒を取り出して続けた。「もしかすると、これが、その推理の裏づけになるかもしれません——今の話に本当に関係があればですが。これは今日の夕方、あなたから電話をもらう少し前に、うちの郵便受けに入っていた匿名の手紙です。捜査の役に立てばと思って持ってきました。匿名で住所も書かれていませんが、今日の午後に南西地区で投函されたようです。文字からすると書いたのは年配の男性で、どうも偽りはないように思えるんです。読んでみますね」

リチャードは封筒から便箋を出して広げ、読み始めた。

「リチャード・マーチモント様

あなたがランズデイルことランドをご存じで、彼の娘さんに関心をお持ちだと信じて、思いきってペンを執りました。もし、父娘を悲しみとトラブルから救いたいとお思いなら、ぜひとも彼に今すぐイギリスから去るよう助言してください。彼は、命を狙われています。外出するのは危険ですし、一緒に外を出歩けば、娘さんにも危険が及びます。そこのところを汲み取って、できるだけ早く出国するよう説得してください。関係者の誰にとっても、早ければ早いに越したことはありません。

事情を知る者より」

リチャードが手渡した手紙をリヴァーズエッジは読み直した。

「マーチモントさん、きっと、犯人はコーラ・サンダースウェイトですよ！　おそらく、この手紙は家族の誰かからだ――きっと兄か姉でしょう。あるいは、二人で協力したのかもしれない。いずれにしろ、これを書いた人間は、頭のおかしくなったコーラが、いまだにランズデイルを襲う気なのを知っているんです。私なら、この手紙の内容をそう取りますね。もう遅い時間だが、これからバーナード街へ行ってみます。あなたも一緒に来てください」

二人が外の空気を吸ったとき、時計は真夜中の鐘を打っていた。警察署を一歩出たリヴァーズエッジは、思いきり伸びをしてから両手をこすり合わせた。体は疲れていても、まだやることがある、という意気込みが無意識にしぐさに表れていた。

「今夜は、まさに目まぐるしい展開です！」と、リヴァーズエッジは言った。「しかし、事件解決に向かって進んでいるのは確かです。もちろん、解明しなければならないことはまだたくさんありますし、不可解な点もいくつか残っていますがね。今、気になっているのは、あの晩、ランズデイルが出ていったあと、ヘンリーさんが誰に手紙を書いたのかということです。クレンチの話が本当だとしたら、ヘンリーさんが投函しに行った手紙が重要な意味を持つかもしれません。ランズデイルとの面会が関係していたんでしょうかね」

「そう考えていいんじゃないでしょうか――クレンチの話では、ランズデイルが帰ったあとすぐに書いたそうですから」

「やっぱり、そうですよね！　最初は警察へ通報する手紙かと思ったんですが、それはあり得ません。それなら、すでに私の耳に入っているはずですから。まあ、誰に宛てた手紙にしろ、ランズデイルにまつわる事柄に関する内容に違いない。ランズデイルが去った直後に、ほかのことで手紙を書くとは思えませんからね」

「確かに、その点は不可解な謎ですね」と、リチャードは言った。「でも、コーラ・サンダースウェイトについては、どうするつもりなんです？　容疑者として有力になってきましたけど、僕から言わせれば、彼女は頭のおかしくなった哀れな女性としか思えません」

「半分おかしくなった、というのが正しいでしょう。だから余計に危険なんです。確かなことはまだ言えません。とにかく、彼女の肉親である兄姉が何と言うかを聞かなければ。話はそれからです。ですが、コーラの容疑はかなり濃くなっていると言っていいでしょう。そう思う根拠もあります」

「それは、どういう？」と、リチャードは尋ねた。

「実はですね、身内のあなたには言いにくいんですが、叔父さんを殺した銃弾を見たんですよ。検死のあとで医師が見せてくれたんです。その弾は、近頃の銃器から発射されたものではありませんでした——つまり、最新の銃ではないということです。三十年くらい前に製造されたリボルバーのものだったんです。田舎から出てきたサンダースウェイト家のような家族なら、そういう銃を持っていてもおかしくないとは思いませんか。でも、もう彼らの家に着きましたよ。真っ暗だな。こんな時間じゃ仕方がないが、ここは下宿屋だから、かまわんでしょう。きっと誰か起きてますよ」

結局、出てきたのは、着古したガウンを羽織り、ランプを手にしたライオネル・サンダースウェイトだった。リチャードとリヴァーズエッジを見ても、驚いた様子はない。彼のあとについて玄関に入ると、リヴァーズエッジは、いきなり本題を切りだした。

「サンダースウェイトさん、驚かすつもりはないんですが、妹のコーラさんは今どちらですか」

ライオネルは、半ば当惑した表情で頭を振った。

「わかりません。コーラは、家を出ていったんです！」

第二十五章　死者からの手紙

そう言ったあと、ライオネルはリヴァーズエッジを迎え入れるように脇へ一歩下がり、それを受けてリヴァーズエッジとリチャードは玄関ホールの中へ歩を進めた。そこへ、ミセス・マンシターが階段を下りてきた。兄同様、起き抜けのようだ。

「何かあったんですか」リヴァーズエッジの顔を覗き込むようにして、心配そうに尋ねた。「もしかして――」

「ご心配なく」リヴァーズエッジは一歩進み出て言った。「私とリチャードさんのことはご存じですね。あなたとお兄さんに、少しだけお話を伺えますか」

ライオネルは、ランズデイルに対する奇妙なまでのコーラの激しい怒りをリチャードが目の当たりにした部屋へ一同を案内し、ガス燈を灯した。ミセス・マンシターの後ろから部屋へ入ったリチャードたちは、安心させようとしたリヴァーズエッジの言葉を聞いてもなお、彼女が疑念を拭えずにいるのを、暗がりの中でもはっきり感じた。

「こんな時間にいらっしゃるなんて、絶対に何かあったからでしょう。もう真夜中すぎですよ！　ひょっとして妹が――」

「お兄さんに聞いたんですが、妹さんはこちらにいらっしゃらないそうですね」と、リヴァーズエッジが最後まで言わせずに遮った。「彼女に訊きたいことがあったんですが、代わりにあなたにお答えいただきましょうか――」

ミセス・マンシターは落ち着かない態度を見せた。動揺し、不安に駆られているのは明らかだった。リチャードたちを一心に見つめている。それはライオネルも同じだった。

「コーラには困っているんです」と、やがて彼女は言った。「今回の事件が起きて以来、様子がおかしくなってしまって。そして数日前――一週間近くになりますけど――突然、家出してしまったんです。どこにいるのか、私たちは知りません」

リヴァーズエッジは、リチャードに目をやって言った。

「ですが、マーチモントさんが昨日、いや、正確にはもう一昨日になりますが、彼女を見かけています。死因審問で彼に話しかけてきたそうなんです」

「男性と一緒でした」リチャードは連れの男の人相を説明した。「隣同士で座っていて、二人連れだって帰っていきました」

ミセス・マンシターは兄に目をやった。

「ライニー、きっとアップルビーさんよ！　コーラは、アップルビー夫妻のところへ行ったんだわ」

「アップルビー夫妻というのは、誰なんです？」と、リヴァーズエッジは訊いた。

「私たち家族の古くからの友人で、今はクラッパムに住んでいます」と、ミセス・マンシターが答えた。「昔は、私たちと同じようにクレイミンスターの住民でした。ランドの事件で大金を失った人たちです。あのお宅にいるなら安心だわ。でもアップルビーさんは、どうして私たちに知らせてくれないのかしら」

「アップルビー夫妻のお住まいはご存じなんですね」と、リヴァーズエッジが確認した。「住所を教えていただけますか」

「ええ、もちろんです。でも、まさか今夜いらしたりしませんよね。コーラは今、おかしな状態なんです——心配で仕方ありません。ヘンリーさんが私とあの子に連絡をしてきて、ランドがランズデイルという名で帰国していると教えられてから、変なんです。きっと動揺したんでしょう」

「このあいだいらっしゃったときに、理由は説明しましたよね」と、ライオネルが言った。

「覚えています」と応えて少し間をおいてから、リヴァーズエッジは言葉を継いだ。「余計な心配をおかけしたくはないのですが、どうしても調べなければならないことがありましてね。実は、ヘンリー・マーチモントさんがオフィスの階段で撃たれたのとほぼ同時刻に、妹さんと似た女性が、オフィスの入り口辺りから外の通りを渡るのを目撃されています。あの晩のその時刻、妹さんが外出したかどうかご存じありませんか」

兄妹は驚いたように顔を見合わせた。

「わかりません」しばらくして、ミセス・マンシターが口を開いた。「その点については、なんとも言えないんです。外出していたかもしれません——コーラは勝手なところがあって、気ままに出かけては歩きまわることがよくありました。でも、その夜はどうだったか——ああ、全然思い出せませんわ！」

「私もです」と、ライオネルが言った。「あの晩のコーラの行動については覚えていないんです。目撃された女性がコーラかもしれないと思われる理由は何ですか」

「身体的特徴が一致するんですよ。だから、妹さんはランズデイルに会うために、あそこへ行ったのかもしれないと思いましてね。彼女は――はっきり言って――ランズデイルが帰国したと聞いてから、彼のことに取り憑かれていたんですよね」

ミセス・マンシターは大きくため息をついた。

「あの朝、ヘンリーさんが私たちを呼び出さないでくれればよかったのに！　そのせいで、私が忘れたかった過去の出来事がよみがえってしまたんです。おかげでコーラも動揺して――そのあとすぐに、殺人事件の知らせを聞いたんですもの。あの子は――コーラはきっと、ランズデイルが犯人だと思い込んだんだわ。でも――」

ミセス・マンシターは言いよどみ、そのあとをどう続けたらいいかわからないという表情で、リヴァーズエッジとリチャードの顔を交互に見た。

「あなたは、そうは思っていないんですね」と、リヴァーズエッジが水を向けた。

「実は、ヘンリーさんにお会いした翌朝、彼から手紙をもらったんです」と、ミセス・マンシターは話しだした。「それを読んでから、ランズデイルが犯人だとは思えなくなりました」

「手紙ですって?」リヴァーズエッジの声が大きくなり、ほかの二人にわからないように、そっと肘でリチャードをつついた。「あなたがたがベッドフォード・ロウに出向いた、翌日の朝だったんですね?　それで、ランズデイルが無実だと思った文面の内容は、どういうものだったんですか」

ミセス・マンシターは立ち上がると古い書き物机へ行き、引き出しの鍵を開けて、取り出した手紙をリヴァーズエッジに手渡した。

「この手紙です。それを読んだあと、しまっておいたんです。受け取った直後にベッドフォード・ロウの事件のことを知ったので、ヘンリーさんが亡くなってしまったからには、会いに行っても無駄だと思って。いろいろ判明したら、彼が話そうとしていた内容の詳細が報じられるかもしれないと思ったんですが、いまだに何も報道されていません」

座っている目の前のテーブルにリヴァーズエッジが便箋を広げ、彼とリチャードはその上に屈み込むようにして文面に目を通した。急いで書いたとみえて字は汚かったが、リチャードには、その肉太の筆跡が叔父のものだとすぐにわかった。

「西中央郵便区、ベッドフォード・ロウ一八七番地
火曜日、夜

ミセス・マンシター様

今朝お話ししたとおり、ランズデイルは今夜ここへやってきました。クレイミンスターの件に関して私が彼に下していた判断がはたして間違っていなかったのか、誤った情報を聞かされていたのではなかったのか、今、自信がなくなっています。ですが、真偽のほどはともかく、ランズデイルはあの件で苦境に立たされた人たちに何かしたいと申し出て、私からその人たちに渡してほしいと、相当な金額を置いていきました。そのことでお話がしたいので、明日の午前中にもう一度いらしていただけないでしょうか。当時、クレイミンスターで大金を失った人の中でご存命の方をご存じなら、お名前をリストアップしてください。

よろしくお願いいたします。

ヘンリー・マーチモント」

「これは、クレンチが言っていた手紙ですね」と、リヴァーズエッジはリチャードに耳打ちした。「自分で投函しに行ったという、例の手紙に違いありません。こいつは重要な発見だ。ミセス・マンシター！」と、声を大きくして続けた。「ぜひ、この手紙を貸してください。大変役に立つ代物です。もっと早く教えていただきたかった！」

「どうしていいか、わからなかったんです」と、ミセス・マンシターは応えた。「ええ、どうぞお持ちください。でも――本当にヘンリーさんがおっしゃっていた、みんなに配るお金はあったんでしょうか」

「金は見つかると思いますよ」と請け合って、リヴァーズエッジは手紙を慎重に手帳に挟むと立ち上がった。「アップルビーさんの住所を教えていただければ、これで失礼します」

「もちろん、お教えしますけど、明日の朝、私たちも伺おうと思います。住所は、クラッパムコモン五九一番地――ノース・サイドです」

人っ子一人いなくなった通りに戻ってきたリヴァーズエッジは、興奮ぎみにリチャードに話しかけた。

「この事件の手がかりとして、この手紙は最も重要かもしれませんよ、マーチモントさん！　幸運を掘り当てたと言っていい。金についてのランズデイルの話を裏づけるものです。銀行券に関するランズデイルの証言を聞いたときの検死官の言葉を覚えていますか。彼が銀行から引き出したことを証明するのはたやすいが、それをマーチモント弁護士に渡したという証拠はない、と。ところが、ついにその証拠が出たんです！　正確な金額の記載はありませんが、大金だと書かれています。金の流れが、これではっきりしました。ランズデイルが銀行から引き出した銀行券がヘンリーさんの手に渡り、そのうちのいくらかをガーナー、クレンチ、シンプソンが持っていた。素晴らしい発見ですよ、この手紙は！」

「それって、大きな問題を解決する手助けになるんですか」と、リチャードは訊いた。「叔父を撃ち殺したのは誰なんです？　僕が知りたいのは、そこなんです！」

「こういう事件を解決に導くには、小さな事実が大事なんです」と、リヴァーズエッジは答えた。「往々にして、初めは、さしてどうでもいいように思えたことが、結果的に大いに役に立つことがあるんですよ。問題は、この事件の動機です。ヘンリーさんは、二万ポンドのために殺害されたのか、ランズデイルの過去を暴露しないよう口封じされたのか、それとも……ランズデイルと間違えられて殺されたのか――」

「最後の動機なら、犯人はコーラ・サンダースウェイトってことですよね」

「そうかもしれません」と、リヴァーズエッジは頷いた。「そうだったとしても驚かない。とにかく、朝になったらもう一度クレンチに話を聞いて、できればシンプソンとも話してから、クラッパムへ行ってきます。明日の朝は何か用事がありますか」

「ありません」

「でしたら、私が連絡するまで家で待機していてください。電話をしますから、どこかで落ち合いましょう。きっと新たな報告ができると思いますよ。でも、今は家に帰ります――もう、くたくただ！」

リチャードも疲れていた。夜中までいろいろな出来事が続いて興奮していたにもかかわらず、すぐに朝まで死んだように眠って、朝食の席に着いたのは十一時近かった。そこへ、スカーフに案内されてリヴァーズエッジが入ってきた。ひと目で、何か話したいことがあってうずうずしているのがわかった。

「朝食は結構ですよ、マーチモントさん」と、さっそくリヴァーズエッジのほうから切りだした。

「とっくに済ませました。で、そのあと、実にいいことがあったんです！　新たな報告ができるとお約束しましたが、これほどいい知らせになるとは思いませんでした」

「それで？」リチャードは安楽椅子を勧め、煙草の入った箱をリヴァーズエッジのほうへ押しやった。

「重要なことなんですか」

「ええ――しかも、予想外の内容です」リヴァーズエッジは興奮ぎみに言った。「ゆっくり召し上がってください。そのあいだにお話ししますから。朝食後、昨夜捕らえた二人に会いに行ったんです。署に着いたとたん、シンプソンが私に面会したがっていると聞かされて、もちろんすぐに会いました。シンプソンは、一晩じっくり考えたんでしょうね。やつは、なかなかの曲者《くせもの》ですよ――ずうずうしくて、平気でしらばくれるし、不安に直面しても事実を冷静に分析する――決して、クレンチのように臆病者じゃない。私が入っていくと、クレンチと自分はマーチモント弁護士の殺害容疑に問われるのか、と単刀直入に訊いてきたので、昨夜クレンチに話したのと同じ答えを返しました。シンプソンは、逮捕時に所持していた現金と証券は自分の合法な私有財産だと主張し、それには私も同意しました。すると、クレンチは供述をしたのか、したとすれば、どういう内容だったかを知りたがったんです。私はいろいろ考えた結果、クレンチは知っていることやシンプソンとしたことを洗いざらい喋って——といっても、本人がそう言ったにすぎませんが——署名した、と教えました。案の定、シンプソンはその書面を見たがりました。私は調子を合わせ、コピーを取りに行って、それをやつに読ませたんです。あの男は冷静沈着極まりない！　まばたきもせず、眉一つ動かさずに、クレンチの供述書を三回読んで突き返すと、落ち着き払ってこう言いました。『ええ、リヴァーズエッジ刑事、クレンチと私が共謀してやった行為に関してはそのとおりです。ですが、私はそれ以上のことを知っている。それをお話ししましょう。私の立場を有利にするために話すんです。ヘンリー・マーチモントが死んだあと、彼の金庫から金を持ち去ったことを否定しても、もう無駄なようだ。その点については、運悪く発覚してしまった——でも殺人容疑をかけられるのは、クレンチ以上にご免です。だから供述するんです。それも、クレンチの補足じゃありませんよ。別の内容だ——それを聞けば、警察は真犯人にたどり着く大きな手がかりを得ることになる。それでも真犯人を逮捕できないとしたら、自分の無能さを嘆くんですね』ってね。その言葉で、私は耳を傾ける気になりました。だから、『いいか、シンプソン！　今はまだ非公式の会話だ。自分のいる場所がどこなのか、どういう立場にあるのか、わかってるだろう——お前に言わせれば、運が悪い、ってことだ。だが、マーチモント弁護士の殺害に関しては無実だと言うわけだな。供述をするとなると、公式なものになる。その前に、誰が彼を殺したか、お前には確たる考えがあるのか』と訊くと、やつは例の冷ややかなせせら笑いをして、『もちろんですよ。ずっと考えている人物がいます——絶対、あいつだ』と答えたんです。『それは誰だ』と、私は勢い込んで尋ねました。あなたに知らせる情報が手に入るかもしれないと期待しながらね。するとやつは、また笑いながら言ったんです。『そりゃあ、もちろん——ヴァンデリアスですよ！』ってね」

リヴァーズエッジは、一息ついてリチャードに目をやった。リチャードはナイフとフォークを皿に置き、呆気に取られたように口を開けて話に聞き入っている。それを見て、リヴァーズエッジはほくそ笑んだ。

「そうです！」と、彼は言った。「私も、まさに同じ気持ちでした。座ったまま、やつの顔を凝視しましたよ。あなたも知っていると思いますが、私はヴァンデリアスにも疑いを抱いていましたからね。だが、シンプソンが冷笑を浮かべてその話をするまで、霧に包まれたように核心に近づけなかった。しばらく言葉が出なかったんですが、やっとのことで、『本当にそう思うのか』と訊くと、『今、そう言ったじゃないですか』と言い返しましてね。『しかし——証拠は！』と迫ったら、シンプソンは、またもやせせら笑って、『私の供述を取ればいい。そうすれば、わかりますよ』と言うじゃありませんか。ですから、きちんとした供述を取って署名をさせ、そのコピーを持ってきました。これがそうです。今、読みますね」

そう言いながら、リヴァーズエッジはポケットから封筒を取り出したのだった。

第二十六章　名刺

リヴァーズエッジはリチャードが朝食を食べているテーブルに椅子を引き寄せ、皿を押しやって細かい文字が書かれた書類を広げると、指で叩いた。

「これは」と、意味ありげに言った。「私の考えでは、この事件で最も重要なものだと思うんです。昨夜、クレンチの供述を信じたと言いましたが、この供述も同じように信じました。シンプソンもクレンチも、期せずして罠《わな》にはめられ、逮捕されたのは単に運が悪かったのだと考えていて、ここは諦めて自白し、真実を告白することで、なんとか自分たちの悪行の埋め合わせをしようとしているのではないかと思うんです。シンプソンの供述は、不可解だった点をいろいろと説明してくれるんですよ。これから読み上げますから、食べながら聞いてください」

「これは、ベッドフォード・ロウの故ヘンリー・マーチモント弁護士の秘書である私、ヘミングウェイ・シンプソン弁護士が自ら進んで供述し、私自身の要望に従って記録されるものです。

私は、チャンセリー・レーンのダニエル・クレンチ弁護士が、ヘンリー・マーチモントが死んだ晩、彼のオフィスで起きた出来事について語った供述書を読みました。彼の供述はおおむね真実です。ただし、クレンチの知らない事実を私は知っています。その事実について、これからお話しします。

彼の供述にあったとおり、銃声を聞いて、私たちはマーチモント弁護士とランズデイルの会話を盗み聞きしていた戸棚から、マーチモント弁護士の部屋へ飛び出しました。クレンチはすぐさま窓に駆け寄ってベッドフォード・ロウを見下ろし、私は階下へ走りました。するとマーチモント弁護士が、死にかけているか、すでに死んでいる状態で、一階に最も近い踊り場に倒れていました。でも、私の意識は彼のほうに向いてはいませんでした。それよりも気になることがあったからです。マーチモント弁護士の右手のそばに、まるで彼の指から落ちたかのように、リボルバーが転がっていたのです。ひと目見て、それが私の銃であることに気づきました。

そのリボルバーの由来が、事件解決の糸口につながるはずです。二十年ほど前、軍を除隊した私は、ロンドンの下層地域で家賃の回収をしなければなりませんでした。夜になると、特に金曜の夜は、町も裁判所も安全とは程遠く、ごろつきがそこらじゅうにあふれていました。そこで、護身のためにリボルバーを購入し、それを懐に入れて二、三年、家賃回収に当たったのです。一度も使ったことはありませんし、きちんと管理していました。その仕事をせずによくなってからは、マーチモント弁護士のオフィスにある自分の机の引き出しに銃をしまっていました。それ以来、何年ものあいだ、銃は本や書類のあいだに埋もれて手つかずの状態でした。最近になって――マーチモント弁護士が亡くなる一、二日前だと思いますが――たまたま机を整理していて、そのリボルバーを見つけました。そして、家に持ち帰って処分しようと思い、元の引き出しに戻さずに机の上に置いておいたのです。忘れないよう目につく場所に置いたので、よく覚えています。マーチモント弁護士が撃たれた日、銃は確かに私が置いた机の上にありました。

先を続ける前に、この銃について二点、強調させてください。一つは、引き出しから銃を見つけた際、弾が入っているかどうか確認しなかったということです。何年も前にそこにしまったときに、当然、弾は抜いていただろうと思っていたからです。それで、弾を調べずに机の上の目立つ場所に置いたままにしました。二つ目は、銃尻に私のイニシャルであるH・Sと、一九〇一年という年号がしっかり刻まれていたことです。だからこそ、マーチモント弁護士の遺体のそばにあった銃が自分のものであることがわかったのです。夕方五時に確かに私の部屋の机にあった銃が、踊り場の遺体の右側に落ちていたんです。

最初に頭をよぎったのは、そういうタイプには思えませんでしたが、マーチモント弁護士が自殺をしたのではないかということでした。しかし、遺体に触れなくても、それはあり得ないことがわかりました。彼は背後から撃たれていたのです。何があったのか、すぐに察しがつきました。犯人はオフィスに忍び込み――通りに面したドアは、マーチモント弁護士が閉めるまではいつでも開いていましたから――私の部屋でリボルバーを見つけ、ドアの陰に身を隠して、彼が階段を上るのを待っていたんでしょう。私の部屋のドアは左から右に開きます。犯人はドアの陰に隠れて、マーチモント弁護士がその前を通り過ぎ、階段を上がるのを待って、半開きのドアから狙い撃ったのです。そのあとで、遺体の脇に銃を投げ捨てたんだと思います。

あっという間の出来事でした。すぐにクレンチが駆け下りてくる足音が聞こえて、私はとっさに銃を拾い上げてポケットに入れ、クレンチには黙っていました。

マーチモント弁護士の遺体を発見したあとのことに関しては、クレンチの供述どおりです。私がマーチモント弁護士のポケットから金庫の鍵を抜いて、ランズデイルが残していったイングランド銀行の銀行券を奪い、鍵を戻して逃げたのです。

これからが、クレンチの知らない重要な部分です。翌朝、私はいつもの時間に出勤しました。すでにマーチモント弁護士の遺体は発見されていて、警官と警察医とリヴァーズエッジ部長刑事が臨場していました。死因審問でも証言したとおり、リヴァーズエッジが最初にマーチモント弁護士の私室を調べに行き、そのあいだに私は、自分のオフィスへ行きました。

部屋に入って机に近づくやいなや、異変に気づきました。前日の夕方、最近われわれと仕事上の付き合いがある商人でジャッド街《ストリート》に住む老人が代金を払いに来て、私のオフィスで五十三ポンドを受け取ったのですが、驚いたことに、彼は五十三ポンドをすべてソブリン金貨で支払ったのです。近頃では金貨にお目にかかることはめったにないことですから、マーチモント弁護士にも見せてあげようと思い、部屋にある金庫ではなく、机の上に置いてあったキャンバス地のバッグに入れました。ところが、その日の夕方は事務所がとても忙しくて金貨のことをすっかり忘れてしまい、翌朝思い出して、出勤すると同時にバッグのあった机をチェックしに行ってみると、バッグはなくなっていたのです。

それが、その朝の最初の発見でした。二つ目の発見をこれからお話しします。こちらのほうが遥かに重要だと思います。リヴァーズエッジ部長刑事は死因審問で、その朝、マーチモント弁護士の私室を大まかに見て歩いたと証言しましたが、その少しあとで私は一人で部屋に入り、念入りに点検したのです。マーチモント弁護士の机やサイドテーブルの上にあるいろいろなものを端から注意深く見ていくと、彼がいつも名刺の類いを何気なく置いておく、右手の窓脇にある小机の銀のトレイの上に、『ルイス・ヴァンデリアス』と書かれた名刺があるのを見つけました。名刺はどれも前日にもらったもので、午前中のもの、午後のものと順に重なっていて、その名刺がいちばん上にあったことから、ルイス・ヴァンデリアスは殺人のあった晩の五時半から七時半のあいだにマーチモント弁護士を訪ねたのだと結論づけました。

お話しすることとは、以上です。この供述で言及したリボルバーと名刺は、私が個人的に借りているチャンセリー・レーンの貸金庫に保管してあり、金庫の鍵は今ここで警察の方にお渡しします。

ヘミングウェイ・シンプソン」


リヴァーズエッジは、読み終えた書類を元通りに丁寧にたたんで封筒に戻すと、ポケットにしまった。謎めいた微笑みを浮かべてリチャードを見る。

「ほらね！――どうです、マーチモントさん。大きな手がかりでしょう？」

リチャードはすでに朝食を食べ終え、ひどく考え込んだ様子でパイプを吸っていた。

「ヴァンデリアスが真犯人だと思うんですか」と、リチャードは不意に訊いた。

「みんなの話を総合すると、ヴァンデリアスは有力な容疑者ですよ！」と、リヴァーズエッジは答えた。「ヴァンデリアスが、ランズデイルと進めているビジネスを邪魔されるのを恐れていたというのは、何人もが証言しています。そうならないよう、自ら手を下したのかもしれません」

「彼が、たかが五十ポンドを盗むでしょうか」と、リチャードは言った。

「確かに、それはなさそうだが――ヘンリーさんが泥棒か強盗に殺害されたと見せかけるために持ち去ったとも考えられます。そんなのは、ささいなことだ。やつが現場にいたことは名刺が証明しているんですからね」

「それで？」

「次にどうするかということですか――もちろん、ヴァンデリアスを確保して尋問します。やつが今どうしているか、知りませんか」

「僕が？」リチャードは驚いた声を出した。「知るわけありませんよ！」

「ランズデイルと娘さんに会ったんですよね。彼らから、ヴァンデリアスのことを聞いたんじゃありませんか」

「現在の居場所は聞いてません。僕が思うに――」

そのとき、ドアが開いてスカーフが現れ、伏し目がちにリヴァーズエッジを見た。

「お電話です」と、彼は言った。「マーチ警部からです」

「何かあったときのために、警部に行き先を告げておいたんです」と言いながらリヴァーズエッジは立ち上がり、スカーフのあとについて出ていった。「また進展がありましたよ！」しばらくして戻ってくるや、彼は言った。「老紳士が私に会いたいと言って署に来ていて、ベッドフォード・ロウ事件について、ぜひ私と話したい、私以外とは話さない、と言っているんだそうです。私が到着するまで名乗らない、とね。急いで戻らなければなりませんが、あなたも一緒に来ませんか」

リヴァーズエッジとともに警察署の待合室に入るとすぐに、彼らを見て立ち上がった年配の男性が死因審問でコーラ・サンダースウェイトと一緒にいた人物だと気づいたリチャードは、そのことをリヴァーズエッジに耳打ちした。二人が言葉を発する前に、向こうが口を開いた。

「私は、アップルビーといいます」と、唐突に名乗った。「仕事はすでにリタイアしています。今日はリヴァーズエッジ刑事に会いに来ました――あなたが、そうですよね！　だが、そちらの方もお顔は存じ上げています。先日の審問でお見かけしました。昔、クレイミンスターでよく知っていたヘンリーの甥御さんの、リチャードさんですね。こうなったからには正直に言いますが、先日、気の毒なコーラ・サンダースウェイトに関する手紙をリチャードさんに出したのは私です」

いきなりの告白に面食らって言葉が出ないリチャードを見て、リヴァーズエッジがその場をリードし、手振りで老人に椅子を勧めた。

「どうぞ、おかけください、アップルビーさん。それで、私に会いに来られた用件というのは――」

アップルビーは椅子に座ると、派手な色の大きなハンカチを出して顔を拭いた。

「今朝、ミセス・マンシターとライニー・サンダースウェイトがうちに来ました――早朝にです。あなたがたが、真夜中に彼らに会いに行かれたんだそうですね。リチャードさんが見た、死因審問の法廷でコーラと一緒にいた男の風体を聞いて、私だと思ったと言うんです。ええ、そのとおり、あれは私でした。それで、二人はコーラがわが家にいるのではないかと訪ねてきたんです。それもまた彼らの推測どおり、コーラは確かに私の家にいました」

「あまり具合がよくないんじゃありませんか。その、精神的な面で少々――そうなんでしょう?」と、リヴァーズエッジが訊いた。

アップルビーはずんぐりした人差し指を左のこめかみに当て、何度か軽く叩いた。

「時々ですよ!」と、彼は答えた。「言っときますが、いつもじゃありません。ほんの時たま、興奮したり動揺したりしたときだけです。ただ、そうなったときには手に負えなくなってしまう。旧友である私たち夫婦のもとへやってきたかと思うと、一気に悩みを吐き出して、私を死因審問に付き添わせ、面倒を見させられたんです。はっきり言って――辛抱強さが必要でした――それはもう、大変な忍耐が求められました。そして、ここへきて、彼女が癇癪《かんしゃく》を起こしてしまうのではと、本気で心配しているんです。コーラは取り憑かれてしまっているんですよ――昔からずっとです。あのランズデイルにね！　最初はランズデイルに夢中だったんですが、今では、やつの命を欲しがっている！　あなたがた警察がランズデイルを無罪にしようとしていると思い込んでからは、さらにひどくなった。彼女にとって毒薬のような役目を果たしてしまったようです。ええ、そうですとも！」

「彼女は、マーチモント弁護士殺害の罪をランズデイルに着せたがっているんですよね」と、リヴァーズエッジが言った。「アップルビーさん、そうなんでしょう？」

「コーラは、ランズデイルが絞首刑になることを望んでいます」アップルビーは不愛想に答えた。「恨みですよ！　ええ、そうです！　私は、あんなに深い恨みを心に抱いた女性を、生まれてこのかた見たことがありません——一度もね！」

「彼女は、ランズデイルとマーチモント弁護士について何を知っているんですか」と、リヴァーズエッジが尋ねた。「何か知っているんでしょう？」

アップルビーは再び顔を拭った。

「ああ！」と、まるで神託を言い渡すかのように、もったいぶった口調で言った。「実を言うと、コーラ・サンダースウェイトは、その場にいたんです！」

第二十七章　核心を突く

アップルビーの話に耳を傾けていたリチャードとリヴァーズエッジは、思わず顔を見合わせた。二人とも、同じことを考えていたのだ。だが、リヴァーズエッジはすぐにアップルビーに向き直った。

「その場、ですか！　その場というのは、どこのことですか」

「現場ですよ！──ベッドフォード・ロウです」と、アップルビーは答えた。「事件が起きたときです。コーラは、ヘンリーが撃たれた瞬間を目撃したんです！」

リチャードたちは、再び顔を見合わせた。

「今朝は、犯行の核心に迫っている感じがするな」リヴァーズエッジは小さく呟いた。「その話が本当なら、だが……。どうして、マーチモント弁護士が撃たれたところを彼女が目撃したのを知っているんですか」と、声のトーンを上げて続ける。「本人が、そう言ったんですか」

「コーラは」アップルビーは考え込むように言った。「彼女は、ころころ変わるんです。しっかりしているときがあるかと思えば、われを失って癇癪《かんしゃく》を起こすこともある。死因審問に付き添ったときは、あれでもいいほうでした。彼女はランズデイルに殺人の有罪判決が下りるのを望んでいたのですが、もちろん、そんなことにはなりませんでした。でも、その晩、うち──つまり、私の家で──彼女はすっかり冷静さを取り戻し、知っていることを私と妻に打ち明けたんです。ヘンリーが撃たれるところを見た、と！」

「誰が撃ったんですか」リヴァーズエッジは、たたみかけるように訊いた。

「彼女は、ランズデイルだと思っています。撃ったのは彼だと信じているようです。つまり、翌日、新聞を読んでそう思ったんです。もちろん、夕刊をね。朝刊には何も出ていませんでしたから。でも、それを見たとき、犯人はランズデイルだと思ったんです。わかるでしょう？」

「まったく、わかりませんよ！」と、リヴァーズエッジは大声で言った。「支離滅裂だ。ちゃんと説明してください」

アップルビーは、ハンカチに救いを求め、しばらく顔を拭いたあと、あらためて弁明を試みた。

「支離滅裂というのは当たっているかもしれません」と、悲しげに言う。「最初は、まったく無茶苦茶に思えました。何がなんだかわからない状態だったんです。でも今は、ようやく理解できるようになりました。つまり、こういうことなんです。順序だてて説明しますから、よく聞いてください」彼は、ずんぐりした指を前に出して一本ずつ折って数えながら、順序だてて話を続けた。「まず初めに、ここにいる若者の叔父上であるヘンリーが亡くなった日の朝、彼はミセス・マンシターとコーラをベッドフォード・ロウのオフィスに呼び寄せました。そして彼女たちに、ランドことランズデイルがロンドンにいることを教えたんです。そのほかにもいろいろと話したんですが、細かなことはどうでもいい。大事なのは、ランズデイルがその晩、彼に面会に来ることになったのと、その時間を伝えたことです。コーラは、ランズデイルに会いたくてたまらなくなったんだと思います。それで、ベッドフォード・ロウへ行き、道を挟んだ向かいにあるポーチに立って見張っていました。すると、男が角を曲がってきて、背格好から、彼女はランズデイルだと思いました。男はドアを少し開けたままヘンリーのオフィスに入っていったので、コーラは急いで道を渡り、ドアを押し開けて中を覗くと階段を上っていく男の後ろ姿が見えました。その姿を見上げていたとき、左手のドアから拳銃を持った腕が出てきて、いきなり発砲したんです。階段にいた男は、うめき声を上げて転げ落ちました。彼女は逃げ出しました——やみくもに走って、気がついたらレッドライオン街《ストリート》を渡ったところにいました。そのとき彼女は、当然、撃たれたのはランズデイルだと思いました。ところが翌日の午後の新聞で、被害者はヘンリーだったと知ったのです。それで、ランズデイルがヘンリーを撃ったのだという結論に達し、そう思い込んだんです！」

「なぜ彼女は、それを死因審問で証言しなかったんです？　警察に言うことだってできたでしょうに」と、リヴァーズエッジが尋ねた。

「ランズデイルを無罪にするようなことは言いたくなかったんです」と、アップルビーは答えた。「自分の証言を、弁護士が捻《ね》じ曲げて違う方向に持っていってしまうかもしれないと恐れたんですよ。風変わりな女性ですからね、コーラは」

「彼女はどこにいるんですか。まだお宅に？」

「いいえ——兄と姉に連れられて家に帰りました。今は落ち着いています。しかし、いつまでその状態が続くかはわかりません。リチャードさんに出した匿名の手紙の件ですが、私なら、ランズデイルをすぐに逃がします。コーラは何をするかわからない。かわいそうに、彼女の頭はどうかしてしまっているんです！」

「彼女は、それ以上の情報を口にしていませんでしたか」と、リヴァーズエッジは訊いた。「例えば、ドアから拳銃を持って突き出された腕の持ち主を目撃したとか」

「いいえ――訊いてはみたんですが、見たのは手と腕だけだったそうです」

「大柄だったか、小柄だったかも言っていませんでしたか。手の長さから推測できたかもしれませんよね」

「何も言いませんでした。そんなことは考えもしなかったんだと思います。私も同じようなことを質問したんですが、一つだけ覚えているのは、何者かはわからないが、ダークスーツを着ていたということです。袖の色が見えたんだと思います」

「それだけじゃ、わからないな」と、リヴァーズエッジは呟いた。しばらく話を聞いたのち、アップルビーを出口まで見送った彼は、リチャードのもとへ戻ってきた。「彼の話は事実でしょう。コーラがもう少しそこにとどまって、きちんと目撃してくれていたらよかったんですが。しかし、これでつながった気がします。すべてはヴァンデリアスを指している、と私は思っています。マーチモントさん、ランズデイルは、やつのことを何か言っていませんでしたか」

「いいえ」と、リチャードは答えた。「少なくとも、僕には何も言いませんでした」

「しかし、ヴァンデリアスがシティのどこにいるかを知っている可能性はありますね。まあ、いずれヴァンデリアスはここに来ることになります。屋敷の場所はわかっているわけですから。今朝、手に入れた名刺さえあれば――」

そこへ、プライクが入ってきた。

「確認しなきゃならないことがある」と、リヴァーズエッジを見て言った。「ガーナーをホテルで見つけたときに所持していた鞄だ。死因審問の前に調べておく必要があるだろう」

「そうだ、忘れてた」と、リヴァーズエッジは認めた。「そいつを調べたら、何か出てくるかもしれん。プライク、下へ行って確認してくれ。何か見つかったら調べて、できれば持ってきてほしい。俺は、ほかにすることがある。さて、マーチモントさん」プライクが部屋を出ると、リチャードに向き直った。「例のチャンセリー・レーンの貸金庫に一緒に行ってもらえますか。ヘンリーさんのオフィスに残されたヴァンデリアスの名刺についてわかるかもしれません。鍵も、シンプソンの許可もあります。おそらく、リボルバーも見つかるでしょう」

リヴァーズエッジと貸金庫会社の係員がシンプソンの貸金庫を開けるのを、リチャードは息を詰めて見守った。中から見つかったものに、全員の目が吸い寄せられた。

「シンプソンの言ったとおり、リボルバーがありましたね」と、リヴァーズエッジが言った。「名刺もある！　サセックス、マルボルン・マナーのルイス・ヴァンデリアス――詳しい住所はありません。さてと」通りに出ると続けた。「ホテル・セシルへ行って、ランズデイルがヴァンデリアスの居場所を知らないか確かめましょう。ヴァンデリアスにどうしても訊きたいことがある。なぜ、ヘンリーさんのテーブルに名刺が残っていたのか、納得のいく説明が欲しいじゃありませんか――そうでしょう？」

「確かに、彼が叔父を訪ねた可能性はありますね」と、リチャードは言った。

「可能性ですって？　とんでもない。やつがヘンリーさんを訪ねたという確証ですよ！　そうでなければ、どうしてヘンリーさんがその名刺を持っていたんですか」

「僕は、その名刺をランズデイルが叔父に渡したかもしれないと思っているんです。何かの参考までにという意味でね」

「ランズデイルは、そんなことは、ひと言も言っていませんでしたよ。いや、ヴァンデリアスが自分で渡したんだと思いますね。絶対、あの場にいたんですよ。賭けたっていい！」

「ヴァンデリアスは」少し考えてから、リチャードは言った。「屋敷で会ったときの感じでは、とても抜け目のない男のように見えました――それも、人並外れて狡猾な印象でした。そんな男が、人を撃ち殺した現場に名刺を置いていくなんてヘマを犯すでしょうか」

「ベッドフォード・ロウへ行った時点では、撃つつもりはなかったんでしょう」と、リヴァーズエッジは答えた。「私の推理は、こうです――私はいつも、事件の経緯を頭の中で整理するんです。午後、ランズデイルの報告を聞いたヴァンデリアスは、取引が成立しなくなるのではないかと心配になった。それで自らヘンリーさんに会いに行って名刺を手渡したが、彼が非常に頑《かたく》なだとわかった。おそらく、ヘンリーさんは話をすることを拒否したのでしょう。オフィスを出たヴァンデリアスが周辺をうろうろしていると、ランズデイルがやってくるのが見えた。彼のあとから建物内に入り、たぶん、こっそり階段を上って二人の会話を盗み聞きしたんです。ランズデイルの交渉が決裂しそうだと見るや、彼が帰ったあとでもう一度自分が説得を試みようと考え、階下へ戻ってシンプソンの部屋にもぐり込んだ。そして、そこで拳銃を見つけたんです。私の見たところ、ヴァンデリアスは、自分の利益のためなら手段を選ばない男です。ヘンリーさんの口を封じることにし、それを実行に移した。私は、そう思います」

「ずいぶん独創的ですね」と、リチャードは呟いた。

「しかし、可能性はあります。充分あり得る――これまでにわかっている事実を突き合わせればね。こういう可能性が突破口になると、私は思っています」

「ヴァンデリアスのような金持ちが殺人を犯して自分の命を危険にさらすのも、可能性のあることだと思うんですか。周辺で誰かに目撃されていたかもしれないんですよ」

「それはどうでしょう。夜のあの時間、ベッドフォード・ロウには人けがなくなります。大通りじゃありませんからね。秋ですから、七時には真っ暗です。それに、ヴァンデリアスが金持ちだという点ですがね、マーチモントさん、そう見えるというだけで、確証はないんですよ。彼は山師かもしれない――いや、おそらくそうでしょう。金持ちに見せかけているだけということもあります。これまでにも二、三度、そういうケースに出合った経験がある。例えば、パーフリーマンがそうでした。グレート・インターナショナル・コンバインの代表取締役で、うまい話を餌に何万人もの人々から金を騙し取った男です。パーク・レーンにある広いテラスハウスと、ケントの大邸宅を所有していたばかりか、スコットランド高地には狩猟小屋、カウズにはヨット、リヴィエラには別荘、そして、なんとパリにフラットまであったんです！　当然、大金持ちだと思うでしょう。ところが、ついには破産して一文無しです。だから、私は見た目では判断しないことにしてるんです。金融界の大物の中には、実は資金繰りに苦しんでいる人もいますからね」

「確かに、あなたの言うとおりだ」と、リチャードは同意した。「でも、シンプソンが机に置いて帰ったという金貨を、ヴァンデリアスが盗みますかね」

「ええ、やりかねないと思いますよ。なぜ、盗んだかも想像がつきます。ヘンリーさんが強盗に殺害されたように見せかけて、警察の目をごまかしたかったんでしょう。とにかく、私はヴァンデリアスに大きな疑いを抱いています。今度会ったら、その疑念をぶつけてみますよ！」

「少なくとも、名刺の件は説明してもらう必要がありますね」と、リチャードは言った。「でも僕は、クレンチとシンプソンについて、まだ納得していません。惨めな臆病者といっても、クレンチがろくでなしであることに変わりはないし、シンプソンは恥知らずの悪党です。二人の供述がすべて真実だと、どうしてわかるんです？　罪を逃れるために、嘘をついているってことはないですか。叔父が部屋を出て手紙を出しに行ったところまでは、僕も本当だと思いますけど、そのあとのことに関しては何の証拠もありませんよね」

「二人が共謀してヘンリーさんを殺害したと考えているんですか」と、リヴァーズエッジが訊いた。

「彼らがやっていない証拠が見つからない、と言ってるんです。だって、あの場には叔父とあの二人しかいなかったんですよ。叔父を撃つことはできたはずだ——二人のうちのどちらか——たぶんシンプソンが撃って、あとで話をでっち上げたんでしょう。彼らの供述は、あまりにも一致している点が多くて、かえって疑わしい。といっても、もちろん僕は素人ですけど。とにかく僕は、あの二人の言うことは信じられません！」

「マーチモントさん、人間、自分の立場が有利になると思ったら、意外なくらいぺらぺらと真実を喋るもんです。私の経験から言って、シンプソンもクレンチも本当のことを供述していると思いますよ。二人とも、自分たちが窮地に立たされているのを承知してますからね。しかも、これ以上ないほどの窮地だ。おっしゃるとおり、やつらはベッドフォード・ロウのオフィスにいました。それは、本人たちも認めています。ランズデイルが置いていった銀行券のためにヘンリーさんを殺すチャンスは、いくらでもありました。犯人でないと証明してくれる証人は、ただの一人もいません。殺人容疑で起訴されれば、助かる見込みがないことを、よくわかってるんです。しかし——刑事の勘や先入観にすぎないと言われるかもしれませんが——ヘンリーさんの殺害に関しては、二人とも無実だと思います。だが、ヴァンデリアスの場合——」

突然、リチャードがリヴァーズエッジの腕をつかんだ。彼らは、ちょうど〈ホテル・セシル〉の入り口近くまで来ていて、ゆっくり前庭へ入っていく車の列の中にいる一台の車を指さし、彼は興奮した声を出した。

「ヴァンデリアスだ！　ほら――あのダークグリーンのクーペに乗ってます！」

「本当だ！」と、リヴァーズエッジも言った。「ついてるぞ！　きっと、ランズデイルに会いに来たんだ。これで身柄を押さえられる！　マーチモントさん、下がってください――やつがホテルに入るまで待つんです」

リヴァーズエッジはリチャードを物陰へ誘導し、ダークグリーンの車がホテルのドアの前に停まるのを見守った。中からヴァンデリアスが一人で降りてホテル内へ消え、車はその場を走り去った。

「さあ、行きますよ！」と、リヴァーズエッジは言った。「ランズデイルの部屋はわかってますから、直接向かいましょう。部屋に着いたら、すべて私に任せてください」

リヴァーズエッジのあとについて廊下を進みながら、リチャードの胸は高鳴っていた。これからどうなるのだろう――どんな事実が明るみに出るのだろうか。前を行くリヴァーズエッジは、完全に仕事モードになっていた。真剣な面持ちでドアを開けると、いきなり中に踏み込み、室内にいたランズデイル、アンジェリータ、ヴァンデリアスと向かい合った。

「ヴァンデリアスさん」と、前置きも躊躇《ちゅうちょ》もなく言った。「あなたに訊きたいことがあって、あとをつけてきました。マーチモント弁護士が殺害された晩、ベッドフォード・ロウのオフィスへ彼を訪ねましたか。はっきり答えてください！」

第二十八章　結末

リヴァーズエッジの背後にぴったりと寄り添っていたリチャードは、彼の突入の仕方に内心驚き、すかさず三人の反応を観察した。サイドテーブルに花を飾っていたアンジェリータは、リヴァーズエッジを振り向いて急に不安そうな表情になり、ランズデイルはペンを持ったまま立ち上がって、最初はリヴァーズエッジを、それからヴァンデリアスを見つめた。大きな椅子にくつろいで座り、火をつけたばかりの葉巻をくわえたヴァンデリアスだけが、平然とした態度を保っていた。ちらっとリチャードを見たが、気にもかけない様子で、落ち着いた視線をリヴァーズエッジに注ぎ、愉快そうな笑みを浮かべた。

「おやおや！」と、人当たりのいい、茶化すような口調で言う。「われを失って、礼儀を忘れたんですか。紳士とお嬢さんと客人のもとへ、こんなふうに押し入ってくるとは、どんな令状をお持ちなんです？」

「私があなたなら、令状のことをとやかく言ったりはしませんね」と、リヴァーズエッジは一歩も引かずに言い返した。「令状など必要ないときもあるんです――今がそうだ。私はマーチモント弁護士殺人事件の捜査中で、今の質問をあなたに訊く権利がある！」

「もし私が、出ていけと言ったら？　そうしたら、どうします？」

「出ていきますよ——ヴァンデリアスさん、あなたを連れて——ロンドン警視庁《スコットランドヤード》へ向かってね。ここで答えてくれないのなら、署でいろいろと訊くことになります。それは譲れない。だから、よく考えるんですね」

「考えてますとも！」と、ヴァンデリアスは言った。「よく考えてますよ。私の考えの要点を言えば、あなたがた警察の手法が、荒っぽくて不愉快だということだ。なぜ、ここに踏み込んできて私にぶしつけな質問をするのか、理由をお聞かせいただけますか——しかも、お連れの若者も、あなたを止めもしない。ほかに、もっとやり方ってものがあるでしょう」

「僕を引き合いに出すんなら言わせてもらいますが」突然、リチャードが口を開いた。「リヴァーズエッジは正しいと思います！　叔父が殺された晩、彼のオフィスで何をしていたんですか」

アンジェリータは小さく息をのみ、ランズデイルは驚きの声を上げた。リチャードは二人に向かって頷き、再びヴァンデリアスのほうを見た。

「あなたは、現場にいた！」かっとなって、声が大きくなった。「どうして嘘をつくんだ」

ヴァンデリアスの色黒の顔が紅潮したかと思うと、いきなり白い歯をむき出しにした。「若者にそんな物言いをされるのには慣れていなくてね」リチャードを腹立たしそうに睨む。「どうして、私があそこにいたと思うんだね？」

「ちょっといいですか、ヴァンデリアスさん」リチャードが答える前に、リヴァーズエッジが話しだした。「実は、昨夜から、かなりの進展がありましてね。夕方、ガーナーが確保された——彼がどうなったかは、そのうちわかります——そして、その数時間後、クレンチとシンプソンも逮捕された。二人とも素直に供述しました。シンプソンは、あんたが怪しいと言っている——」

「あり得ない！」と、ヴァンデリアスは叫んだ。「私はシンプソンなんて知らない！」

「そんなことは、どうだっていい。シンプソンのほうでは、知っているんだ。ヴァンデリアスさん！

――あんたは、あの晩、ヘンリー・マーチモントのオフィスにいた！　ちゃんと名刺が残ってる。これだ！」

リヴァーズエッジは、ポケットから名刺を取り出して掲げてみせた。ヴァンデリアスは苛立たしげに名刺に目をやった。彼が口を開く前に、ランズデイルがヴァンデリアスに食ってかかった。

「マーチモントのオフィスにいたなんて、ひと言も聞いていないぞ！　もし、そうなら――」

ヴァンデリアスは怒りの声を発した――完全に相手を小ばかにした口調だった。

「ふん！」と、ランズデイルに向かって手をひらひらさせる。「私の行動を、なんでいちいちお前に言う必要がある。お前になんか――」

「私には話してもらうぞ！」と、リヴァーズエッジが割って入った。「さもないと、さっき言ったとおり、捜査本部へ来てもらうことになる。こっちは、どちらでもいいんだ！　釈明できるもんなら――」

「ええ、ええ、マーチモントのオフィスに行きましたよ！」と、ヴァンデリアスは唐突に言った。「いいじゃないですか。私はビジネスが心配だったんだ。巨額の利益が危機にさらされていたんですからね。ランズデイルは無実だと、マーチモントを納得させたかったんですよ。ところが、マーチモントときたら頑固で強情な愚か者で、ランズデイルに対する見方を変えようとしない。もうそれ以上どうにもできないとわかったので、諦めて帰りました」

「彼と別れたのは、どこだ」と、リヴァーズエッジが質問した。

「は？　もちろん、彼の部屋ですよ」

「彼は、あんたを外まで見送らなかったのか」

「いいえ――私は勝手に出ていかされたんです――礼儀知らずな男ですよ」

「階段を下りたときは、一人だったんだな」

「そうですよ！　それ以外にないでしょう」

「そうだよな」と、リヴァーズエッジは頷いた。「だが、正面のドアから出ていかずに、玄関に着くと右手の部屋に入った――つまり、階段を下りた右側だ。違うか」

ヴァンデリアスは、椅子の上で急に体の向きを変えてリヴァーズエッジのほうを向いた。

「なぜ知ってる。いったい、どうして――？」

ドアをノックする音がして、ヴァンデリアスの言葉は中断された。すぐそばにいたリチャードがドアを開けると、ホテルのボーイに案内されてプライクが立っていた。

「入れ、プライク！」リヴァーズエッジが言った。「来てくれて、よかった」と、歩み寄ったプライクに耳打ちした。「お前の力が必要になるかもしれん。で――何かわかったか」

プライクは、小さなキャンバス地の鞄から封書を取り出した。

「ほら」と、彼は言った。「ガーナーの寝室に置いてあった、鍵の掛かった小型の旅行鞄に入っていた。その鞄から金貨も出てきたぞ――ソブリン金貨だ！　ざっと――」

リヴァーズエッジが鋭い声を出してプライクを遮り、リチャードを見やった。

「金貨！　なんてこった！――シンプソンの机にあった金貨だ！　だとすると――だが、この手紙は――」

「封は開けていない」と、プライクが言った。「お前に渡したほうがいいと思ってな。見てみろ——チャンセリー・レーンのクレンチ宛てだ。ガーナーが今朝、船に乗る前に投函しようと切手を貼っておいたようだ」

「なるほど」と、リヴァーズエッジは唸った。手紙をひっくり返して封を開け、便箋を広げて急いで中身に目を通す。すると急に顔色を変え、プライクにヴァンデリアスを警戒するよう、目で合図した。「あいつから目を離すな」と、ささやく。「これは、やつに関する内容だ。マーチモントさん、これを見てください」

リチャードはリヴァーズエッジの肘元に近づいた。リヴァーズエッジは手紙を持ち、ある箇所を指さした。

「これは明らかに、ガーナーからクレンチに宛てた手紙です。読んでみてください——ジョージより、とある——ついに、謎が解けたんです。さあ、読んで」

「クレンチへ——すべてが終わり、もう会えなくなると思うので、ヘンリー・マーチモントが死んだ夜、何があったのか伝えておくことにする。誰が彼を撃ったか知りたければ教えるが、撃ったところを見ていないので、あくまで私見だ。だが、個人的には確信している。犯人は、ヴァンデリアスだ！

君のオフィスでランズデイルがヴァンデリアスと君と私に、ヘンリー・マーチモントが邪魔者になるかもしれないと打ち明けたあと、ヴァンデリアスとチャンセリー・レーンを歩いたとき、ベッドフォード・ロウの場所や、オフィスの位置など、マーチモントについてあれこれ訊かれた。詳しいことは言わなかったが、おそらく自分で会いに行くつもりなのだろうと思った。好奇心に駆られて、私は日が暮れたあとでベッドフォード・ロウに行ってみた。辺りに人影はなく、向かいにあるクリプスデイル・アンド・ペルドリッジという店のポーチに隠れて見張ることにした。ほどなくヴァンデリアスが姿を現して、建物に入っていった。するとランズデイルがやってきて、彼も入っていった。てっきり二人揃って出てくるかと思ったら、そうではなかった。ランズデイルが一人で出てきて、足早にセオボールズ・ロードのほうへ歩いていった。女が一人、辺りをうろうろしていたが、どういうつもりなのかはわからなかった。すると、マーチモントが現れてポストへ向かったあと、戻ってきてオフィスに入っていった。ほぼ同時に女が通りを渡って中を覗いたかと思うと、マーチモントのあとを追いかけるように建物の中に消え、直後にランズデイルが再び現れて、さっきよりもっと足早にマーチモントのオフィスの前を通り過ぎて数ヤード行ったとき、銃声が聞こえた。ランズデイルは一瞬、足を止めたが、すぐにホルボーンのほうへ急ぎ足で去っていった。次の瞬間、女が飛び出してきて道を渡り、角を曲がってグレイズ・イン・ロードのほうへ走り去った。何が起きたのだろうと訝《いぶか》りながら、私はその場にとどまっていた。十分は経っただろうか。ようやく、ヴァンデリアスが出てきた。彼は真っすぐ通りを渡り、少し先の角をプリンストン街《ストリート》のほうへ曲がっていなくなった。さらに少し待ってから、私はオフィスの入り口に向かい、ドアが少し開いていたので中へ入ってみた。玄関ホールには明かりが灯っていて、死因審問での証言のとおりの姿でマーチモントが倒れているのが見えた。心を落ち着けて辺りを見まわすと、玄関近くの部屋の机の上にソブリン金貨が入った小さな袋を見つけて、それを懐に入れ、明かりを消して建物を出た。私が目撃したことを考えれば、そうするのが最善だった。正面のドアもきちんと閉めた。開けっ放しにして、パトロールの警官に気づかれてしまっては元も子もないと思ったのだ。

E・Gより」

リヴァーズエッジは手紙をたたみ、丁寧にポケットにしまった。

「これで充分ですね、マーチモントさん」と、小声で言った。「やることは一つです。直ちに実行しましょう。さてと、ヴァンデリアス！」ヴァンデリアスを振り向いて声を張り上げた。「準備ができたら、本庁に連行する！　私がお前なら、抵抗はしない――そんなことをしても無駄だからな！」

抗議するヴァンデリアスをリヴァーズエッジたちが連れ出し、部屋に残された三人は互いに目を見合わせた。父娘の目はもの問いたげだったが、リチャードは、この数日抱え続けていた疑問の答えを、ようやく手に入れた安堵感に満たされていたのだった。

訳者あとがき

J・S・フレッチャー（ジョゼフ・スミス・フレッチャー）は一八六三年二月七日、イギリス、ウェストヨークシャーのハリファックスに生まれる。生後八カ月のときに、牧師だった父親が他界したため祖母のもとに引き取られ、同じくウェストヨークシャーにあるダーリントンという小さな村で育った。学校を卒業後、弁護士を夢見て法律を学んだ時期があったが、最終的にジャーナリストの仕事を選んだ。ロンドンで編集補佐を経験したのちヨークシャーに戻り、*Leeds Mercury* や *Yorkshire Post* といった新聞に、A Son of Soil というペンネームで寄稿するようになった。フレッチャーは、生まれ故郷であるヨークシャーの豊かな自然に多大な影響を受けたようだ。一八九四年に出版された *The Wonderful Wapentake* には、田舎の生活をテーマにしたこの頃の小品が集められている。

初めて出版された本は詩集だったが、地元のヨークシャー考古学協会のみならず王立歴史協会の会員であり、歴史研究家としても知られる彼は、やがて歴史にまつわるフィクション、ノンフィクションを数多く手掛け始める。

一八八九年に小説デビュー作となる *Andrewlina* を発表してからは、さまざまなジャンルの小説を精力的に執筆した。年に数冊のペースで著書を出版する多作家で、生涯で二百冊以上もの作品を書き残している。現在はミステリ作家としての名声が最も高いフレッチャーだが、ミステリを書き始めたのは意外に遅く、一九一四年になってからだった。後年、ロナルド・カンバーウェルという探偵を生み出すまでシリーズ物はなく、名探偵とは呼べない主人公が事件を追うスタイルが多かった。二〇一七年に私が訳させていただいた『ミドル・テンプルの殺人』（一九一九、*The Middle Temple Murder*）も、本書『ベッドフォード・ロウの怪事件』（一九二五、*The Bedford Row Mystery*）も、主人公は新聞記者やスポーツ選手という、刑事でも探偵でもない一般人の青年だ。そうした普通の人間が事件に遭遇し、謎を追って冒険しながら懸命に真相を追及する姿が作品に現実味を与え、読者の共感を呼んだと言えるだろう。

また、両作品に共通して印象深かったのは、法廷シーンの緊迫感である。検死官や弁護士と証人のやり取りには実にリアリティーがあり、法廷の中央で注目を浴びている当事者の様子が目の前に迫ってくるだけでなく、傍聴席で見守る人々の息遣いまで聞こえてくるようだ。かつて弁護士を目指して勉強していたフレッチャーは、しばしば裁判を傍聴しに行っていたというが、まさにその経験が、作品に遺憾なく発揮されている。

本書は昭和二年、『世界探偵文芸叢書』（波屋書房）第五編の中で、高橋誠之氏の翻訳によって「弁護士町の怪事件」という題で紹介されている。ロンドンのベッドフォード・ロウは、弁護士事務所が集まり、法律関係者が行き交うことで有名な通りである。今回、新たに訳すにあたり、時代の流れも考慮し、通りの名をそのまま使って『ベッドフォード・ロウの怪事件』と改題させていただいた。

トーマス・ウッドロウ・ウィルソン米大統領が『ミドル・テンプルの殺人』を絶賛したことで、フレッチャーの名はイギリスだけでなくアメリカでも広く知られるところとなり、代表作『チャリング・クロス事件』（一九二三、*The Charing Cross Mystery*）で、その人気を不動のものにした。ミステリ小説だけでも優に百二十冊を超える作品数を誇り、*The Root of All Evil*（一九二一）は、一九四七年、ブロック・ウィリアムズ監督の下で映画化されている。

私生活ではアイルランドの小説家ロザモンド・ラングブリッジと結婚し、一人息子のヴァレンタインは、作家ではなく、祖父と同じ聖職者の道へ進んだ。数々の名作を残したフレッチャーは、七十二歳の誕生日を目前にした一九三五年一月、ロンドン郊外のサリーで帰らぬ人となった。

フレッチャーの作品をまた一つ日本の読者に紹介できたことは大いなる喜びであり、光栄の至りである。

友田　葉子

二〇二一年五月

白日のもとに立つフレッチャー――キャラクターから見えてくるもの

横井　司（ミステリ評論家）

先般、音楽評論家・吉田秀和の『ヨーロッパの響、ヨーロッパの姿』（一九七二）を読む機会があった（以下引用は、中公文庫版から）。同書は「なぜ、彫刻について書くのか」という章から始まるのだが、そこで吉田は、評論の言葉は「作品の使命の完成に向って協力すべきなのだ」と述べている。作品というのは「海の中、砂漠の中、洞窟の中に埋もれていたり、あるいは白日のもとに立っていても、まったくみるもの、それを追体験し、評価するものがいない時には、それは、何千年か、何十年かして、また、みるものがその前に立つまでは、作品であることをやめて、休んでいる」のであり、「芸術作品は自己完結的なものではなく、作者の手を離れてからでも、まだévolutionを経験するようにできている」からだというのだ。そして、フランスの詩人フランシス・ポンジュの考えを敷《ふ》衍《えん》して「作品について書くというのは、その対象が存在論的に完全にできあがったものとして存在しているのでなくて、誰かがそれについて書く、その仕方に応じて、progressifに変化してゆくから」こそ、書く必要があるのだと説いている。吉田がここで対象としているのは、右の引用からも分かるとおり「芸術作品」であるわけだが、ことは高踏的《こうとうてき》な芸術作品にとどまらず、いわゆる作品全般に対して、いえることではないかと思う。

これをミステリ受容の文脈に置き換えれば、一九九〇年代から始まるクラシック紹介ムーヴメントを通して、アントニイ・バークリーの作品が持つ先鋭性、現代性が再発見されたようなものだ。確かにバークリーの作品が本格ミステリの文脈で捉え返されたことを鑑みれば、いわゆる芸術作品と同じ文脈に措いても違和感はないだろう、だが同じことが、J・S・フレッチャーの作品に対しても当てはまるものだろうか、と疑問に思う読者もいるかもしれない。だが、筆者（横井）は同じように考えてもいいと思う。バークリーの作品には当てはまって、フレッチャーの作品には当てはまらない、という考え方は、ポンジュの言葉を敷衍した吉田の言葉を借りれば「存在論的に完全にできあがったものとして存在している」という認識を前提としているからである。そんなふうにいえば、右に引いた吉田の言説もまた、芸術作品という対象を「存在論的に完全にできあがったもの」として捉えていることを免れ得ていないことになるだろうが、まさにそうだといわざるを得ない。吉田が述べていることを踏まえるなら、語るべき価値のあるものは、あらかじめそのようなものとして存在していると考えるのは、誤りであるということも可能だからだ。そういう危うさを隙間として抱えているから、フレッチャーについて解説するにあたって、吉田の言葉が思い出されたのだといってもいい。

フレッチャーの作品がこれまで、ミステリ・プロパーから、どういう評価を受けてきたかということは、論創海外ミステリ既刊の『亡者の金』（一九二〇。邦訳は二〇一六年）、『ミドル・テンプルの殺人』（一九一九。邦訳は二〇一七年）の解説でも紹介してきた通りである。江戸川乱歩は「非ゲーム探偵小説」の代表作家として、F・W・クロフツとともにフレッチャーの名前をあげ、「トリックの独創よりはプロットの構成の面白さで優れたもの」だが「不自然が少く大人読者の好みに合う代りに、謎解きの論理的興味は乏しい」と述べた[1]。これを踏まえて松本清張が「第二次大戦後、トリック型からプロット型に推理小説が移行している今日」フレッチャーの代表作は「再評価されてしかるべき」と一九六二年の段階で述べている。[2] だがさすがに、天城一が指摘した「フレッチヤーの作品に於ける《偶然》の続発」[3] が忌避されてか、小森健太朗いうところの「フランスの新聞小説」[4] のような作風が災いしてか、今日に至るまで再評価の機会を逸してきた。

作品自体が簡単に手にとって読めない時期が長く続いたことも、再評価を妨げた大きな要因ではあろう。とはいえ、これまで論創海外ミステリで紹介されてきたことで、フレッチャーの再評価が進んだということは、寡聞《かぶん》にして耳にしたことがない。まさに「白日のもとに立っていても、まったくみるもの、それを追体験し、評価するものがいない」ために「作品であることをやめて、休んでいる」のだという吉田秀和の言葉通りの状態が続いているのである。

そういう状況の中、戦前に訳された『弁護士横町の怪事件』の全訳版である『ベッドフォード・ロウの怪事件』が刊行されるわけだが、本書はどのような魅力を備えた作品なのか。以下、縷説《るせつ》していくことにしたい。

フレッチャーの作品にはシリーズ・キャラクターが存在せず、探偵役も魅力的ではないといわれてきた。古くはS・S・ヴァン・ダインが、本名のウィラード・ハンティントン・ライト名義で書き下ろした「推理小説論」（一九二七）において、フレッチャー作品に出てくる探偵は「しばしば、平凡で、精彩を欠きすぎている」と述べていることが、よく知られていよう。[5] この点については、戦前においては森下雨村が、戦後においては松本清張が、反論にあたる文章を書いている。

雨村は「彼の作に出て来る探偵が、ドイルのホームス《（ママ）》や、オルチー夫人の隅の老人のやうな超人的な名探偵ではなく、いづれも普通の人間であること」に注目し、以下のように述べる。

大概の作に出て来る人物が、たゞの人間で、実在の探偵にくらぶれば、その道にかけては問題にならない素人である。経験はもちろん所謂名探偵らしい推理眼と分析の頭脳ももち合さず、その代り事件に興味をもつて遮二無二必死の活動をする努力家である。つまり探偵眼といふほどのものを有たず、従つて指紋や足跡なんどには眼もくれず、ひたすらに熱と努力をもつて事件の奥に突き進んでゆく。そこが超人的探偵の活躍する探偵小説よりは読者をして親しみ深く感ぜしめる所以であらう。(6)

清張は、先にも引いた文章において「それまでの探偵小説によく現われたエキセントリックな人物を排除し」たことにふれ、次のように述べる。

たいていの作品に出てくる主人公が、読者が往来でよく行き会うようなただの人間で、実在の刑事にくらべれば、問題にならない素人ばかりである。経験はもちろん、名探偵らしい推理眼も分析的頭脳も持ちあわせていない。ただただ、その事件に対する興味と正義感から、熱意と努力を持って、ひたすらに事件の核心を追及する。そこが、超人探偵の活躍する推理小説よりは、読者に親しみ深く感じさせる所以であろう。

雨村の解説をそのまま引き写したかと見紛うような文章だが、社会派推理小説の立役者らしい評言として当時、受け取られたであろうことは、容易に想像される。論創海外ミステリ版『ミドル・テンプルの殺人』の解説で筆者（横井）は、同作に登場する新聞記者のスパルゴは「刑事とは別の意味でのプロフェッショナルなのだ」と指摘しておいたが、『ベッドフォード・ロウの怪事件』ではまさに、「熱意と努力を持って、ひたすらに事件の核心を追及する」素人が登場する。それが、事務弁護士の叔父を殺されて、恋人の父親が容疑者となったために、事件の真相を追及するアマチュア・クリケット選手のリチャード・マーチモントである。ただ、本書の場合、そのリチャードとは別に、あるいはリチャードと協力して、事件の真相を追及するスコットランド・ヤードの刑事リヴァーズエッジが、最終的に事件を解決する役回りを担っているのが特徴だ。このリヴァーズエッジ部長刑事に比べると、リチャードは本当にアマチュアで、ひたすら恋人を苦難から救うことに尽力するだけの存在だといっても過言ではない。恋人が囚われているらしい田舎の屋敷に単身、乗り込んでいくあたりに、そうした傾向がよく出ているといえよう。リチャードはロマンチックな冒険小説のヒーローとして描かれているといってよい(7)。

注目すべきはリヴァーズエッジ部長刑事である。作中探偵の解決法は、ヴァン・ダインが「捜査側の生得の能力によるよりはむしろ、一連の偶然のできごとによって行なわれている(5)」と述べて以来、しばしば批判されてきた。たとえば、Ｈ・ダグラス・トムスンは次のように評している。

フレッチャー氏は余り立派な探偵ではない。些細な物的証拠には殆んど用は無いし、仮空など、云ふ混み入つたものを作り上げる程の辛抱も持ち合せてはゐない。彼は大部分に於て聞き込みの証拠に、つまり居酒屋だとか、法律事務所だとかで手に入れたニユースに頼つてゐる。フレッチャー小説の人物は誰でも、一寸運さへよければ、その事件を解決する事が出来るのだ。[8]

本書『ベッドフォード・ロウの怪事件』では第十九章において、リヴァーズエッジが変装して被害者の秘書を尾行していたら、レストランで重要な関係者と密会するところに遭遇するといった場面が、もっとも偶然の要素が強いと感じられる箇所だろう。と同時に、こうした展開は、私立探偵小説ではお馴染みの展開ではないかと思ったりもする。天城一が前掲のフレッチャー論[3]で「精神的遺児ハードボイルド派」と評するのも、むべなるかなという気にさせられるのだ。

本書はこの偶然を境に、犯罪小説的プロットとでもいうべき展開を見せ、事件に関与した小悪党たちの趨勢《すうせい》というべきものが描かれていく。ある人物が警察に追われて転落死する場面などは、現代の犯罪小説に描かれても遜色がない場面だと思われる。

ところでトムスンは、フレッチャーの探偵は込み入った仮説を構築しないと述べているが、込み入ってはいないにしても、リヴァーズエッジが「事件の核心に至るには、数多くの仮定を重ねるのが大事なんです」(第八章)と言っているように、仮説を立てないわけではない。また「こういう事件を解決に導くには、小さな事実が大事なんです」(第二十五章)と語っている通り、些細な物的証拠には用がないと思っているわけでもない。ただ、「〈クロスワード〉型の探偵小説[9]」のようには扱わないだけなのだ。そのことを端的に示しているのが、死体から取り出された銃弾が「三十年くらい前に製造されたリボルバーのもの」だということが、第二十四章に至ってようやく明かされ、特定の条件を備えた人物に疑いを向ける根拠となるとリヴァーズエッジに語らせている点だ。「〈クロスワード〉型の探偵小説」なら、死体の検死が済んだ時点で読者に明かされ、ミスディレクションとして機能したような手がかりなのである。こういうところに、歴史的限界を見て擁護するのは不当ではあるまい。『ベッドフォード・ロウの怪事件』が発表されたのは一九二五年のこと。すでにアガサ・クリスティーもF・W・クロフツもデビューしていたが、『アクロイド殺し』が発表される前年であり、ドロシー・L・セイヤーズやヴァン・ダインはもちろん、エラリー・クイーンもジョン・ディクスン・カーも、まだデビューしていなかった。トムスンの評言は一九三七年のものであり、その遠近法的倒錯を考慮して、慎重に扱う必要がある。要するに、いわゆる黄金時代の本格ミステリの揺籃期の作品であることを意識する必要があるわけで、銃弾の特殊性という証拠が特定の人物を比定することとなるという発想だけでも、当時の読者には新鮮な驚きをもって迎えられたことは容易に想像できるし、ここまで読み進めた当時の読者なら、犯人は確定されたと思ったに違いない。しかしフレッチャーはそれをひっくり返し、真相の解明を先送りし続けるのである。最後の数ページで真犯人を指摘するという展開は、『ミドル・テンプルの殺人』の解説でも指摘した通り、クイーンの『フランス白粉の謎』（一九三〇）に見られる趣向を彷彿させもしよう。

ミステリ的には「殺人事件に遭遇するたびに（略）私が解明しようとするのは、犯人の動機は何かということです」（第五章）というリヴァーズエッジの言葉も見逃せまい。実際、リヴァーズエッジは状況に加えて動機に着目することで、容疑者を選別していく。フレッチャーを評価する松本清張であれば、こうした発言をする警官の登場に、我が意を得たりと共感を示したのではないだろうか。[10]

それとは別に注目したいのが、リヴァーズエッジ部長刑事の、捜査をするにあたっての姿勢である。それは第五章のリチャードとのやりとりから、すでに見られるものといっていい。第五章で「物事をはっきりさせたい性格」のリチャードがリヴァーズエッジに、犯人は恋人の父親だと思っているのかと単刀直入に聞く場面がある。それに対してリヴァーズエッジは「この段階で意見を固めるほど、ばかじゃありません」と答えているが、確かに初動捜査の段階で意見を固めていないのは筋が通っている。だがそれ以降も、リチャードが単刀直入に誰々を犯人だと考えているのかと聞くたびに、疑いを抱いているだけだとリヴァーズエッジが答える場面が何度か登場する（第十五章、第十九章、第二十五章、第二十六章など）。全二十七章中、第二十六章まで、疑わしい人物がいても容疑者であり、話を聞く必要があるという姿勢を崩さない。こうしたリヴァーズエッジの姿勢はリチャードが拙速に真相を決めつけようとする分、強調される。アマチュアとプロフェッショナルの姿勢の違いが際立つのである。中でも注目されるのは、事件の関係者である小悪党への疑いを語るリヴァーズエッジに対して、リチャードが「ずいぶんと彼らに偏見を持ってるんですね」と言うと、「偏見じゃありません――そんなものは持っちゃいませんよ。疑っているだけです」（第十九章）と答えるやりとりである。多くの刑事ものの作品においてだけでなく、現実の事件においても往々にして、偏見に基づいた捜査が行われることを思えば、リヴァーズエッジの発言は極めて先鋭的だとすらいえるだろう。偏見に基づいたヘイト行為がしばしば問題となる現代においては、なおさらである。

証拠が見つかって事実が確定するまで、偏見は持たず、情に流されず、疑いは捨てずに行動する。こうしたリヴァーズエッジのありようは、「〈クロスワード〉型の探偵小説」の読者を育てることにも、つながったのではないだろうか。もちろん民主主義的なフェアな姿勢を育むことにも、つながったに違いない。その意味では、フェア・プレイを象徴するクリケット[11]の選手であるリチャードが、単刀直入に（拙速に、といってもいい）真犯人の名を知りたがるのとは好対照を成しているあたり、イギリス人らしいユーモアを感じさせるところでもある。『ベッドフォード・ロウの怪事件』の美点はこういうところに見出せるのだ。

文学史的な視点からは、リヴァーズエッジが尾行中に「とても目端の利く同僚」プライクに電話して協力を求めるところは、レックス・スタウトのネロ・ウルフ・シリーズでアーチー・グッドウィンが、ウルフが契約している私立探偵に連絡して協力を求めるシーンを彷彿させるものがある。あるいは同じイギリスの作品では、やはりクロフツとの近接性を感じさせもしようか。(12)

こうなると、フレッチャーが書いた他の刑事ものでは、刑事というキャラクターがどのように描かれているのか、気になるところだ。現代の読者には古風すぎて、なかなか受け入れられないとは思うものの、邦訳が進むことを期待したいものである。

なお本書は「訳者あとがき」にもある通り、一九二七年七月に大阪の波屋書房から『世界探偵文芸叢書』第五編として「弁護士町の怪事件」の邦題で、高橋誠之訳が上梓されている。二枚目の内扉には原題が表示され、さらに本文直前の扉には邦題の脇に「(ベッドフオード・ローの怪事件)」と併記されていた。概算で四百字詰原稿用紙に換算して536枚に相当し、論創海外ミステリ版が四百字詰原稿用紙に換算して547枚なので、ほぼ完訳に近いと思われることを付け加えておく。

註

(1) 江戸川乱歩「探偵小説の定義と類別」『幻影城』岩谷書店、一九五一・五。引用は『江戸川乱歩全集』第26巻(光文社文庫、二〇〇三)から。

（2）松本清張「解説」『世界推理小説大系 第11巻／フレッチャー・ベントリー』東都書房、一九六二・九。
（3）天城一「フレッチャー論」『関西探偵作家クラブ会報』第55号、一九五二・一〇。もっとも天城は「《偶然》の続発」を一概に否定しているわけではない。「偶然の利用もフレッチャー程徹底すれば素晴しい。端倪を許さぬ偶然の活用は天才的であろう」と述べているのは注目に値する。
（4）芦辺拓・有栖川有栖・小森健太朗・二階堂黎人『本格ミステリーを語ろう！［海外篇］』原書房、一九九九・三。
（5）引用はS・S・ヴァン・ダイン『ウインター殺人事件』（創元推理文庫、一九六二）収録の井上勇訳から。
（6）「フレッチヤ氏とその作品」『世界探偵小説全集 第十五巻／フレッチヤ集』博文館、一九二九・八。
（7）リチャードを中心とするストーリーは、小森健太朗が註4前掲書で述べていた「フランスの新聞小説」すなわちロマン・フィユトンのプロットを踏襲しているともいえる。これについては、『ミドル・テンプルの殺人』の解説でも述べておいた通り、イギリスのセンセーション・ノヴェルのプロットとも近接性がある。『ベッドフォード・ロウの怪事件』に見られる身分詐称、過去の秘密、法廷場面などは、すべてロマン・フィユトンないしセンセーション・ノヴェルに頻出するものだ。
（8）引用は広播洲訳『探偵作家論』（春秋社、一九三七）から。ここで「仮空」と訳されている言葉は、原文では hypothesis である。すなわち「仮説」のこと。
（9）フレッチャーの *Murder of the Only Witness*（1933）に対するドロシー・L・セイヤーズの書評から。初出は『サンデー・タイムズ』一九三三年八月十四日号。原文は the "cross-word" type of detective fiction となっている。

(10) ちょうど論創海外ミステリから、本書と前後して刊行されるナイオ・マーシュの『オールド・アンの囁き』（一九五五）において、主役探偵のロデリック・アレン警視が、動機が重要なのではなく証拠が重要なのだと語っているのと対照的なのが興味深い。リヴァーズエッジの場合、想定する動機は金銭欲、過去の秘密の暴露の防止など、素朴なものにとどまるから、動機重視ということが言えたのかもしれない。第二次大戦後の心理スリラー・ブームを経たマーシュになると、人間の心理は何でもありという状況になり、逆に証拠固めが重視されてくるということではないかと思われる。

(11) play cricket が「公明正大な」という意味の成句であることは、よく知られている通り。E・W・ホーナングの創造したキャラクターである紳士泥棒ラッフルズが、やはりアマチュア・クリケット選手だったこととも通底している趣向だといえようか。

(12) プライクについて「給料以外にも不労収入があり、妻はそれ以上に資産を持っていたため、暮らしぶりは豪華で、彼らのフラットには電気も電話も通っていた」（第二十章）と書かれているのは、風俗史的にも興味深い。まだガス灯が一般的だった頃のミステリであることを、改めて知らしめる箇所でもある。

●参考文献（本文中にあげたもの以外）

Edwards, Martin, ed. *Talking Detective Stories Seriously: The Collected Crime Reviews of Dorothy L. Sayers*. Scotland: Tippermuir Books, 2017.

Ellis, Roger, "J. S. Fletcher: Man of Many Mystery," in Curtis Evans, ed. *Mysteries Unlocked: Essays in Honor of Douglas G. Greene*. North Carolina: McFarland, 2014.

〔著者〕
J・S・フレッチャー
本名ジョゼフ・スミス・フレッチャー。1863年、英国、ヨークシャー州ハリファックス生まれ。中学校卒業後、ロンドンに出て新聞社の編集助手となり、1900年に〈リーズ・マーキュリー〉紙の編集部を辞して専業作家となるまで多数の新聞に関係した。ジャーナリスト時代はA Son of the Soil名義を用い、コラムニストとしても活躍している。長編ミステリ『ミドル・テンプルの殺人』(1919)は、第28代アメリカ合衆国大統領トーマス・ウッドロウ・ウィルソンの絶賛を受けた。1935年死去。

〔訳者〕
友田葉子(ともだ・ようこ)
津田塾大学英文学科卒業。非常勤講師として英語教育に携わりながら、2001年、『指先にふれた罪』(DHC)で出版翻訳家としてデビュー。多彩な分野の翻訳を手がけ、『極北×13+1』(柏艪舎)、『血染めの鍵』、『ずれた銃声』、『魔女の不在証明』(いずれも論創社)、『ショーペンハウアー 大切な教え』(イースト・プレス)など、多数の訳書・共訳書がある。

ベッドフォード・ロウの怪事件《かいじけん》
——論創海外ミステリ 267

2021年5月20日 初版第1刷印刷
2021年5月30日 初版第1刷発行

著 者 J・S・フレッチャー
訳 者 友田葉子
装 丁 奥定泰之
発行人 森下紀夫
発行所 論 創 社
〒101-0051 東京都千代田区神田神保町2-23 北井ビル
TEL:03-3264-5254 FAX:03-3264-5232 振替口座 00160-1-155266
WEB:https://www.ronso.co.jp

組版 フレックスアート
印刷・製本 中央精版印刷

ISBN978-4-8460-1950-1
落丁・乱丁本はお取り替えいたします